चलो कलकत्ता

चलो कलकत्ता

बिमल मित्र

लोकभारती प्रकाशन
पहली मंजिल, दरबारी बिल्डिंग, महात्मा गाँधी मार्ग, इलाहाबाद-1

लोकभारती प्रकाशन
पहली मंजिल, दरबारी बिल्डिंग, महात्मा गाँधी मार्ग
इलाहाबाद-211 001

वेबसाइट : www.lokbhartiprakashan.com
ईमेल : info@lokbhartiprakashan.com

शाखाएँ : 1-बी, नेताजी सुभाष मार्ग, दरियागंज
नई दिल्ली-110 002
अशोक राजपथ, साइंस कॉलेज के सामने
पटना-800 006 (बिहार)

संस्करण : 2012

इण्डियन प्रेस प्राइवेट लिमिटेड
इलाहाबाद-211002 द्वारा मुद्रित

CHALO KALKATTA
by Bimal Mitra

ISBN : 978-81-8031-609-8

मूल्य : ₹ 225

श्री सुभाषचन्द्र सरकार को श्रद्धापूर्वक

आपके साहस, सत्यवादिता और निष्ठा के प्रति
मेरी आन्तरिक श्रद्धा के निदर्शन के रूप में यह
'चलो कलकत्ता' मैं आपके करकमलों में
समर्पित करता हूँ।

...India ought not to take American money for her national movement and must raise her own money. I shall go to America only when India is Independent and speak of India and Indian culture without taking money for my lecture.

Mahatma Gandhi

(From a letter to Sri Sotu Sen)

मैंने पाँच उपन्यासों के द्वारा भारतवर्ष के इतिहास का परिक्रमण शुरू किया था। १७५७ ईसवी में जिस दिन अंग्रेजों ने पहले-पहल भारतवर्ष में पाँव रखा था, उसी दिन शुरू हुआ यह परिक्रमण। 'बेगम मेरी विश्वास' इस परिक्रमण का सूत्रपात है। उसके पश्चात् 'साहब बीबी गुलाम', 'खरीदी कौड़ियों के मोल' और उसके बाद 'इकाई दहाई सैकड़ा' के साथ बीसवीं सदी के छठे दशक में जब भारत की पूर्वी सीमा चीनी आक्रमण से आक्रान्त थी, यह परिक्रमण सम्पूर्ण हुआ। उसके बाद स्वाधीनोत्तर युग के अति आधुनिक विक्षुब्ध बंगाल की राजधानी का चित्र है-''चलो कलकत्ता'। बँगला में पहली बार जब यह पुस्तक प्रकाशित हुई, यहाँ कांग्रेस सरकार सत्तारूढ़ थी।

पाठक अगर इन पुस्तकों को कालानुक्रमिक भाव से पढ़ें, तो अर्थ के रस-ग्रहण में उन्हें विशेष सुविधा होगी।

—बिमल मित्र

चलो, कलकत्ता चलो।

चलो, चलो, कलकत्ता चलो।

आदिकाल में लोग दूसरे ही कारण से कलकत्ते आते थे। उन दिनों कलकत्ते माने था कालीक्षेत्र। इस कालीक्षेत्र की काली माई तब पथुरियाघाट में थीं। कवि कंकण की चण्डी में लिखा है :

धालीपाड़ा महास्थान कलिकाता कूचिनान, दोऊकूल बसे हैं बाट।

पाषाण रचित घाट; कूल करें यात्री नाट, किंकर बसाये नाना हाट।

'पाषाण रचित घाट' माने पथुरियाघाट। आज का स्ट्रैण्ड रोड उन दिनों गंगा के गर्भ में था। कवि कंकण ने अपनी चण्डी में इसका उल्लेख किया है। दरमाहाट स्ट्रीट में पानपोस्ता के ठीक उत्तर की ओर देवी का मन्दिर था। बाद में कापालिकों ने और भी निर्जन स्थान खोजकर देवी को वहाँ से ले जाकर कालीघाट में प्रतिष्ठित किया। कापालिकों का नाम सुनते ही लोग उन दिनों थरथर काँपते थे। वे लोग देवी को नरबलि भेंट चढ़ाते थे। उन्हें रोकने की हिम्मत किसी में न थी। बिना नरबलि के कापालिकों का अनुष्ठान पूरा नहीं होता था। उनकी साधना पूरी नहीं होती थी।

अब वह जमाना नहीं रहा। वक्त के साथ सब-कुछ बदल गया है। कलकत्ते में आज कापालिक नहीं हैं। सिर्फ कलकत्ता ही क्यों, पूरे बंगाल में आज उनका नामो-निशान नहीं मिलेगा। उनका अस्तित्व यहाँ से हमेशा के लिए मिट चुका है।

लेकिन नहीं, आज भी असल में उस जमाने का सब-कुछ वैसे ही मौजूद है। जरा भी तब्दीली नहीं हुई है। वही कालीक्षेत्र, वही काली और वे ही कापालिक जैसे आज भी मौजूद हैं। आज भी कापालिक कालीक्षेत्र के काली मन्दिर में ठीक उसी तरह नरबलि देकर अपना अनुष्ठान, अपनी

साधना पूरी करते हैं। सिर्फ उनका ऊपरी चेहरा बदल गया है, नाम बदल गया है।

और यात्री?

उन दिनों आसपास के कस्बों और जिलों से यात्री आया करते थे। आते थे, अंग, बंग, कलिंग से तथा भारत के दूसरे अंचलों से। और अब! अब आते हैं इंग्लैण्ड से, रूस और अमेरिका से। हर यात्री कलकत्ते आता है। यहाँ बिना आये जैसे किसी

का सरता ही नहीं। यहाँ बिना आये जैसे किसी का अनुष्ठान ही पूरा नहीं होता, किसी को सिद्धि ही नहीं मिलती।

और सबसे अधिक आश्चर्य की बात तो यह है कि कलकत्ते के इस कालीक्षेत्र में आज भी हर रोज नरबलि दी जाती है। एक के बाद दूसरी नरबलि। नरबलि के बिना जैसे देवी चण्डिका की रसना तृप्त ही नहीं होती। कापालिकों का अनुष्ठान पूरा नहीं होता। साधना पूरी नहीं होती।

इसलिए चलो, कलकत्ता चलो।

चलो, चलो, कलकत्ता चलो।

वे लोग उधर से आ रहे थे और ये लोग इधर से जा रहे थे। कलकत्ते में जिधर देखो उधर सड़कें-ही-सड़कें बिछी हैं। जो जिधर चाहे जा सकता है। हर किसी को हर कहीं जाने का अख्यितार है। तभी ये लोग चल रहे हैं।

मुँह-अँधेरे ही ये लोग उठ गये थे। कहाँ वह जयचण्डीपुर और कहाँ काले कोसों यह कलकत्ता।

जय! काली माई की जय!

बुधुआ ने कालीघाट में मनौती मान रखी थी। हे काली माई, मुझे अगर एक लड़का दे दो तो तुम्हारी पूजा करूँगा, पूरा बकरा बलि दूँगा, भोग चढ़ाऊँगा और परसाद खाऊँगा।

वैसे आजकल बकरों की कीमत भी काफी बढ़ गयी है। बुधुआ के बाप हरबंसलाल ने जब चालीस साल पहले बलि के लिए बकरा खरीदा था, तो एक छोटे बकरे की कीमत थी सिर्फ तीन रुपये। आज वही कीमत तीन रुपये से बढ़ते-बढ़ते बीस रुपये पर आकर रुक गयी है।

बुधुआ उस बकरे को लेकर जयचण्डीपुर से ही ट्रेन में चढ़ा था। कलकत्ते तक का सफर ट्रेन से तय करना था। छोटी-सी ट्रेन जैसे माचिस बक्स हो। जयचण्डीपुर से पूरे तीन कोस का फासला पैदल तय करने के बाद जयचण्डीपुर स्टेशन आता था। बुधुआ की माँ ने पिछली रात को ही सफर के लिए ज्वार की रोटी बनाकर रख ली थी। बुधुआ, उसकी बहू और बेटी ने वही रोटी खायी थी।

बुधुआ की बहू का दिमाग जरा ढीला है। दिमाग में कोई बात ठहरती ही नहीं। बे-बात लड़की को तड़ातड़ मारने लगती।

कहती, ''अतहत धींगड़ी हो गयली। बियाह भइल रहित त चार लड़िकन के महतारी भइल रहती। तनिकिस भूख लागल कि लगती लोर बहाने।''

बुधुआ टोली के आगे-आगे चल रहा था। उसके कन्धे पर बकरा था। उसने दोनों हाथों से बकरे को पकड़ रखा था। कहीं भाग न जाय। उसके पीछे-पीछे उसकी बहू रंगिया चल रही थी। रंगिया ने एक हाथ से लड़की को पकड़ रखा था। सबसे पीछे-पीछे बुधुआ की माँ आ रही थी। बूढ़ी होने की वजह से जरा पीछे पड़ गयी थी। लेकिन चल बराबर रही थी।

हावड़ा मैदान आकर सब लोग ट्रेन से उतरे। उसके बाद फिर पैदल चलायी। सामने ही खड़ा गंगा के ऊपर हावड़ा पुल जैसे उन लोगों की ओर ताक रहा था। और नीचे थी गंगा मैया।

बुधुआ ने पीछे घूमकर देखा। माँ ठीक से आ रही है न। इसके बाद एक बार उसने रंगिया की ओर देखा, और फिर दुखिया की ओर।

भीड़ के मारे माँ बेचारी चल नहीं पा रही थी। बेचारी जयचण्डीपुर की थी; इतनी भीड़ देखकर सकपका गयी थी। कहाँ वह खुला और सुनसान गाँव और कहाँ भीड़ से भरा यह शहर।

बुधुआ आगे से चिल्लाया, "माई, हुशियार, हुशियार-एकर नाम शहर कलकत्ता बा-"

माँ बेचारी भी आँखें फाड़े कलकत्ता शहर को देख रही थी। तीस-चालीस साल पहले भी वह एक बार यहाँ आयी थी। बुधुआ का बाप तब जिन्दा था। उस बार भी वे लोग एक बकरा लेकर काली मन्दिर में भोग चढ़ाने के लिए आये थे।

बुधुआ का बाप कहा करता था, "गरीब ढूँढ़े खाना और अमीर ढूँढ़े भूख।"

बुधुआ की माँ की समझ में बात नहीं आयी थी, बुधुआ के बाप हरबंसलाल ने इस बात के माने समझाये थे कि गरीब बेचारे की सारी जिंदगी खाना ढूँढ़ने के चक्कर में निकल जाती है, और अमीर हमेशा भूख बढ़ाने के लिए परेशान रहते हैं। इसी से बुधुआ की माँ आज बड़े आदमियों के इस शहर को मुँह बाये देख रही थी। यहाँ सभी अमीर हैं। लेकिन चालीस साल पहले के उस कलकत्ते का आज के कलकत्ते से कोई मेल ही नहीं बैठता। गंगा मैया की छाती पर यह लोहे का पुल भी तब नहीं था।

अचानक तभी हाथी-जैसी एक बड़ी-सी बस बुधुआ की माँ की बगल से गुजर गयी।

बुधुआ हें-हें कर उठा। "सम्हल के-सम्हल के-"

बड़े भाग्य से बुढ़िया बाल-बाल बच गयी।

"तोहरा से कहले रहलीं कि इ शहर कलिकाता होउ, अबहिए बस गाड़ी के धक्का से दाँत निपोर के सरगे चल जयतु, तब क नीक होइत?"

बुधुआ की माँ सचमुच सम्हल गयी थी। उसने कहा, "तोर बाबू का कहत रहस, मालूम हउ? कहत रहस कि गरीब खोजे भोजन और अमीर खोजे भूख–"

बुधुआ ने कहा, "बकबका मत। तनि देखिके सीधे चला।"

इसके बाद बुधुआ ने एक काम किया। बकरे को कन्धे से उतारकर उसने अपने अँगोछे से उसका गला ठीक से बाँध दिया। इसके बाद अपनी धोती के छोर से बहू की साड़ी का पल्ला बाँधा। बहू की साड़ी के पल्ले से लड़की की साड़ी का छोर बाँधा और फिर लड़की की साड़ी के छोर से माँ की धोती का छोर बाँध लिया। अब किसी का खो जाना मुश्किल है। अब जाकर बुधुआ ने चैन की साँस ली। बकरे को फिर उसने कन्धे पर रखकर उसके चारों पैर मजबूती से पकड़ लिये और चलना शुरू किया। बोलो, काली माई की जय! बजरंगबली की जय!

बुधुआ की टोली अब हावड़ा पुल पारकर बड़े बाजार के मोड़ पर आ पहुँची थी। उधर से कई 'हवागाड़ियाँ' आ रही थीं और इधर से ट्राम। बीच चौराहे पर पुलिस का सिपाही खड़ा था।

"अरे गया–गया!"

अचानक सारे राहगीर ठिठककर इधर–उधर देखने लगे।

"रोक के! रोक के!"

"न जाने कहाँ का देहाती आ गया है।"

"सड़क पर चलना नहीं आता और शहर में चले आये! कन्धे पर एक बकरा भी लाद रखा है।"

"अरे भाई, ऐसा न कहो, आजकल ये ही लोग सच्चे हैं। इन्हें गँवार देहाती कहकर हम खुद को ही गाली दे लेते हैं।"

सड़कों पर और ट्राम–बसों में कितने ही तरह–तरह के लोग थे; विचित्र चरित्रों का समावेश। अच्छे–बुरे, साधारण–असाधारण को लेकर ही संसार बना है। वे अपने–अपने आफिस–कचहरी जा रहे थे रुपया कमाने के लिए। उन लोगों का भी क्या कसूर है! कोई रुपया कमाने जा रहा है तो कोई नाम कमाने। फिर कोई काली माई का प्रसाद पाने ही जा रहा है। आदिम काल में एक दिन यह अनन्त यात्रा शुरू हुई थी। एक दिन पर्वत–पहाड़ पारकर एशिया माइनर से उन्होंने अपनी यात्रा शुरू की थी। लेकिन वह एशिया माइनर था या मध्य एशिया? नहीं, इनसान उससे पहले भी थे। दस हजार साल पहले के इनसान के भी चिह्न मौजूद हैं। बुधुआ ने जयचण्डीपुर से चलना शुरू किया, लेकिन बुधुआ का बाप हरबंसलाल जयचण्डीपुर से भी दूर कहाँ से पैदल

चलकर आया था, पता नहीं। सिर्फ हरबंसलाल ही क्यों, हरबंसलाल का बाप भी तो था। फिर हरबंसलाल के बाप का बाप? हजारों और लाखों साल इसी तरह गुजर गये हैं। एक देश से दूसरे देश और एक जनपद से दूसरे जनपद। इष्ट देवता के आगे वे अपनी कामनाओं और वासनाओं का बोझ ढोकर पहुँचे हैं। कहा है–हमें धन दो माँ, हमें ऐश्वर्य दो–हमें रूप दो; ज्ञान दो–

मनुष्य की कामनाओं का अन्त नहीं है।

बुधुआ की माँ को भी यही लग रहा था। बुधुआ का बाप भी चालीस साल पहले एक दिन उसे कलकत्ते ले आया था!

उसने पीछे चलते-चलते ही पुकारा, "ओ बुधुआ! ओ बुधुआ!"

कपड़ों के छोरों को एक-दूसरे से बाँधकर बुधुआ जरा निश्चिन्त होकर चल रहा था। अब बुढ़िया के पुकारने से वह झल्ला उठा।

"का भइल? चिल्लात काहे बा?"

बुधुआ के पास आते ही बुढ़िया ने कहा, "देख बबुआ, तोर बाबू कहत रहस कि गरीब खोजे भोजन और अमीर खोजे भूख–"

बुधुआ खीझ उठा। उसने सोचा था, माँ पता नहीं कौन-सी जरूरी बात कहेगी। देख रही है कि यह कलकत्ता शहर है! भीड़ के मारे दिमाग चकराने लगता है, ऊपर से ये बेकार की बातें।

"अरे, ई मा कउन नयी बात बा, चुप्पहि रास्ता देख के चल। खूब होशियार होके चल। ई शहर कलकत्ता बा बड़ा जबर शहर!"

बुधुआ फिर चलने लगा। उधर ट्राम-बसें चल रही थीं, शोरशरापा चल रहा था। सड़क के एक किनारे से बुधुआ की टोली चल रही थी। पहले बुधुआ की बहू रंगिया, बुधुआ की बेटी दुखिया और सबके बाद बुधुआ की बुढ़िया माँ थी। बुधुआ ने सबके कपड़ों का छोर एक-दूसरे से बाँध दिया था। बकरा उसके कन्धे पर था। उसने कहा, "जय काली माई को! जय बजरंगबली की!"

अचानक एक बस उधर से आकर मानो बुधुआ के ऊपर से निकल गयी और साथ-ही-साथ चारों तरफ से लोग हाय-हाय कर उठे।

"क्यों जी, बेचारा मर गया या जिन्दा है?"

"अरे साहब, वहाँ इतनी भीड़ क्यों है? कोई दब गया क्या?"

"बेचारा! लेकिन कन्धे पर इस तरह बकरा रखकर क्या कोई चलता है? बुद्धू कहीं का! साथ में ये लोग कौन हैं? शायद बहू और लड़की होगी। और वह बुढ़िया शायद उसकी माँ है।"

देखते-देखते सड़क पर भीड़ जम गयी। सड़कों पर भीड़ जमाने के लिए बेकार और फालतू लोगों की कमी नहीं रहती। अब तक जो लोग काम-काज से आ-जा रहे थे, वे भी तमाशा देखने आ खड़े हुए।

"क्या हुआ है साहब? बात क्या है?"

वे लोग उधर से आ रहे थे और ये लोग इधर से जा रहे थे। पूरे कलकत्ते में ही तो पक्की सड़कें बिछी हैं। जिसे जिधर आना-जाना हो, आये-जाये। इस शहर में हर किसी को हर कहीं आने-जाने का अख्तियार है। तुम लोग भी चलो।

ये लोग आज मुँह-अँधेरे उठे हैं। कोई यादवपुर का रहनेवाला है तो कोई गड़िया का। कौन कहाँ रहता है, यह कोई नहीं जानता। एक जगह इकट्ठे होने के बाद सब एक-दूसरे को देख रहे थे। इसके बाद एक छोटा-मोटा नेता आकर सबको लाइन में खड़ा कर चला गया था।

कोई एक गला फाड़कर चीख रहा था, "इन्कलाब!"

उसके साथ ही बाकी लोग आवाज मिला रहे थे, "जिन्दाबाद!"

"जरा जोर जोर से भाई, और जरा जोर से। एक साथ आवाज मिलाकर बोलो-जिन्दाबाद!"

अरविन्द शुरू से ही इस लाइन में खड़ा हो गया था। वैसे लाइन में उसके खड़े होने की बात नहीं थी। किस बात के लिए लाइन लगी है, अरविन्द को यह भी मालूम नहीं था। हारान नस्कर लेन के दो मकानों में उसका डेरा था। एक मकान गली में दायीं ओर था, दूसरा बायीं ओर। याने सात नम्बर मकान में एक कमरा था और आठ नम्बर में एक। सात नम्बर में अरविन्द की माँ और उसकी बीस साल की क्वाँरी बहन रहती है और आठ नम्बर में अरविन्द की बहू रहती है। दोनों घर आमने-सामने हैं। लेकिन सात नम्बर से आठ नम्बर में जाने के लिए आठ फूट चौड़ी सड़क पार करनी पड़ती है।

असल में अरविन्द गोश्त खरीदने निकला था। बकरे का गोश्त। इस आध किलो गोश्त से उसका काम चल जायगा। वैसे अरविन्द के घर गोश्त कभी-कभार ही बन पाता। गोश्त का दाम आजकल बहुत बढ़ गया हे। छह रुपये से कम में कोई देता ही नहीं। डाक्टर ने गोपा को गोश्त खिलाने के लिए कहा है। गोपा को दिल की बीमारी है। उसे प्रोटीन की सख्त जरूरत है। डाक्टर ने कहा है, "आप उसके हसबैण्ड ठहरे, आप उसकी सेहत का ख्याल नहीं करेंगे तो कौन करेगा?"

अरविन्द सुसी के बारे में भी सोच रहा था।

सुसी उनकी सगी बहन है। छुटपन में वह बड़ी चुलबुली थी। गोश्त खाने की बड़ी शौकीन थी। वह भी कई बार कह चुकी है, "भैया कितने दिन हो गये, "गोश्त नहीं खाया।"

घर में काफी दिनों से गोश्त नहीं बना है, अरविन्द यह जानता था। अरविन्द कहता, "लाऊँगा लाऊँगा। एक दिन पूरा एक किलो गोश्त ले आऊँगा, जी भर के खा लेना।"

पूरा एक किलो गोश्त खाने की कल्पना से खुश होकर सुसी के मुँह में पानी आ जाता। वैसे गोपा के मुँह में भी पानी आता है।

एक दिन अकेले में उसने अरविन्द से कहा, "कह तो दिया, लेकिन गोश्त लाओगे कहाँ से?"

"क्यों, तुम सोचती हो, मैं ला नहीं सकता?"

"ओफ बड़े अकड़ रहे हो! मैं तुम्हारी अकड़ बहुत देख चुकी।"

अरविन्द खिसियाकर कहता, "तुम्हारी वजह से ही तो...तुम्हारी वजह से ही तो कुछ कर नहीं पाता। तुम अगर जरा-"

बात पूरी होने से पहले गोपा गरज उठती, "बस! बस! रहने भी दो!"

"मैंने क्या कोई गलत बात कही है?"

गोपा और भी जोर से बरसती, "अच्छे मरद हो जी! मुझसे हर किसी की खिदमत नहीं होने की! क्यों, मुझे क्या गरज पड़ी है? तुम्हारी माँ है, तुम्हारी बहन है, उन लोगों पर तुम्हारा बस नहीं चलता? सारा रोब तुम मुझको ही दिखलाते हो? मेरी क्या जान नहीं है? मैं क्या पेड़-पौधा हूँ? पत्थर की बनी हूँ?"

गनीमत है कि आठ नम्बर की आवाज सात नम्बर में नहीं पहुँचती। नहीं तो उधर से गोपा की अन्धी और बूढ़ी सास भी चिल्लाने लगती-क्या कहा बहू, तुम्हारा यह मजाल! तुम मेरी सुसी को ताना मार रही हो?

वैसे देखा जाय तो गोपा की बातें चुभनेवाली भी थीं।

गोपा कहती, "क्यों सुसी, तुम्हारी माँ-जायी बहन है इसलिए इतनी प्यारी है, और मैं दूसरे घर से आयी हूँ इसलिए सारा जोर मुझ पर ही चलता है न! मैं अच्छा करूँगी, कहूँगी; एक बार नहीं, हजार बार कहूँगी!"

बीबी से जली-कटी सुनकर उस दिन अरविन्द का मिजाज खराब हो गया था। वह सब्जी लाने के लिए थैली उठाकर बाहर निकल पड़ा। बेकार है साली यह जिन्दगी! बीबी और बहन को एक किलो गोश्त भी नहीं खिला सकता। धिक्कार है, ऐसे जीने को!

माँ ने पूछा था, "इतनी सुबह कहाँ चल दिया?"

अरविन्द ने पहले तो कोई जवाब नहीं दिया था।

"अरे सुना नहीं! मैं पूछ रही हूँ, कहाँ चल दिया?"

इस पर अरविन्द ने झल्लाकर कहा, "जाऊँगा कहाँ, भाड़ में जा रहा हूँ। तुम लोगों के लिए पिण्डदान का इन्तजाम करने जा रहा हूँ।"

अरविन्द थैली लेकर निकल तो पड़ा, लेकिन अण्टी बाबा हरिदास! सौदा खरीदने को पैसा कहाँ से आयेगा इसका पता नहीं, लेकिन थैली लेकर, रोज निकलना जरूरी है। अरविन्द ने सोचा, "भद्रकाली मिष्टान्न भण्डार' जाकर दस रुपये का एक नोट उधार माँग लूँगा।

'भद्रकाली मिष्टान्न भण्डार' बीच बाजार में है। दूकान का मालिक दिलीप बेरा कच्ची उमर का जवान है। इतने दिन मजे में चल रहा था। दूकान से मुनाफे की मोटी रकम आती थी जिससे दिलीप बेरा दोनों हाथों पैसा उड़ाता था। बीच-बीच में कभी वह शनिवार के दिन अरविन्द को साथ लेकर रेस खेलने भी जाता था। कीमती सिगरेट पिलाता और टैक्सी में लेकर घूमता। फिर लौटते समय अरविन्द को जो चीज सबसे ज्यादा पसन्द थी, दूकान में ले जाकर वही पिलाता। बढ़िया विलायती शराब। दिलीप उसे जी भरकर पिलाता। अरविन्द विलायती शराब पीने का बड़ा शौकीन था।

एक के बाद एक, कई पेग खाली हो चुकने के बाद भी दिलीप बेरा पूछता, "एक पेग और चलेगा, अरविन्द?"

अरविन्द कहता, "कितने पेग चढ़ा गया हूँ?"

"मैं क्या गिन रहा था? तूने कितनी पी है, यह तू ही जानता होगा।"

अरविन्द ना-नुकर करते हुए कहता, "लेकिन आज तो तुम पूरे दो हजार रुपये हार चुके हो, आज कैसे पीऊँ?"

"अबे तू भी क्या बात करता है, मैं दो हजार हार गया, इसलिए तू कम पीयेगा? दिलीप बेरा कभी हिसाब करके माल पीता है?"

"हाँ, तो दिलीप बेरा इसी किस्म का आदमी था। अरविन्द के आड़े वक्त में वह हमेशा काम आया। लेकिन आजकल उसके भी हाथ तंग हैं। आजकल सन्देश, रसगुल्ला या गुलाबजामुन कुछ भी नहीं है। इच्छा रहने पर भी अब वह अरविन्द को रोज-रोज नहीं पिला सकता। पहले हाथ फैलाते ही रुपये मिल जाते थे। आजकल जो रुपये की तंगी है, यह देखने से ही पता लग जाता है। वैसे दिलीप बेरा अब भी रेस खेलने जाता है, लेकिन चोरी-छिपे और अकेले-अकेले।

उस दिन सुबह सोकर उठने के बाद अरविन्द ने सोचा था कि दिलीप से जाकर कुछ रुपये उधार माँग लूँगा। अरविन्द को यकीन था कि दिलीप उसे खाली

हाथ नहीं लौटायेगा। ज्यादा-से-ज्यादा थोड़ी मसखरी ही करेगा। हो सकता है, कहेगा-क्या बात है रे, सुसी की शादी कर रहा है क्या?

दिलीप बेरा सुसी को लेकर इसी तरह छेड़छाड़ करता था।

अरविन्द कहता, "तुम सुसी को लेकर इस तरह छेड़छाड़ न किया करो दिलीप दा।"

"क्यों, छेड़छाड़ क्यों न करूँ? सुसी तेरी बहन है इसलिए?"

अरविन्द कहता, "यह बात नहीं है, सुसी सुनेगी तो गुस्सा होगी।"

"गुस्सा करेगी तो दो रोटी ज्यादा खा लेगी। सुसी के लिए मैंने कितने रुपये खर्च किये हैं, बोल तो? उस दिन तो सिफन की साड़ी पहने वह सिनेमा जा रही थी, वह भी तो मेरी ही खरीदी है। है कि नहीं, बोल?"

"इतने जोर-जोर से क्यों बोल रहे हो? कोई सुनेगा तो क्या कहेगा?"

"चुप भी कर! गले का वह हार और साड़ी भी तो पिछली दुर्गा-पूजा पर मैंने ही दी थी?"

"ओफ! मैं कब कह रहा हूँ कि तुमने नहीं दी।"

दिलीप बेरा उस दिन शायद नाराज हो गया था। उसने कहा, "तब सुसी ने मुझे देखकर उस दिन मुँह क्यों फेर लिया? बड़ी सती बनी फिरती है! कालेज की सहेलियों को शायद यह दिखलाना चाहती है कि सारे गहने और साड़ी उसके लायक भैया ने ही खरीद दिये हैं!"

दिलीप दा इस तरह बातें करता है कि सुनकर अरविन्द को बड़ा डर लगता है। अगर किसी बाहरी आदमी के कान में पड़ गयी तो गजब हो जायगा। 'भद्रकाली मिष्टान्न भण्डार' के सामने हमेशा ग्राहकों की भीड़ रहती थी। दिलीप दा जिस-तिस के सामने ऊटपटाँग बक देता है। अरविन्द ने सोचा था, दिलीप दा के पास जाकर चुपके से कहूँगा-दिलीप दा, दस रुपये दोगे?

दिलीप बेरा शायद पूछेगा, "दस रुपये से सुसी क्या खरीदेगी?"

"अरसा हो गया, बेचारी ने गोश्त नहीं खाया, सोच रहा था एक किलो गोश्त खरीदकर ले जाऊँ।"

अरविन्द के दिमाग में पूरा प्लान था। लेकिन जुलूस देखकर सब गड़बड़ा गया। दिलीप बेरा की दूकान 'भद्रकाली मिष्टान्न भण्डार' बड़ी सड़क के मोड़ पर थी। वहाँ जाकर उसने जुलूस की भीड़ देखी। भीड़ में जान-पहचानवाले कई लोग थे, साथ ही बहुत-से अनजान चेहरे भी मौजूद थे।

"अरे अरविन्द बाबू, आइये न!"

कलुआ फटिक दूर खड़ा था। मोहल्ले में फटिक नाम के दो आदमी रहते हैं। एक काला है और दूसरा गोरा। गलतफहमी न हो जाय, इसलिए एक को लोग

कलुआ फटिक और दूसरे को सिर्फ फटिक कहते थे। हाँ, तो लाइन में वही कलुआ फटिक खड़ा था।

अरविन्द ने पूछा था, "तुम लोग कहाँ जा रहे हो?"

"कलकत्ते। आप भी चलिये न।"

"क्यों, आज क्या है?"

भीड़ जमा करने की कोशिश अभी शुरू ही हुई थी। लोगों को इकट्ठा करने का इन्तजाम हो रहा था। दो वालण्टियरों ने आगे बढ़कर अरविन्द की पीठ पर हाथ रखकर उसे लाइन में खड़ा कर दिया। अरविन्द ज़ाकर कलुआ फटिक के पास खड़ा हो गया।

कृपाकर लाइन में रहिये। देखिये, लाइन टूटने न पाये।"

अरविन्द ने कहा, "अरे भाई, मैं तो गोश्त खरीदने निकला था।"

"अरे, गोश्त बाद में खरीद लेंगे। यहाँ खाने की रोटी नसीब नहीं हो रही है, और आप गोश्त खरीदने निकले हैं!"

अरविन्द को जैसे अपने-आप पर शर्म आने लगी। उसने कहा, "नहीं भाई, असल में डाक्टर ने वाइफ को गोश्त खिलाने के लिए कहा है। कहा है, आपकी वाइफ को प्रोटीन-फूड की सख्त जरूरत है। लेकिन डाक्टर तो हिदायत देकर छुट्टी पा गया। रुपया खर्च करने के लिए तो बस मैं ही ठहरा। आजकल गोश्त खरीदना क्या आसान काम है भाई? दाम सुनते ही होश फाख्ता होने लगता है। फिर भी सोचा कि चलो, साल में एक-दो दिन ही तो-"

"आपकी वाइफ को क्या हुआ है?"

"अरे होगा क्या? ठीक से खुराक न मिलने पर जो होता है, वही हुआ है। दिल की बीमारी हो गयी है।"

"दिल की बीमारी है तो चेंज के लिए ले जाइये।"

"तुमने भी खूब कहा। छह रुपये किलो का गोश्त खिला नहीं पा रहा हूँ और तुम चेंज की बात कर रहे हो! मर्द होता तो कोई बात नहीं थी, लेकिन औरत की जात, कुछ कह भी नहीं पाता-"

तब तक जुलूस के चलने की सरगर्मी पड़ गयी।

अरविन्द ने कहा, "तुम लोगों को कितनी देर लगेगी?"

"कोई खास देर नहीं लगेगी। बारह-एक बजे तक लौट आयेंगे। आते वक्त बस में चले आयेंगे।"

"लेकिन आज अचानक सुबह-सुबह यह सब क्यों? हर बार तो दोपहर के बाद जुलूस निकलता है?"

कलुआ फटिक ने कहा, "आज शनिवार है न–शनिवार के रोज आधे दिन का ऑफिस होता है।"

अरविन्द ने कहा, "लेकिन शनिवार को जुलूस निकालना क्या ठीक हो रहा है? आज तो रेस का दिन है। बाबू लोग रेस खेलने जायेंगे न? दिलीप दा को भी आज फुरसत नहीं है।"

कलुआ फटिक ने जैसे बात को टालते हुए कहा, "अरे, आप भी खूब हैं, हम लोगों के लिए क्या शुक्रवार और क्या शनिवार! हम लोगों के लिए दोनों ही वार बराबर हैं। वार का हिसाब रखें बाबू लोग, हम तो फक्कड़ हैं।"

अरविन्द को कलुआ फटिक की बातें कोई खास जँच नहीं रही थीं। कौन बाबू है और कौन नहीं, यह ऊपर से देखकर कौन जाँच सकता है! अरविन्द को भी सभी लोग बड़ा आदमी समझते हैं। कपड़े और जूते देखकर यही लगता है। अरविन्द अगर बड़ा आदमी है तो कलकत्ते के सभी लोग बड़े आदमी हैं!

खैर ठीक है। दिलीप दा से लौटते वक्त रुपये माँग लूँगा। अरविन्द ने सोचा।

अरविन्द को याद आया, "भद्रकाली मिष्टान्न भण्डार' के दिलीप दा ने एक दिन उसे अकेले में बुलाकर आहिस्ते से कहा था, "क्यों रे आजकल क्या कर रहा है?"

सुनकर अरविन्द को बड़ा अजीब लगा था। उसने कहा था, "करूँगा क्या, कभी कुछ किया है जो अब करूँगा? काम मुझे कौन दे रहा है, बतलाओ न मुझे?

"लेकिन तुझे काम करने की जरूरत ही क्या है, तेरे घर में इतनी बड़ी धींगड़ी बहन है।"

अरविन्द ऐसी बातों से शर्माता नहीं, बल्कि दाँत निकालकर ही–ही करने लगता है। कहता है, "तुम भी कैसी बातें करते हो दिलीप दा, जिसका कोई मतलब नहीं निकलता। धींगड़ी बहन है तो मेरा क्या।

दिलीप बेरा को हँसी नहीं आती। मिठाई बेचकर कमाये कच्चे पैसे के मालिक दिलीप बेरा को इतनी आसानी से हँसी नहीं आती।

वह कहता, "इसमें हँसने की कौन–सी बात है? मैं एक सीरियस बात कह रहा हूँ और तू है कि बुद्धू की तरह हँस रहा है। हँस मत! इस तरह बात–बात में दाँत निकालना ठीक नहीं है।"

"ठीक है दिलीप दा, अब न हँसूँगा। कहो, क्या कह रहे थे?"

"कुछ रकम कमानी है?"

अरविन्द ने कहा, "क्या करना होगा, कहो।"

दिलीप दा ने कहा, "करना कुछ भी नहीं है। जरा भी मेहनत नहीं करनी पड़ेगी, एकदम फोकट का पैसा है। एक मुर्गा है, कुछ रुपये उड़ाना चाहता है।"

"मुर्गा?"

अरविन्द ठीक-ठीक समझ नहीं पा रहा था।

"अरे, मुर्गा माने मुर्गा। मुर्गा क्या होता है, नहीं समझता। काफी मालदार आसामी है। जमते-जमते 'दो नम्बर' की रकम में काई लग रही है। बेचारे को खर्च करने का रास्ता ही नहीं मिल रहा है।"

अरविन्द को इस पर भी समझ नहीं पाया।

"तो मैं क्या करूँ?"

दिलीप दा ने कहा, "मैंने उससे तेरे बारे में कहा है। वह तुझसे दोस्ती करना चाहता है। तू भी उससे दोस्ती करके देख न, अगर तेरा कोई काम बन जाय। कुछ कहा तो नहीं जा सकता।"

अरविन्द अब कुछ-कुछ समझ रहा था।

उसने कहा, "मेरा क्या काम बनेगा?"

दिलीप दा बिगड़ गया। कहा, "काम नहीं बनेगा? 'दो नम्बर रुपये का मालिक क्या तुझसे यों ही दोस्ती करना चाह रहा है? क्या उसे पूजा नहीं चढ़ानी पड़ेगी? अगर वह इस पर राजी न हो तो तू भी क्यों छोड़ेगा? अच्छी तरह से उसे दुह लेना। वह तो पैसा खर्च करने के लिए बेचैन हो उठा है, लेकिन उसे खरचने का कोई रास्ता मिल नहीं रहा है।"

अरविन्द अब जरा नरम पड़ा; बोला, "कितना देगा?"

दिलीप दा ने कहा, "पहले यह बता कि तू कितना ढील दे पायेगा? तेरी बहन राजी होगी?"

अरविन्द ने कान पकड़ा।

कहा, "तुम भी दिलीप दा क्या कहते हो, कुछ ठीक ही नहीं है। सुसी सुन लेगी तो बिगड़ जायगी और आफत मचा देगी।"

तभी दिलीप दा मानो अचानक बिगड़ गया।

कहा, "तब मैं भी साफ-साफ कहे देता हूँ, मेरे पास फिर कभी रुपये उधार माँगने न आना, मैं तुझे रुपये नहीं दे पाऊँगा। सन्देश-रसगुल्ला बनना बन्द हो गया है, मेरी खुद की हालत ही खस्ता हो रही है।"

दिलीप को गुस्सा होते देखकर अरविन्द नरम पड़ गया।

उसने कहा, "तुम नाराज क्यों हो रहे हो दिलीप दा, तुम नाराज हो गये तो मेरा कैसे चलेगा? माँ के लिए रोज एक पाव रबड़ी कहाँ से लाऊँगा? इसके अलावा सुसी की साड़ियाँ, गोपा की दवाएँ?"

"गोपा? गोपा को क्या हुआ?"

दिलीप दा उत्सुक हो उठा।

अरविन्द ने कहा, "वाह, तुम्हें बतलाया तो था। गोपा के फेफड़ों में खराबी आ गयी है, तुम्हें नहीं बतलाया था? गोपा की दवाएँ खरीदते-खरीदते ही तो साली जान निकल गयी! इस पर दो-दो मकानों का किराया। एक सात नम्बर, दूसरा आठ नम्बर, दोनों मकान मालिकों ने नोटिस दे रखा है।"

दिलीप को यह सब मालूम था। उसने कहा, "खैर, मुझे जो कहना था, मैंने कह दिया। तेरी समझ में जो आये कर, नहीं तो मुझे क्या पड़ा है?"

अरविन्द ने अपनी आवाज और मुलायम की। उसने कहा, "अरे, जब तुम 'रिकमेण्ड' कर रहे हो तो मुझे क्या उज्र हो सकता है? सिर्फ एक बात, कहीं शराब-वराब तो नहीं पीता?"

"तेरी अकल की भी बलिहारी है!"

अरविन्द ने बीच में ही रोककर कहा, "नहीं दिलीप दा, मेरा यह मतलब नहीं है। मेरा मतलब यह है कि भले आदमियों के मोहल्ले में रहते हैं न। हारान नस्कर लेन के सात नम्बर मकान में तो तुम कितनी ही बार जा चुके हो! जरा-सी गड़बड़ी हुई कि आफत आ जायगी।"

दिलीप ने कहा, "भाई, इस चीज की गारण्टी मैं भी नहीं दे सकता। पैसेवाला है, उम्र से भी जवान है, सेहतमन्द है, फिर शराब न पीये यह कैसे हो सकता है?"

अरविन्द ने कहा, "पीने की कोई बात नहीं, तुम सिर्फ इतना ही कह देना दिलीप दा कि नशे की हालत में कहीं कोई बदतमीजी न कर बैठे- माने, मोहल्लेवालों को कुछ मालूम हो, यह मैं नहीं चाहता।"

दिलीप ने कहा, "इस बात के लिए तू बेफिक्र रह, मैं भी भले घर का लड़का हूँ, मैं क्या इतना भी नहीं समझता?"

इतना कह दिलीप बेरा फिर से दूकान में कैश के पास गद्दी पर जा बैठा। इतनी-सी देर में 'भद्रकाली मिष्टान्न भण्डार' में बहुत-सारे ग्राहक इकट्ठे हो गये थे।

हाँ, तो शुरुआत यहीं से हुई।

मतलब, यह जो कहानी लिखने बैठा हूँ, जिसके आरम्भ में बुधुआ कन्धे पर बकरा लादे कलकत्ते की सड़कों से गुजरता है और जिस रास्ते से राजभवन की ओर

जुलूस जा रहा है, उस जुलूस के दूसरे हजारों लोगों में अरविन्द भी एक है। जो अरविन्द ऊपर से सफेद शर्ट, पाँवों में पालिशदार चमचमाते न्यूकट और हाथ की उँगली में सोने की अँगूठी जिसमें गोमेद जड़ा था, पहने हुए है और जिसकी जेब खाली है। उससे अगर इण्डिया की कांग्रेस गवर्नमेण्ट को गाली देने को कहो, तो वह फर-फर सरकार के सारे दोषों को दुहरा देगा। यह सब उसे मुँहजबानी याद है। उससे अगर रूस, अमेरिका या चीन की पॉलिटिक्स के बारे में बात करो, तो वह भी उसे याद है। सड़कों पर, पार्क में, 'भद्रकाली मिष्टान्न भण्डार' में, चाय की दूकान पर बैठे वह घण्टों काट देगा और दोपहर के एक बजे सात नम्बर मकान में आकर नहाने-खाने के बाद आठ नम्बर मकान में जाकर पाँच बजे तक सोयेगा। फिर उठकर एक कप चाय पीयेगा और फिर साफ कपड़े पहनकर वह निकल पड़ेगा।

और फिर?

फिर इसके बाद ही तो असली उपन्यास शुरू होता है। वास्तव में असली उपन्यास मार्टिन कम्पनी के जयचण्डीपुर से शुरू होता है। वहीं से जहाँ से बुधुआ वगैरह कन्धे पर बकरा लादे कालीघाट में देवी के आगे बलि चढ़ाने आ रहे हैं और इधर से राजभवन की ओर एक जुलूस बढ़ रहा है।

उन्नीसवीं सदी के प्रत्यय की जड़ में से जैसे एक नये और अविश्वासी समाज का अंकुर फूट निकला। इस समाज का रसोईघर और पानी का नल हारान नस्कर लेन के सात नम्बर मकान में था और आठ नम्बर मकान में उसके सोने का कमरा था।

उस आठ नम्बर मकान के कमरे में उस दिन शाम को गोपा टूटी कुर्सी पर बैठी शरच्चन्द्र का 'श्रीकान्त' पढ़ रही थी। 'श्रीकान्त' जो एक अच्छी किताब है, गोपा इसलिए नहीं पढ़ रही थी। असल में बात यह थी कि दोनों घरों में किताब के नाम पर जो भी था, महज यही थी। किताब का नाम क्या है और किसकी लिखी है, गोपा को शायद यह भी मालूम नहीं था। खाली बैठे न रहकर कुछ करना चाहिए, महज इसी खातिर वह किताब लेकर बैठी थी।

अचानक अरविन्द अन्दर दाखिल हुआ। साथ में भड़कीले कपड़े पहने एक आदमी था।

इस अनजान आदमी को देख, गोपा सकपका गयी।

अरविन्द ने कहा, "आठ नम्बर मकान यही हे। गली का नाम वही है, हारान नस्कर लेन। आपको काफी तकलीफ हुई शिरीष बाबू-"

शिरीष बाबू अद्धी के कुर्ते में पसीने से लथपथ हो रहे थे।

उन्होंने आश्चर्य से पूछा, "क्यों?"

"गाड़ी गली के बाहर छोड़कर आना पड़ा न, इसी से।"

“अरे, तो इससे क्या हुआ? गाड़ी है इसलिए क्या पैदल चलना भूल गया हूँ? आप भी क्या कहते हैं अरविन्द बाबू!”

इतना कहकर वे एक कुर्सी खींचकर बैठ गये। फिर मुँह ऊपर कर उन्होंने छत की ओर देखा।

“क्या पंखा और तेज नहीं हो सकता?”

अरविन्द ने अपनी गरीबी को हँसकर उड़ा देने की कोशिश की, “अरे साहब, इतनी देर से यही बात तो आपसे कह रहा था, हमारा देश बड़ा ही पाजी देश हो चला है, किसी पर भी यकीन करना मुश्किल है, सब साले चोर हैं–”

“क्यों?”

शिरीष बाबू शायद उसकी बात समझ नहीं पा रहे थे। पंखे के साथ देश का क्या सम्पर्क हो सकता है, यह उनकी समझ में तुरन्त नहीं आ रहा था।

“देखिये न, आजकल लेबर का दिमाग कितना चढ़ गया है। दस दिन हो गये, मैकेनिक और मिस्त्रियों के घर चक्कर काटते-काटते पैरों की नस ढीली हो गयी। इसके बाद बाबू साहब कृपा करके एक दिन आये, जरा हाथ लगाया और पचीस रुपये की चपत लगाकर चले गये।”

शिरीष बाबू को इन बेकार की बातों में कोई मजा नहीं आ रहा था। उन्होंने खुद ही गोपा की ओर देखकर हाथ जोड़ते हुए कहा, “अरविन्द बाबू, आपने इनसे तो परिचय कराया ही नहीं–”

अरविन्द ने शर्मिन्दा होकर कहा, “अरे, मैं भी कैसा भुलक्कड़ हूँ। अरे, यही तो है मेरी वाइफ गोपा; और आप हैं शिरीष बाबू–”

“शिरीष दासगुप्त।” शिरीष बाबू ने पादपूरण करते हुए कहा।

“हाँ-हाँ, शिरीष दासगुप्त, ज्वेलर्स–”

शिरीष बाबू ने फिर पादपूरण किया, “ज्वेलर्स एण्ड वाच डीलर्स–”

“हाँ-हाँ, ज्वेलर्स एण्ड वाच डीलर्स! आपका क्या घड़ियों का कारोबार भी है शिरीष बाबू?”

शिनीष बाबू ने कहा, “सोने के कारोबार को तो आपकी सरकार ने चौपट कर दिया है, अब घड़ी बेचकर ही गुजारा करना पड़ रहा है। हाल में एक ‘ग्लास फैक्टरी’ भी दूसरे के नाम से चालू कर दी है, नाम है ‘इण्टरनेशनल ग्लास फैक्टरी’।”

‘लेकिन घड़ियों का रोजगार भी तो अच्छा है! आजकल घड़ियों की कीमत ही कौन कम है?”

शिरीष बाबू ने बड़ी मुश्किल से कहा, “फायदा कहाँ है? अब क्या वे दिन रह गये हैं? हर महीने दस हजार पैदा करने में ही जान निकली जाती है। अब कोई फायदा नहीं है।”

"दस हजार?"

"और क्या! इससे कम में भले आदमी की तरह नहीं रहा जा सकता। तीन-तीन गाड़ियों में क्या कम पेट्रोल जलता है?"

तभी जैसे शिरीष बाबू ने बेकार की बातें छोड़कर असली बात चलायी। उन्होंने कहा, "ये सब बातें अब छोड़िये शिरीष बाबू! दिन भर रुपये के बारे में सोचते रहना अच्छा नहीं लगता। हाँ, तो आप कौन-सी किताब पढ़ रही थीं? अरे, आप खड़ी क्यों हैं, बैठिये न-"

अरविन्द को भी जैसे इतनी देर बाद ख्याल हुआ।

"अरे हाँ, तुम खड़ी क्यों हो? बैठो न!"

कमरे में कुर्सियाँ सिर्फ दो थीं, जबकि बैठनेवाले तीन थे। इसीलिए गोपा जरा सकुचा रही थी। लेकिन ऐसा मौका आज पहली बार तो आया नहीं था। इसलिए बेकार में और ज्यादा वक्त बरबाद न कर गोपा बाकी बची कुर्सी को खींचकर बैठ गयी।

"और आप?"

अरविन्द ने कहा, "मेरी बात जाने दीजिये, मेरा तो घर ही है, सारा दिन बैठा ही रहता हूँ। बल्कि आप लोग बात कीजिये, मैं अभी आया-"

"आपकी 'सिस्टर' कहाँ है? उनके साथ भी आपने परिचय नहीं कराया?"

असल में शिरीष बाबू जिससे दोस्ती गाँठने आये थे, वही गैर-हाजिर थी। शिरीष बाबू को लग रहा था, जरूर कहीं कोई गड़बड़ है, लेकिन 'भद्रकाली मिष्ठान्न भण्डार' के दिलीप ने तो कहा था, घर में एक जवान बहन है।

"मैं अभी आता हूँ शिरीष बाबू! बस, अभी आया-"

"लेकिन आप जा कहाँ रहे हैं?"

अरविन्द ने मुस्कराते हुए कहा, "डरने की कोई बात नहीं है, मैं भाग नहीं रहा हूँ, अभी आ जाता हूँ।"

कहकर शाम के उस झुटपुटे में दोनों को सोने के कमंर में छोड़कर अरविन्द गली पारकर सात नम्बर मकान में चला आया। शायद चाय का इन्तजाम करने।

"इनक्लाब!"

जिन्दाबाद!

"अरे भाई, जरा जोर से बोलो-जिन्दाबाद! एक जना कहेगा 'इनक्लाब' और आप सभी मिलकर कहेंगे-जिन्दाबाद!"

इतनी देर में इधर–उधर से धड़–पकड़कर पचासेक लोग जमा हो पाये थे। और भी पचासेक होते तो अच्छा रहता। श्यामबाजार की ओर से नार्थ कलकत्ते की टोली आयेगी और साऊथ से यह टोली जायगी। राजभवन पर एक साथ दोनों ओर से 'अटैक' करना होगा जिससे पुलिस दो टुकड़ियों में बँट जाय।

यादवपुर के इस मुहल्ले में उस समय चिलचिलाती धूप थी।

साइकिल से जाते हुए अभी एक आदमी कह गया, "इस जुलूस और 'प्रोसेशन' से कुछ भी नहीं होना है, वोट देते वक्त सभी कांग्रेस को वोट देंगे।"

कलुआ फटिक तुरन्त चिल्लाया, "साला जरूर सरकारी गुरगा है रे!"

इसके बाद अरविन्द की ओर नजर पड़ने पर उसने पूछा, "क्यों अरविन्द बाबू, क्या सोच रहे हैं?"

अरविन्द ने कहा, "दिलीप दा के बारे में सोच रहा था। सोचा था, उनसे कुछ रुपये मिल जायँगे–"

"दिलीप दा कौन है?"

"अरे वही 'भद्रकाली मिष्टान्न भण्डार' है न, उसी का प्रोप्राइटर। लेकिन मिल नहीं पाया, बिना रुपये मिले गोश्त कहाँ से खरीदूँगा?"

"अरे जनाब, गोश्त–वोश्त खाना अब बन्द कर दीजिये। दो दिन बाद भात भी मिलना मुश्किल हो जायगा, यह कहे रखता हूँ। हो सके तो हमारी पार्टी में शामिल हो जाइये–"

कलुआ फटिक अरसे से पार्टी में शामिल होने के लिए कह रहा था। लेकिन आज अरविन्द जैसे सारी पार्टियों में है। तुम्हारी पार्टी में भी हूँ और उनकी पार्टी में भी। कोई भी मेरा पराया नहीं है। दिलीप दा हो या शिरीष बाबू, मुझे सभी से मेल रखना पड़ता है। मुझे सभी से उधार माँगना पड़ेगा।

शुरू–शुरू में शिरीष बाबू जरा शर्माते थे। पहले दिन शर्म के मारे गोपा से अच्छी तरह बात भी नहीं कर पाये। उस दिन जब शिरीष बाबू को आठ नम्बर मकान में बैठाकर चला आया तो अरविन्द ने सोचा कि उसके वहाँ से चले आते ही शिरीष बाबू का संकोच कम हो जायगा। कुछ भी हो, आखिर है तो परायी बीवी न!

सात नम्बर में आते ही माँ ने पूछा, "क्यों रे, यह रबड़ी क्या तू खरीदकर लाया है?"

अरविन्द ने कहा, "मैं ही खरीदकर लाता। लेकिन मेरे दोस्त ने किसी तरह माना ही नहीं–"

"तेरा दोस्त? यह तेरा कौन दोस्त है? बलाई की बात कर रहा है क्या?"

"धत्, तुम भी किसकी बात कर रही हो। बलाई ने आज तक कभी एक

किलो रबड़ी तुम्हारे लिये दी है? उसके पास इतना रुपया कहाँ है? मेरे इस दोस्त के पास जानती हो, कितनी गाड़ियाँ हैं?''

''कौन जाने भैया, मुझे क्या मालूम कि तेरे दोस्त के पास कितनी गाड़ियाँ हैं।''

अरविन्द झुंझला पड़ा, ''जो बात जानती नहीं हो, उस पर बोलती क्यों हो? बाहर जाकर देख आओ, कितनी बड़ी गाड़ी है, पूरे पचास हजार की है।''

माँ ने कहा, ''मैं क्या देखूँगी! मुझे तो भात की थाली दिखायी नहीं पड़ती। कब से कह रही हूँ तुझसे, एक चश्मा तक नहीं बनवाया गया–''

''अब बनेगा। यह दोस्त ही बनवा देगा। इसके पास ऐसी तीन गाड़ियाँ हैं। एक गाड़ी की कीमत पचास हजार है, तो तीन की कितनी होगी, जरा सोचो! शिरीष बाबू खुश हो गये तो तुम्हारा चश्मा क्या, एक मकान भी बनवा सकते हैं।''

''ना बाबा, मुझे चश्मा नहीं चाहिए, बल्कि तू बहू और सुसी को एक दिन गाड़ी में बिठाकर घुमाना, वे कभी मोटर में नहीं बैठी हैं।''

अरविन्द ने कहा, ''अरे इसीलिए तो इस दोस्त को घर लाया हूँ। मैं भी तो यही चाहता हूँ, लेकिन तुम्हारी बिटिया है कि उसकी समझ में ही कुछ नहीं आता। अरे, इतना बड़ा आदमी है, जरा खातिरदारी कर देगी तो कौन-सा गजब हो जायगा?''

''सुसी क्या तेरे दोस्तों की खातिरदारी नहीं करती?''

''खाक करती है! वह मेरी बात सुनती तो मेरी यह हालत क्यों होती। उस दिन कहा, मेरा एक दोस्त आयेगा, उसे एक कप चाय खुद जाकर देना। लेकिन उसने ऐसा कहाँ किया? यह जो तुम्हें अफीम खाने की आदत है, मैं कहाँ से तुम्हारे लिये रोज-रोज रबड़ी लाऊँ?''

माँ ने अचानक कहा, ''सुना है, आजकल बाजार में रबड़ी नहीं मिल रही है। सरकार रबड़ी बनाने नहीं दे रही है?''

''तुम भी माँ, भोली-की-भोली हो।''

अरविन्द ने आगे कहा, ''शिरीष बाबू से अगर कहूँ कि मेरी माँ के लिए गधी का दूध चाहिए, तो उसका भी इन्तजाम हो जायगा। इसी को कहते हैं रुपये की ताकत! अपने दिलीप दा को देखो, चोरी-छिपे सन्देश और रसगुल्ले घर-घर भेजते हैं। दूकान में जाकर देखो, कुछ भी नहीं है।''

अचानक जैसे माँ को ख्याल आया। पूछा, ''अरे, तू वहाँ क्या कर रहा है?''

''करूँगा क्या, चाय बना रहा हूँ। तुम्हारी बिटिया से तो इतना भी उपकार करते नहीं बनता। घर में एक दोस्त आया है, वह भी कोई ऐरा-गैरा दोस्त नहीं, करोड़पति दोस्त है। उसे एक कप चाय पिलाये बिना कैसे जाने दे सकता हूँ?''

"लेकिन बहू कहाँ गयी? उससे क्यों नहीं कहता?"

"तुम्हें तो सारा दिन बहू की पड़ी है! क्यों, बहू को छोड़ क्या इस घर में और कोई नहीं है?"

"लेकिन चाय बनाने में कौन-सी मेहनत लगती है, आँखें होतीं तो मैं ही बना देती!"

"मैं तुमसे कब कह रहा हूँ बनाने को?"

"नहीं, मैं कह रही थी, चाय बनाने को तू बहू से भी कह सकता था। तू क्यों जुट गया?"

"लेकिन घर में कोई आये तो बैठकर उससे दो बातें करना भी तो एक काम है, तुम्हारी बहू है इसलिए जरा इज्जत बची है। नहीं तो यहाँ किसे फुरसत है?"

इतने में अरविन्द दो कप चाय लेकर बाहर आया। दोनों हाथ में चाय के दो गरम कप। सात नम्बर मकान से निकलकर जरा-सा दायीं ओर बढ़ते ही आठ नम्बर मकान है। जहाँ अरविन्द का बेडरूम प्लस ड्राइंगरूम है। बारिश के दिनों में छाता लेकर एक कमरे से दूसरे कमरे में जाना पड़ता है। कमरे में बैठने पर गली की ओर वाली खिड़की बन्द कर देनी पड़ती है, नहीं तो बाहर से अन्दर बिछा तख्त दिखलायी पड़ता है। लेटने पर अपने को राहगीरों की दया पर छोड़ देने के अलावा कोई चारा न रहता। वैसे सर्दियों में खास तकलीफ नहीं होती! रात को रजाई ओढ़कर मजे से खर्राटे लेते रहो। लेकिन गर्मियों में सारी रात पंखा चलाते रहने पर भी दोनों एकदम 'रोस्ट' हो जाते। उस समय बदन पर से कपड़े हटाकर जरा ठण्डा हो लें, यह भी मुमकिन नहीं; क्योंकि खिड़की और दरवाजे में अनगिनत सूराख थे। राह चलते गुण्डे-बदमाश अगर कृपादृष्टि देना चाहें तो उन्हें रोकने का कोई उपाय नहीं था।

अरविन्द ने अखबार की छोटी-छोटी बत्तियाँ बनाकर उन छेदों को बन्द कर दिया था, लेकिन बारिश होते ही कागज सड़ जाता है। कागज सड़ जाने से छेद ज्यों-के-त्यों निकल आते। असल में तभी मुश्किल होती है।

अरविन्द के जो दोस्त आकर वहाँ बैठते, उन्हें इसके बारे में मालूम नहीं रहता। अकेला समझकर वे लोग गोपा से छेड़छाड़ करते। अरविन्द अगर चाहे तो बाहर खड़ा इन सूराखों से देख सकता है कि अन्दर क्या हो रहा है?

कोई-कोई तो गोपा के बिलकुल पास आकर बैठ जाता। एकदम आमने-सामने।

अरविन्द चाहता भी यही था कि उसके दोस्त गोपा के बदन से सटकर बैठें। वे लोग जितना गोपा से सटकर बैठते, अरविन्द को उतनी ही खुशी होती। उसके दोस्त अगर गोपा का हाथ पकड़ लेते या उसके मुँह के पास मुँह ले जाकर बहुत धीरे-धीरे बात करने लगते, तब तो उसकी खुशी का ठिकाना ही नहीं रहता।

इसीलिए तो चाय लाने का बहाना करके अरविन्द आठ नम्बर से सात नम्बर के कमरे में चला गया था। जाते वक्त दरवाजे और खिड़कियाँ अच्छी तरह से बन्द कर गया जिससे दोनों को जरा आड़ मिल जाय, जिससे दोनों सटकर बैठने की हिम्मत कर सकें।

अचानक जैसे अरविन्द ने भूत देख लिया।

''अरे सुसी, तू? आज जल्दी आ गयी?''

सुसी याने सुसीमा। पहले नाम था सुशीला। नाम माँ ने ही रखा था। लेकिन सुसी को वह नाम पन्सद नहीं आया। यह भी कोई नाम है, एकदम पुराना। बाद में यह सुशीला ही सुसीमा हो गयी। भैया को चाय ले जाते देख, सुसी समझ गयी कि फिर कोई दोस्त आया है।

सुसी अरविन्द की बगल से निकलकर अन्दर जा रही थी, लेकिन भैया ने उसे जाने नहीं दिया।

उसने कहा, ''बाहर सड़क पर एक बड़ी-सी गाड़ी देखी?''

''हाँ, लगता है खूब पैसेवाला है।''

अरविन्द ने कहा, ''हाँ, ऐसी तीन गाड़ियाँ हैं, बेशुमार दौलत है। कह रहा था, अपनी 'सिस्टर' से मिलवा दीजिये-''

''तुम्हें कितने रुपये मिले?''

''तुझे तो एक ही बात सूझती है। क्यों, एक बार सामने जाकर दो बात करने से तेरा कया बिगड़ जायगा? कोई खा तो जायगा नहीं, सिर्फ जाना और चाय देकर चली आना। सच, और कुछ नहीं करना होगा। कसम से कहता हूँ।''

सुसी के बदन से सेण्ट की महक आ रही थी। उसने सिल्क की साड़ी पहन रखी थी, पाँवों में चप्पलें भी नयी थीं। पलक झपकते में यह सब देखकर अरविन्द को बड़ा आश्चर्य हुआ।

उसने कहा, ''ठीक है, मैं किसी से दो मिनट बात करने को कहूँ तो तुझे बुरा लगे, लेकिन तू अपनी मर्जी से कितनों के साथ घूमती है, क्या इसका मुझे पता नहीं है?''

सुनकर सुसी जैसे आग हो गयी। उसने कहा, ''मैं खुद घूमती हूँ?''

''घूमती नहीं है? सभी ने तुझे घूमते देखा है।''

''बताओ, किसने देखा है मुझे घूमते? किसके साथ घूमते देखा है? तुम्हें बतलाना ही पड़ेगा। बगैर बताये मेरा नाम बदनाम करने से काम नहीं चलेगा। बोली, किसने देखा है, किस हरामजादे ने देखा है?''

''और किसी ने देखा होता तो कोई बात न थी, खुद दिलीप दा ने देखा है।''

''तुम्हारा दिनीप दा तो पूरा जानवर है।''

"क्या कहा?"

दोनों हाथों में गरम चाय के दो प्याले लिये अरविन्द भभक उठा। हाथों में अगर चाय के कप न होते, तो पता नहीं क्या करता। उसने कहा, "तेरे कहने का मतलब है दिलीप दा ने झूठ कहा है! तब ये रोज नयी साड़ियाँ कहाँ से आती हैं! ये चप्पलें कौन देता है! तेरे कालेज की फीस हर महीने कौन भरता है?"

"माँ, माँ, देखो भैया क्या कह रहा है?"

अन्दर से बूढ़ी माँ की आवाज सुनायी दी, "क्यों खोका, फिर झगड़ने लगा है?"

अरविन्द ने गुस्से में दाँत किटकिटाते हुए कहा, "जाओ, और बहाने की जरूरत नहीं है। शिरीष बाबू एक किलो रबड़ी लाये हैं, मजे से चाटो। मेरी किस्मत ही खराब है, तो कोई क्या कर सकता है!"

कहकर अरविन्द वहाँ और नहीं रुका, सात नम्बर मकान पार कर वह आठ नम्बर के सोनेवाले कमरे के सामने आकर खड़ा हो गया। अँधेरी गली में कोई भी न था। एकदम सुनसान था। असल में हारान नस्कर लेन है भी एक बहुत ही सँकरी गली और यह थी उसकी भी शाखा गली। हारान नस्कर लेन से निकलनेवाली एक बहुत ही सँकरी और अँधेरी बन्द गली।

चाय के कप हाथ में लिये अरविन्द दरवाजे के आगे चुपचाप खड़ा हो गया। धीरे से जरा-सा धक्का देते ही दरवाजा खुल जाता, लेकिन पता नहीं, क्या सोचकर वह खिड़की के पास जा खड़ा हुआ। खिड़की भी अन्दर से बन्द थी। अरविन्द को मालूम था कि यहाँ और किस सन्द से देखने पर अन्दर का सब-कुछ देखा जा सकता है।

सन्द में आँख लगाकर अरविन्द हैरान रह गया।

अरे, शिरीष बाबू तो ज्यों-के-त्यों एक ही जगह बैठे हैं! दोनों जरा सटकर भी नहीं बैठे। लगता है, यह गोपा सारा गुड़ गोबर कर देगी। अकल नाम की चीज से तो जैसे इसका वास्ता ही नहीं पड़ा है। अरे बाबा, मैं तो तुम लोगों को मौका देने के लिए ही बाहर चला आया, और तुम लोग हो कि हाथ-पर-हाथ धरे मुँह ताक रहे हो? इन उजबकों से क्या गृहस्थी चलती है? झाड़ू मारो! झाड़ू मारो इस तकदीर को!

फिर पैर से धक्का देते ही दरवाजा खुल गया।

शिरीष बाबू ने मुड़कर कहा, "यह क्या है, आप खुद ही चाय लेकर आये?"

"जरा देर हो गयी। सिर्फ चाय लेकर ही चला आया। कुछ लाऊँ? समोसे वगैरह?"

"नहीं-नहीं, वह सब हजम नहीं कर पाऊँगा।"

"ठीक है, तब चाय ही लीजिये। मैं जाकर पान और सिगरेट ले आता हूँ–"

"अरे नहीं, सिगरेट मेरे पास है।"

"तब पान ले आऊँ, बस गया और आया–"

शिरीष बाबू ने कहा, "इससे तो आप अपनी 'सिस्टर' को बुला लाते और भेंट हो जाती।"

अरविन्द ने कहा, "बहन को ढूँढ़ने ही तो गया था, लेकिन अभी तक वह कालेज से नहीं लौटी।"

"अरे, इतनी रात तक कालेज?"

अरविन्द ने कहा, "आजकल के स्कूल–कालेजों का भी कुछ ठीक है साहब, एकदम गऊशाला हो गये हैं। सिर्फ धन्धेबाजी है, धन्धेबाजी। हम लोगों के जमाने में भी कालेज थे, तब कितनी पढ़ाई होती थी आप ही कहिये। लेकिन आजकल की तो बात ही निराली है। कालेज के मास्टर भी वैसे ही कामचोर हो गये हैं। इसके अलावा ट्राम और बसों की भीड़ के मारे इज्जत–आबरू बचाकर बेचारी औरतों का घर लौटना बड़ा मुश्किल हो गया है–"

तभी जैसे अचानक याद आ गया। उसने कहा, "आप चाय पीजिये, तब तक मैं पान ले आता हूँ, बस गया और आया।"

कहकर अरविन्द दरवाजे के दोनों किवाड़ भिड़ाकर फिर निकल गया।

अरे...रे...रे...

डलहौजी स्क्वायर के फुटपाथ से एक विशालकाय साँड़ दौड़ा जा रहा था। सींग मार ही देता! बुधुआ ने झटका देकर लड़की को अपनी ओर खींचा।

इसके बाद फिर बकरे के दोनों पैरों को जोर से पकड़ लिया।

"बुद्धू कहीं के। एसन झापड़ मारब कि मुँह टेढ़ हो जायी।"

जरा देर पहले ही बुधुआ की माँ बस के नीचे आते–आते बच गयी थी। रास्ता चलते लोग हैं–हैं करने लगे थे। अभी अगर लड़का साँड़ की चपेट में आ जाता तो क्या होता! वह तो भगवान् ने बचा लिया नहीं तो–"

हर एक के कपड़े के छोर एक–दूसरे से बँधे थे। इधर–उधर जाने का रास्ता नहीं था। झटका लगने से बूढ़ी माँ का ध्यान उधर गया। इतनी देर से वह रात की चमक–दमक में खोयी थी।

उसने पूछा, "का भइल रे बुधुआ?"

"देखा न, हरामी के बच्चा का दिमाग देख न, आन्धर होव के रास्ता में चलत बा, गाड़ी के नीच पर जइहन त चीर चापुट हो जायी, बड़ बन्हिया होई, हरामी के बच्चा के तबै होश आयी।"

माँ ने कहा, "बुधुआ, ऊ घर कवना चीज के हव रे? अतन बड़का घर!"

बुधुआ ने मकान की ओर को देखकर बड़े भारी जानकार की तरह कहा, "कवनो लड़का गउरमिण्टी आपिस होई।"

बुधुआ की माँ शायद चालीस साल पहले के कलकत्ते की यादगार के साथ आधुनिक कलकत्ते का मिलान करके देख रही थी। उस बार वह अपने आदमी हरबंसलाल के साथ घूँघट काढ़कर यहाँ आयी थी। बुधुआ की बहू की तरह वह घूँघट काढ़े, सड़क पर ठीक इसी तरह चली थी। लेकिन आज के कलकत्ते और उस जमाने के कलकत्ते में काफी फर्क है। अब तो जैसे सब-कुछ बदल गया है। आदमी भी बदल गये हैं। या उमर हो गयी इसलिए सब भूल गयी है।

"बुधुआ!"

बेटा बुधुआ उस समय अपनी टोली का अगुआ बना आगे-आगे चल रहा था। एकदम आगे। अपनी फतुही की जेब में उसने दस रुपये का नोट बड़ी होशियारी से रख छोड़ा था। वह इसे खर्च नहीं करेगा। पास रहना अच्छा है, वक्त-बे-वक्त काम आ सकता है। खर्चे के लिए दो-चार छुट्टे रुपये और थोड़ी-सी रेजगारी अगली जेब में रख ली थी। सुना है, कलकत्ता गुण्डों का शहर है। कलकत्ता रुपये का शहर है। फिर यह भिखमंगों का शहर भी है। बुधुआ आने से पहले ही काफी-कुछ पूछताछ करके होशियार हो गया था।

बुधुआ ट्राम और बसों में लटकते आदमियों की ओर देखने लगा। बाप रे, गजब है इन लोगों की झूलने की ताकत! ये लोग आखिर इस तरह कैसे झूल पाते हैं। बाबू लोग सभी झूल रहे थे। झूलो तुम लोग! हम लोग पैदल ही चलेंगे। अरे! कल-काँटे का क्या ठिकाना! पता नहीं, कब बिगड़ जाय। इससे तो अपने पैर अच्छे। गड़बड़ होने का कोई डर ही नहीं है। पैदल चलकर जायँगे, पैदल ही वापस आयेंगे।

चलते-चलते बुढ़िया को भी अपने आदमी हरबंसलाल की याद आ रही थी। वह कहा करता था-ये लोग अमीर हैं और हम लोग गरीब। ये लोग भूख की फिराक में घूम रहे हैं और हम लोग भूख मिटाने के लिए खाने की तलाश में।

"अरे बुधुआ! तें कहाँ?"

"अरे, दुखमोचन काका!"

बुधुआ की मुट्ठी में जैसे स्वर्ग की दौलत आ गयी! दुखमोचन! जयचण्डीपुर में दुखमोचन की रिश्तेदारी थी। काफी दिनों पहले एक बार छुट्टी लेकर वह जयचण्डीपुर गया था, तभी से बुधुआ उसे जानता है। दुखमोचन काका अब भी ठीक पहले-जैसे हैं। वही लम्बी-लम्बी मूँछें, जैसे बिच्छू की तरह तनी हुई हैं।

उसने कहा, "काका, कालीघाट जात बानी।"

"ई लोग के हव?"

"आपन माई, दुलही औ लइकिया हव।"

दुखमोचन के बदन पर खाकी वर्दी थी। छाती पर दफ्तर का नाल-खुदा बड़ा-सा पीतल का बिल्ला लगा था।

"चल बेटा, तनी अपना डेरा चलके पानी-वानी पी ले-"

अचानक इस तरह किसी अपने आदमी से मुलाकात हो जायगी, यह बात बुधुआ की कल्पना के बाहर थी।

"घरवा आपन हो का काका?"

"अरे ना हो बबुआ, आफिस के क्वाटर हव। ये ही बिलायती बैंक में काम करत आज तीस साल हो गइल कवाटर ना देइब-"

दुखमोचन आदमी भला था। शायद ड्यूटी पर जाने के लिए निकला था, रास्ते में इन लोगों को देखकर अपने घर चलने के लिए कहने लगा। कालीजी का मन्दिर तो अभी काफी दूर है, डेरे पर चलकर थोड़ा सुस्ता लो, फिर आगे बढ़ना। यहाँ से करीब तीन कोस रास्ता तो होगा ही!

बुधुआ की टोली दुखमोचन के घर की ओर मुड़ गयी। जान-पहचान का आदमी है, सुनकर बुढ़िया ने घूँघट खींच लिया। दुखमोचन हरबंसलाल को जानता था, "अरे राम रे! भइया चल बस ले, अभी उनकर उमिरिये कतना रहे! खैर, एक-न-एक दिन जाये के सब ही के होई।"

तब तक दुखमोचन का डेरा आ गया। घर माने एक बड़े बैंक की बिल्डिंग की सीढ़ियों के नीचे बाथरूम और पाखानों से लगी चहारदीवारी से घिरी एक जगह, ऊपर छत थी।

"बबुआ-इ तोहरे घर हौ, आराम से बइठा-"

"काका, कालीघाट पहुँचत-पहुँचत न ढेर देरी हो जाई काका।"

"अधिक दूर ना, थोड़ही दूर बा, आराम से पहुँच जइब।"

हाँ, तो दुखमोचन सचमुच ही अच्छा आदमी था। परदेश में ऐसा आदमी मिलना भाग्य की बात है। आजकल कौन किसे पूछता है? पता नहीं, कहाँ से लोटा भरके ठण्डा पानी ले आया। बकरे को बाहर खोलकर उसके आगे थोड़े से चने डाल दिये। तैयार बकरा है।

"बबुआ, तोर बकरा तो बढ़िया बा, कतना के मिलल? पच्चीस-तीस रुपया त लाग गइल होई?"

"ना हो काका, बीस में मिलल हव, बेसी त ना दिहनी हाँ?"

"बेसी? अरे नाहीं रे, बीस रुपिया त बहुत सस्ता बा, इहाँ त पूरा तीस खरच कइला पर भी मरियल लेखा मिलेला।" इसके बाद दुखमोचन ने बुढ़िया की ओर मुड़कर कहा, "भउजी, तमाखू पीयेलू?"

दुखमोचन ने तम्बाकू का इन्तजाम भी कर रखा है। उसने हुक्का-तम्बाखू सजाकर बुधुआ की माँ की ओर बढ़ा दिया। बुढ़िया पीछे की ओर मुड़कर चिलम गुड़गुड़ाने लगी। बुधुआ की लड़की के लिए न जाने कहाँ से एक कटोरे में दूध लाना भी दुखमोचन नहीं भूला। इसके बाद हथेली पर तम्बाकू मलते हुए उसने कहा, "अब तनी आराम कर तू लोग– इसके बाद तम्बाकू चुटकी में लेकर पहले बुधुआ की ओर बढ़ाया, फिर बहू को दी और फिर अपने मुँह में रख ली। फिर कहा, "तनी आराम कर तू लोग।"

बुधुआ ने जिज्ञासा प्रकट की, "काका, कलकत्ता कइसन जगह हव?"

दुखमोचन कलकत्ते के बारे में पूरी जानकारी रखता है। विलायती बैंक में काम करते-करते उसे पूरे तीस साल हो गये हैं। तम्बाकू की पीक पिच् से थूकते हुए उसने कहा, "कलकत्ता पइसा के देश हव बेइमानी के देश हव, इहाँ अमीर भी रहेला अउर गरीब भी। लेकिन सब एक ही चीज के पीछे पागल बा–"

"कवना चीज के पीछे?"

"रुपया के पीछे, अउर कवना चीज के पीछे! जेकरा देखा ऊहे रुपिया के पीछे पागल भइल बा। रुपिया और मेहरारू!"

विलायती बैंक के ऊपर बैठे बाबू लोग जब लाखों और करोड़ों का हिसाब मिलाने में पसीने-पसीने हो रहे थे, नीचे सीढ़ी के तले क्वार्टर में बैठा दरबान रुपये की खराबी के विषय में अपनी राय जाहिर कर रहा था, "बबुआ, रुपिया जइसन खतरनाक चीज दुनिया में आउर कवनो चीज ना होखे, तवनो पर लोग यही के पीछे दीवाना रहेला।" साठ रुपये महीना पानेवाला हेड दरबान दुखमोचन झा उस रोज बुधुआ को काफी उपदेश देता रहा। दोस्त का लड़का है, नये शहर में आया है। जिन्दगी में पहली बार। बेचारा कहीं गुण्डों के चक्कर में न पड़ जाय। उसने कहा, "बबुआ, रुपिया-पैसा ठीक से रखले बाटै ना! नाम खातिर त कालीघाट देबी माई के मन्दिर हव लेकिन बबुआ, पण्डन से हुसियार रहि ह–"

कहकर दुखमोचन उठ खड़ा हुआ–उसे ड्यूटी पर जाना था।

बुधुआ ने कहा, "लौटानी पर देवी माई के मांस प्रसाद ले के आइब काका–"

हुक्का-पानी करके बुधुआ की माँ भी ताजा हो गयी थी। बीवी, बुधुआ और बेटी रंगिया के पैरों में भी जैसे नया जोश आ गया। बुधुआ ने बकरे को फिर से कन्धे पर चढ़ा लिया। चने खाकर वह भी जरा ताजा हो गया था।

"अच्छा काका, अब चलत बानी।"
"अच्छा बबुआ, बोला काली माई की जै।"
बुधुआ भी बोल उठा, "काली माई की जै!"

कलकत्ता शहर जैसे एक बड़े अजगर की तरह है। अगर सोता है तो सोता ही रहता है। लेकिन कलकत्ता जब भूखा होता है तो फिर उसे ताल-मात्रा का ख्याल नहीं रहता। वैसे यहाँ पर सब-कुछ बड़े कायदे के मुताबिक होता है। सुबह टाला टैंक से नल के मार्फत पानी आना शुरू होता है। मोटे-मोटे होस-पाइपों से गंगा का पानी छिड़काना शुरू हो गया। अखबार बेचनेवाले हाकर अपनी साइकिल रोककर तिमंजिली और चौमंजिली इमारतों के फ्लैटों में मोड़-मोड़कर अखबार फेंकते हैं, फिर दम साधे साइकिल भगाते। जहाँ-तहाँ सड़कों के किनारे कच्चे कोयलों की अँगीठियाँ सुलगती नजर आने लगीं। मिठाईवाले और हलवाई पिछले दिन के बासी समोसे और कचौड़ियाँ कौओं के आगे फेंककर पुण्य अर्जन करने की कोशिश करते हैं। और तभी धीरे-धीरे शहराती लोग अपने रोजमर्रे का काम-काज शुरू करते हैं। हारान नस्कर लेन के सात नम्बर के धर में तब अरविन्द की बूढ़ी माँ अफीम की खुमारी उतर जाने पर खाँसना शुरू करती है। खाँसते-खाँसते बेचारी का दम फूल आता है। उस खाँसी की आवाज से ही सुसी की नींद टूट जाती है। वह उठकर आँख मीचती नल की ओर हाथ-मुँह धोने जाती है। और तभी आठ नम्बर के घर से गोपा इधर आती है। रोज की तरह अँगीठी सुलगायी जाती है। और नल के पास पड़े बर्तनों में लगी जूठन के लालच में पता नहीं कहाँ से काँव-काँव करते बीसियों कौवे आ जुटते हैं।

जरा और उजाला होने पर सड़क पर ट्रामें और बसें चलने लगेंगी। झुण्ड-के-झुण्ड लोग हाथ में थैला लिये साग-सब्जी लाने निकल पड़ेंगे। सुबह-सुबह इतने सारे लोग कहाँ से आ जाते हैं, यह शायद खुद कलकत्ता शहर भी नहीं जानता। ये लोग कहाँ से आते हैं और कहाँ जाते हैं, काफी सिर खपाने के बावजूद यह बात शहर कलकत्ते की समझ में नहीं आती।

यह जो बुधुआ एक बकरा कन्धे पर लादे हावड़ा मैदान से चला आ रहा है, ये लोग हमेशा-हमेशा से इसी तरह आते रहे हैं। यह शिरीष बाबू जो अपनी बड़ी गाड़ी से उतरकर हारान नस्कर लेन की अँधेरी और बन्द गली में खो जाते हैं, वे क्यों खो गये यह कलकत्ता नहीं जानता सिर्फ वे ही क्यों, 'भद्रकाली मिष्ठान्न भण्डार' का मालिक दिलीप बेरा नोटों की गड्डी सम्हाले किस फिराक में बैठा है, यह भी कौन कह सकता है? इसके अलावा सड़क पर जुलूस में शामिल ये जो बेकार और निकम्मे लोग लाल-नीले फेस्टून उठाये बड़े जोश-खरोश से इनक्लाब-जिन्दाबाद चिल्ला

रहे हैं, ये ही लोग आखिर किस आकर्षण से और किसका विरोध करने जा रहे हैं, यह शायद उन्हें खुद भी मालूम नहीं है।

खैर, नहीं जानते तो न जानें, लेकिन कलकत्ता हमेशा से यह तमाशा देखता आ रहा है, आज भी देख रहा है। आज भी वह देख रहा है कि सात नम्बर हारान नस्कर लेन से सुसी सज-धजकर निकली। नित नयी साड़ियाँ और नित नयी चप्पलें उसे कहाँ से मिलती हैं, यह उसका भैया, उसकी भाभी या उसकी बूढ़ी माँ, कोई भी नहीं जानता। सुसी यह जताना भी नहीं चाहती।

सुसी जब बस में चढ़ती है, तब उसकी पीठ पर चोटी लहराती है और हाथ में एक कापी रहती है, जिसमें वह कालेज के प्रोफेसरों के 'नोट्स' लेती है। इसके अलावा हाथ में एक बड़ा फूला हुआ वैनिटी बैग होता है।

बस न जाने कितने कालेजों के गेट पार कर जाती है, फिर भी सुसी बस से नहीं उतरती। 'पूर्ण' थियेटर के सामने वह बस से उतरती है। इसके बाद पूरब की तरफ की सँकरी टेढ़ी-मेढ़ी गली में घुस जाती है। गली के अन्दर दोनों ओर दुमंजिली, तिमंजिली इमारतें हैं। यह गली दायें-बायें मुड़ती, किधर से किस सड़क में जा मिलती है, यह बात कभी-कभी इस गली के बाशिन्दे भी नहीं बतला पाते। लेकिन सुसी को अच्छी तरह मालूम है कि उसे कहाँ जाना है।

एक तिमंजली इमारत के सामने जाकर सुसी खड़ी होगी। फिर बगलवाली गली में थोड़ी दूर जाते ही एक सीढ़ी दिखायी देगी। उस सीढ़ी से सीधे तिमंजिले पर जा पहुँचेगी। वहाँ कॉलिंग बेल का एक बटन है, जिसे दबायेगी। बटन दबाते ही कोई जवाब नहीं मिलेगा। दरवाजे में एक छेद है, जिसमें मोटा काँच लगा है। वहीं से, अन्दर से वेणु दी झाँककर उसे देखेंगी। अगर देखेंगी कि कोई जान-पहचान का है तो वह चट से दरवाजा खोल देंगी।

आज भी वेणु दी ने कहा, "क्यों री? इतनी सुबह कैसे आ गयी?"

वेणु दी के पास काफी पैसा है यह बात अन्दर का सामान और फर्नीचर देखकर समझ में आ जाती है।

सुसी ने कहा, "वेणु दी, आपके पास ही आयी थी।"

"यह तो देख रही हूँ। तूने आकर बड़ा अच्छा किया। लेकिन तेरा चेहरा इतना सूखा क्यों लग रहा है?"

"कल जिस आदमी के साथ तुमने भेज दिया था, वह अच्छा नहीं है, वेणु दी-"

"निखिल! निखिल की बात कर रही है? क्यों, क्या हुआ?"

सुसी ने कहा, "बात हुई थी कि उसके साथ सिर्फ सिनेमा देखूँगी और कुछ नहीं करूँगी, लेकिन सिनेमा छह बजे खतम हुआ तो उसने क्या कहा जानती हो?- कहने लगा-लेक चलो-"

वेणु दी ने कहा, "ओ माँ, उसकी यह मजाल?"

सुसी ने कहा, "हाँ, मैंने तो कह दिया कि लेक जाने की बात तो बिलकुल नहीं थी। ठीक हुआ था, मैं तुम्हारे साथ सिनेमा देखने जाऊँगी। पूरे खर्चे के अलावा मुझे दस रुपये और देने पड़ेंगे। यह मेरा रेट है। ठीक कहा न मैंने!"

"बिलकुल ठीक कहा है तूने, फिर क्या हुआ?"

"कह दिया कि लेक जाने के लिए दस रुपये फी घण्टा और देना होगा। पता नहीं, वहाँ अँधेरे में ले जाकर क्या करे। फिर सारी झंझट मेरे ही गले लगेगी। मुझे तो बड़ा डर लग रहा था। इस पर तुम्हारे निखिल ने क्या कहा, जानती हो? कहा कि इस वक्त रुपये नहीं हैं, बाद में दे दूँगा। इन धन्धों में पैसा बाकी छोड़ने से कहीं काम चलता है? लड़कियों का साथ करने का इतना शौक है तो जेब में रुपये लेकर निकलना चाहिए न? मैं तो साफ बात पसन्द करती हूँ।"

"फिर क्या हुआ?"

इस पर क्या कहता है जानती हो? कहने लगा–मुझे तुमसे प्यार हो गया है, तुम्हें छोड़कर जाने को जी नहीं चाह रहा है। कहने लगा–चलो, किसी होटल में आज की रात एक साथ काटी जाय। मैंने कहा, ऐसे प्यार में आग लगे। बहुत प्यार उमड़ रहा है तो पहले रुपये निकालो।"

जरा रुककर सुसी कहने लगी, "इसके बाद क्या हुआ, जानती हो? मेरे बदन में हाथ लगाकर छेड़छाड़ करने लगा।"

"यह मजाल! कसकर एक तमाचा क्यों नहीं जड़ दिया?"

सुसी ने कहा, "मैंने सोचा, तुम्हारा क्लायण्ट है, शायद तुम नाराज हो जाओ।"

"मैं क्यों नाराज होने लगी? मेरे साथ एक तरह की बात करके गया और वहाँ पहुँचकर दूसरी ही बात करने लगा। यह तो अच्छी बात नहीं है।"

"नहीं सुसी, तूने ठीक किया। इस बार निखिल आया तो मुँह पर जूता रगड़ दूँगी। छीः छीः, मुझे यह कारोबार करते इतने दिन हो गये, ऐसा कमीनों का-सा बर्ताव करते किसी को नहीं देखा। अब की आया तो साफ कह दूँगी, यही सब करना है तो सोनागाछी–चितपुर जाओ, यहाँ यह गन्दी हरकत नहीं चलने की। मेरी लड़कियाँ भले घर की हैं। महज मुसीबत की मारी तुम लोगों के साथ थोड़ा मन बहलाने के लिए घूम-फिर लेती हैं, तो इसका मतलब यह नहीं कि अपनी इज्जत बिगाड़ेंगी।"

सुसी ने कहा, "मैंने भी तो यही कह दिया–"

"तू ही क्यों, अपने लड़कों से मैं भी तो यही कहती हूँ। कह देती हूँ, यह सोनागाछी–चितपुर नहीं है। मेरी लड़कियाँ यह काम करती हैं तो मत सोचो, रुपये के

लिए वे अपनी इज्जत बेचेंगी। दो पैसे जमाकर मेरी लड़कियाँ भी एक दिन जमीन खरीदेंगी, मकान बनवायेंगी, ब्याह-शादी करेंगी, गृहस्थी बसायेंगी-"

इसके बाद जरा रुककर वेणु दी बोली, "खाकर आयी है न?"

"हाँ, वेणु दी। कालेज जाने का बहाना कर खाना खाकर निकली हूँ।"

"अच्छा किया। आ बैठ!" कहकर वेणु दी ने पंखा तेज कर दिया।

वेणु दी के यहाँ जो लोग आते हैं, उनकी खातिर-तवज्जुह के लिए भरपूर इन्तजाम है। इस लाइन के सभी को यह मालूम है। इसीलिए क्लायण्ट सर्किल में वेणु दी काफी मशहूर है। फिर भी जरा बेकायदे की बात होने पर वेणु दी बुरी तरह बिगड़ जाती है। अठारह साल हो गये, वेणु दी यह धन्धा कर रही है, अच्छे-बुरे सभी तरह के क्लायण्टों से उसका पाला पड़ा है! कितनी ही बार उन लोगों से गैरकानूनी काम भी हो गये। लेकिन सभी को बड़ी सख्ती से वेणु दी काबू में किये रही, जिससे आज उसका इतना नाम है।

वेणु दी कहती, "इसीलिए तो ब्लैक मार्केट करनेवालों को मैं अपने यहाँ घुसने नहीं देती। मैं तो साफ कहती हूँ, तुम अगर स्टूडेण्ट हो तो मेरे यहाँ आओ। मेरे सभी लड़के स्टूडेण्ट हैं! और लड़कियाँ भी-"

सुसी ने कहा, "तुम्हारा निखिल भी स्टूडेण्ट है क्या?"

वेणु दी ने कहा, "कहता तो है कि स्टूडेण्ट है, वैसे उसके कालेज में जाकर रजिस्टर तो मैं देख नहीं आयी। लोगों की बात का यकीन करके ही मैं उन्हें यहाँ घुसने देती हूँ-"

"यही तो तुम्हारी गलती है, वेणु दी! आजकल किसी की जबान का भला क्या भरोसा?"

"ठीक कहती है बेटी, ठीक कहती है। आजकल जमाना बड़ा खराब आ गया है-"

तभी बगल के कमरे में टेलीफोन की घण्टी बज उठी। वेणु दी जल्दी से दूसरे कमरे में चली गयी।

इसके बाद वेणु दी की आवाज सुनायी दी, "हलो कौन? समीर? अरे, कैसे हो आजकल? इतने दिन बाद कैसे? अरे भैया, वेणु दी को क्या एकदम ही भूल गये?"

इसके बाद थोड़ी देर के लिए सन्नाटा रहा। कई बार हाँ-ना होती रही। आखिर में सुनायी दिया, "अरे हाँ, हाँ, आओ न! वेणु दी के यहाँ आने में शर्म कैसी?"

सुसी कान लगाये सुनती रही।

"है-है। मैं जब मौजूद हूँ, तुम्हें किसी तरह की चिन्ता करने की जरूरत नहीं है भैया! लड़की? हाँ, एक लड़की तो इस वक्त मेरे पास बैठी है। अरे, अपनी सुसी है। सुसी को तो तुम पहचानते हो न? थर्ड इयर की स्टूडेण्ट है। लेकिन रात के दस न बजाना भैया। ठीक है, तुम चले आओ। यहाँ तुम्हारे आने पर बात होगी। अच्छा, फोन रखो-"

रिसीवर छोड़कर वेणु दी हँसती हुई इस कमरे में आयी।

बोली, "अच्छा ही हुआ, तू भी ठीक समय पर आयी है।"

सुसी ने पूछा, "कौन था वेणु दी?"

"अरे वही समीर है, समीर। समीर को नहीं पहचानती? बड़े अमीर घर का लड़का है। बाप उसका गजटेड आफिसर है, रात-दिन लन्दन-अमेरिका करता रहता है, उसी का लड़का। तेरे साथ जँचेगा भी खूब!"

सुसी ने पूछा, "लेकिन रुपये?"

"तू जो माँगेगी, वही मिलेगा।"

सुसी ने कहा, "सिर्फ सिनेमा देखना है या होटल भी जाना होगा?"

"यही तो तुझमें खराबी है बेटी। पहले से ही रुपये की रट लगाती है। पहले उसे आने दे, उससे बातचीत कर, कैसा लड़का है, देख ले, तब न?"

सुसी ने कहा, "लड़का देखकर मुझे क्या करना है वेणु दी? मैं तो उससे शादी करने नहीं जा रही हूँ। वह जब करूँगी, तब करूँगी। अभी तो सिर्फ पैसे से मतलब है।"

"आखिर तुझे पैसे की इतनी जरूरत क्यों है? अभी तो तू कालेज में पढ़ती है, फिर भी तुझे रुपये की इतनी जरूरत क्यों पड़ती है?"

"वाह रुपये की जरूरत नहीं है? तुम कह क्या रही हो? एक साधारण-सी साड़ी खरीदने में ही आजकल कितने रुपये लगते हैं, बताओ न, तीस रुपये से कम में क्या एक जोड़ी सैण्डिल आती है? इसके अलावा मकान का किराया है, तेल-नोन-लकड़ी, माँ के लिए रबड़ी। तिस पर भी बेचारी बूढ़ी माँ को एक चश्मा भी नहीं खरीद पा रही हूँ। मेरा कौन बाप बैठा है, या बाप की छोड़ी जमींदारी रखी है?"

"लेकिन तेरा भैया इस समय क्या करता है? क्या अभी तक उसी तरह बेकार घूमा करता है?"

"अरे, भैया की कुछ न पूछो। नित नये दोस्त जुटा लाते हैं और मेरे पीछे पड़ते हैं। दो मिनट के लिए घर बैठना मुश्किल कर रखा है। मेरी कमाई से अमीर बनना चाहते हैं।"

वेणु दी ने कहा, "भूलकर भी उसके फन्दे में न फँसना। अपनी मेहनत की कमाई का पूरा पैसा पोस्ट आफिस में जमा करती जा, जिससे आखिर में तेरा भला हो।

फिर यादवपुर की ओर कोई मौके की छोटी-मोटी जमीन लेकर मकान बनवा लेना। एक बार अपने पैर पर खड़ी हो जा, तो अच्छे-अच्छे लड़के तुझसे शादी करना चाहेंगे। अरे, मैं ही कितने लड़कों को जानती हूँ। तू सिर्फ दो पैसे जमा कर ले। मैं खुद खड़ी होकर तेरी शादी कराऊँगा।''

सुसी ने कहा, ''मेरा भी यही इरादा है, इसीलिए तो हमेशा पैसा-पैसा करती हूँ-''

वेणु दी ने कहा, ''फिर जरा देर मेरी बिस्तर पर जाकर आराम कर ले बेटी, समीर ने 'दो बजे तक आऊँगा' कहा है। दूसरी साड़ी देती हूँ, उसे पहन ले, नहीं तो तेरी मुर्शिदाबादी साड़ी लतड़-पतड़ हो जायगी। उसके आने से पहले हाथ-मुँह धोकर जरा क्रीम-पाउडर लगाकर फिटफाट हो लेना, चल उठ।''

सुसी ड्राइंगरूम से वेणु दी के सोनेवाले कमरे में चली गयी।

'भद्रकाली मिष्टान्न भण्डार' के दिलीप दा ने दूर से ही अरविन्द को देख लिया था।

उसने आवाज लगायी, ''अरे अरविन्द, कहाँ जा रहा है?''

''यही जरा इनक्लाब-जिन्दाबाद करने जा रहा हूँ दिलीप दा!''

''आखिर तुझ पर यह पागलपन कब से सवार हो गया?''

अरविन्द ने कहा, ''अरे, यही कलुआ फटिक खींच लाया।''

पास खड़ा कलुआ फटिक अपने सफेद दाँत निकालकर ही-ही करने लगा।

दिलीप दा ने कहा, ''क्यों रे कलुआ फटिक, इस बेचारे को अपने साथ क्यों घसीट रहा है?''

''बताओ दिलीप दा, इतनी देर कर यह हाथ में थैली लटकाये गोश्त खरीदने जा रहा था। यही देखकर मैंने कहा, मेरे साथ आओ, नहीं तो दो दिन बाद गोश्त क्या, भात भी नसीब न होगा।''

उधर तभी नेता जैसे किसी आदमी ने चिल्लाना शुरू किया, ''बोलो भाई, इ...न...क्लाब!''

''जिन्दाबाद!''

''कांग्रेस सरकार।''

''गद्दी छोड़ो।''

दिलीप बेरा हँसने लगा। आवाज धीमी पड़ने पर अरविन्द से उसने कहा, ''कब तक वापस आयेगा?''

अरविन्द ने कहा, "कलुआ फटिक कहता है, बारह-एक बजे तक लौट आयेंगे। आते समय पाँच नम्बर बस से आयेंगे।"

"खाना?"

अरविन्द की तरफ से कलुआ फटिक ने जवाब दिया, "पार्टी की ओर से चाय और पावरोटी का इन्तजाम है-फिर एक दिन अगर नहीं भी खाया, तो क्या-आता है दिलीप दा? सारा बंगाल महीनों से फाका कर रहा है और हम लोग उसी बंगाल की सन्तान होकर एक जून भी बिना खाये नहीं रह सकते?"

"करो न फाका, रोकता कौन है?"

कहकर दिलीप दा जा ही रहा था कि पीछे से अरविन्द ने कहा, "दिलीप दा, तुझसे एक काम था।"

"मुझसे? मुझसे ऐसी कौन जरूरत आ पड़ी? रुपये?"

लाइन से निकलकर दिलीप बेरा के कान के पास मुँह ले जाकर अरविन्द ने कहा, "असल में गोश्त खरीदने घर से निकला था दिलीप दा! यह देखो, हाथ में थैली भी है-"

"तो गोश्त न खरीदकर इस झमेले में क्यों आ फँसा है?"

"लेकिन गोश्त खरीदने का पैसा कहाँ है? छह रुपये किलो है। इसलिए सोच रहा था, तुमसे अगर दस रुपये उधार मिल जाते-"

दिलीप ने कहा, "पैसे नहीं हैं तो गोश्त खाने का शौक क्यों है?"

"नहीं दिलीप दा, सच कहता हूँ, मुझे ऐसा शौक नहीं है। बहू का शरीर दिनोंदिन सूखता जा रहा है। कोई भी बढ़िया चीज उसे खिला नहीं सकता। इसीलिए सोचा-"

"पहले के कितने रुपये बाकी हैं, कुछ याद है!"

"सब चुका दूँगा। एक बार मोटी-सी रकम हाथ आते ही तुम्हारे सारे रुपये वापस कर दूँगा। सच दिलीप दा, यकीन मानो, तुम्हारे रुपये मैं मार नहीं जाऊँगा-"

"ठीक है, यह सब बाद में सुनूँगा। अभी जहाँ जा रहा है, हो आ।" इतना कहकर दिलीप बेरा अपनी दुकान की ओर चला गया।

जुलूस अब आगे बढ़ेगा। अरविन्द अपनी जगह पर जा खड़ा हुआ। किस्मत में जो लिखा है, हो जाय। इस पार या उस पार। अरविन्द को आजकल कुछ भी अच्छा नहीं लगता। इस तरह उधार लेकर कब तक काम चलाया जा सकता है। इससे तो अगर सब-कुछ तहस-नहस हो जाता, तो कोई रास्ता निकल आता। कलुआ फटिक ठीक कहता है। सारे-के-सारे कलकत्ते को अगर एक बार उलट दिया जाता तो अच्छा होता। याने पैसेवालों का इलाका इधर चला आता और यह इलाका पैसेवालों के

इलाके में चला जाता, तो कितना मजा आता। सीधे-सीधे तो ऐसा कुछ होना नहीं है। शिरीष बाबू को ही देखो न! कितना पैसा है, लेकिन वह भी नहीं फँसता।

अरविन्द ने उसकी कितनी खातिरदारी की। पहले दिन खुद जाकर चाय बना लाया था। दौड़ता हुआ जाकर मोड़ पर ही बनारसीलाल की दुकान से पान ले आया था।

याद आया, उसने बाहर खिड़की के छेद से झाँककर देखा था। भोले बाबा की तरह वैसे-का-वैसा बैठा था, अरे बाबा, जरा बदन पर हाथ ही फेर! आमने-सामने दोनों को बैठाकर, दरवाजा बन्द कर चला आया, कोई देखनेवाला नहीं, कोई कुछ कहनेवाला नहीं, परायी बहू है तो क्या हुआ? डरने की क्या बात है? और फिर खुद में उसका आदमी जब यही चाहता हूँ, तो फिर इतना शरमाने-झिझकने की क्या जरूरत? लेकिन वह तो नहीं, सिर्फ सिस्टर, और सिस्टर! क्यों, गोपा क्या देखने में अच्छी नहीं है? जरा दुबली-पतली है, यही न? इसी गोपा के बदन पर अगर मांस चढ़ा दिया जाय तो कितने ही लोग पागल हो जायँगे, इसे हाथों-हाथ लिये फिरेंगे।

इसीलिए तो पिछले कई दिनों से अरविन्द गोश्त खरीदने की सोच रहा था। गोपा को कुछ दिन अगर मांस, दूध और अण्डे खिलाये जायँगे, तो फिर फिक्र करने की कोई बात नहीं रहेगी। तब इस सुसी की खुशामद नहीं करनी पड़ेगी। इस गोपा को दिखलाकर ही लाखों रुपये कमाये जायँगे। फिर उस रुपये से मकान बनेगा, एक गाड़ी होगी। तब यही सुसी आकर भैया की खुशामद करेगी। और तब अरविन्द उसे लात मारकर भगा देगा। कहेगा-अब किसलिए आयी? अब भैया की खुशामद करने से कुछ नहीं होने का। याद नहीं है, कितनी बार कहा था, जरा मेरे दोस्तों की खातिरदारी किया कर। जरा हँसकर बातें करने से, उनके साथ एकाध सिनेमा देख आने से या घूम-फिर आने से तेरा क्या बिगड़ जाता? लेकिन तब तो मेरी बात नहीं मानी? अब मेरे घर क्यों आयी है खुशामद करने?

पान खरीद लाने के बाद अरविन्द ने एक बार फिर अन्दर झाँककर देखा था।

शिरीष बाबू चाय पी चुके थे। गोपा भी प्याला खाली कर चुकी थी।

शिरीष बाबू पूछ रहे थे, "लगता है आपको पढ़ने का काफी शौक है?"

गोपा ने कहा, "नहीं, शौक नहीं है, कोई काम-काज नहीं था, इसलिए जरा यह किताब पलट रही थी-"

"कौन-सी किताब है, देखूँ।"

किताब आगे बढ़ाते हुए गोपा ने कहा, 'श्रीकान्त।'

"श्रीकान्त? ठाकुर-देवता की कोई किताब होगी?"

"नहीं, शरत् चटर्जी का लिखा उपन्यास श्रीकान्त है।"

"शरत् चटर्जी? यह कौन है? पूर्वी बंगाल का कोई है?"

"आपने शरत् चटर्जी का नाम नहीं सुना?"

शिरीष बाबू ने पुस्तक हाथ में लेकर उलटते-पलटते हुए कहा, "मुझे ठाकुर-देवताओं पर विश्वास नहीं है, बुढ़ापा आने पर यह सब पढ़ूँगा अभी तो सिनेमा देखने की उम्र है।"

तभी जैसे अचानक याद आया। उन्होंने पूछा, "अरविन्द बाबू कहाँ गये?"

"आपके लिए पान लाने गये हैं।"

"पान लाने में इतनी देर? दुकान शायद काफी दूर है?"

गोपा ने मुस्कराते हुए कहा, "नहीं-"

शिरीष बाबू ने पूछा, "आप हँस क्यों रही हैं?"

"आपके बारे में सोचकर ही हँस रही हूँ।"

"क्यों मैंने क्या किया?"

"आपका ख्याल है कि वे बहुत जल्दी वापस आ जायेंगे?"

शिरीष बाबू ने कहा, "क्यों? देर लगेगी क्या?"

"हाँ, उन्हें वापस आने में देर होगी।"

शिरीष बाबू ने कहा, "कितनी देर होगी?"

गोपा ने फिर मुस्कराते हुए कहा, "काफी देर होगी, एक घण्टे से पहले उनका लौटना मुश्किल है-"

शिरीष बाबू की समझ में नहीं आ रहा था कि क्या करें। दिलीप बेरा ने कहा था कि अरविन्द बाबू की एक बहन है? असल में 'भद्रकाली मिष्टान्न भण्डार' के दिलीप बेरा ने ही अरविन्द से उनका परिचय करा दिया था। लेकिन उसे क्यों सामने नहीं लाता। इन लोगों का इरादा तो ठीक नहीं लगता।

अचानक तभी लगा किसी ने दरवाजे को जरा-सा खोला, फिर लगा जैसे कोई दरवाजे की संद में से झाँक रहा है। शिरीष बाबू चौंक उठे।

"कौन?"

और तभी उन्होंने अरविन्द को पहचान लिया। दरवाजे के किवाड़ों को जरा-सा खोलकर अरविन्द इशारे से उन्हें बुला रहा था।

चौंकने-जैसी बात ही थी। अन्दर न आकर बाहर से हाथ का इशारा करके बुलाने के क्या माने होते हैं?

दरवाजा खोलकर शिरीष बाबू ने बाहर आकर देखा, जो सोचा था, वही हुआ। हाथ में पान की गिलौरियाँ लिये अरविन्द खड़ा है।

शिरीष बाबू को पान की गिलौरियाँ देकर उनके कान के नजदीक मुँह ले जाकर अरविन्द ने कहा, "हाथ समेटे क्यों बैठे हैं?"

पान मुँह में भरते हुए शिरीष बाबू ने कहा, "बैठा न रहूँ तो क्या करूँ?"

अरविन्द ने आवाज को और भी धीरे कर करीब-करीब फिसफिसाते हुए कहा, "अरे किस-विस लीजिये न-"

अचानक उधर से और भी तेज आवाज आयी, "इनक्लाब-"

साथ ही पूरी भीड़ ने आवाज लगायी, "जिन्दाबाद-"

पास खड़े कलुआ फटिक ने कहा, "क्या हुआ अरविन्द बाबू? क्या सोच रहे हैं? नारा लगाइये-"

तभी आवाज आयी, "अनाज की कीमतें-"

अरविन्द पर से सोचते रहने की खुमारी उतर चुकी थी। उसने चीखकर कहा, "कम हों।"

"मुनाफाखोरों की-"

"सजा हो!" सबकी आवाज-में--आवाज मिलाकर अरविन्द चिल्लाया।

बहुत दिन पहले कभी वहाँ जंगल था। पास ही गंगा बहती थी। ब्रिटिश गवर्नमेण्ट ने गंगा के किनारे एकान्त जगह देखकर इण्डियन वाइसराय के लिए पैले बनाया था। उन दिनों उसका नाम 'वाइसराय पैलेस' था फिर १९११ में इण्डियन कैपिटल दिल्ली चली गयी तो उसका नाम 'गवर्नर्स हाउस' हो गया।

तब तक गंगा भी काफी दूर चली गयी थी। कलकत्ते की छाती पर 'यूनियन जैक' वाला झण्डा काफी मजबूती से गड़ गया था।

लेकिन ब्रिटिश एम्पायर की यह खूँटी इण्डिया में कब अपने ही आप ढीली पड़ गयी, इसे अपने ही मुल्क के दस नम्बर डाऊनिंग स्ट्रीट की कोठी को कोई अंग्रेज भी जान नहीं पाया। अचानक एक दिन यह देखा गया कि सिर पर बम बरस रहे हैं और पैरों तले की मिट्टी खिसकी जा रही है। तब अपने ही मुल्क में भगदड़ मच गयी। फिर इण्डिया, बर्मा, सीलोन, सिंगापुर, मलाया और घाना...अंग्रेजों को एशिया का साम्राज्य छोड़ना पड़ा।

कलकत्ते में कांग्रेस की मीटिंग हुई। सबने कहा, "अंग्रेजो, भारत छोड़ो! क्विट इण्डिया-"

इण्डिया छोड़ने को तो वे लोग तैयार थे ही, फिर नये सिरे से मीटिंग करने की क्या जरूरत पड़ी?

लेकिन नहीं, जब जाना ही है तो कोई ऐसी निशानी छोड़कर जायँगे जिससे हमेशा हम लोगों की याद बनी रहे।

"वह क्या थी जूडी?"

जूडी हॉबसन का जन्म नटिंघशायर में हुआ था। पोस्ट-वार जमाने का इंग्लिश मैन। लन्दर में जब हिटलर के बम बरस रहे थे, उसकी उम्र बहुत कम थी। आज उन दिनों की थोड़ी-बहुत याद बाकी है, लेकिन वह बहुत धुँधली है।

नयी-नयी शादी कर बीवी के साथ कभी की पैतृक जमींदारी में घूमने आये थे। जिस होटल में वे ठहरे थे, चौरंगी में काफी बड़ी जमीन पर उसकी इमारत है। बाहर से आये टूरिस्ट-ट्रैफिक इसी होटल में ठहरते हैं। 'कैलकटा' का नाम सुनते ही टूरिस्ट लोगों की जबान पर 'स्ट्रैण्ड होटल' का नाम आ जाता है।

स्ट्रैण्ड होटल में हर सीजन में अच्छी रौनक रहती है। अब की बार टूरिस्ट ज्यादा आये हैं। दूसरे लोगों के साथ जूडी हॉबसन भी आया है। साथ आयी है उसकी नयी ब्याही बीवी क्लारा डैनहम।

दिन-भर होटल के अन्दर बन्द रहा नहीं जा सकता। इसके अलावा अन्दर के एयर कण्डीशण्ड कमरे से 'कैलकटा' को अच्छी तरह देखा नहीं जा सकता। इसलिए लंच के बाद जूडी हॉबसन 'स्ट्रैण्ड होटल' के 'ऑर्किक' की छत पर खड़े, नीचे सड़क की ओर देख रहा था।

पास ही उसकी नयी ब्याही बीवी क्लारा खड़ी थी।

क्लारा ने पूछा, "ब्रिटिश गवर्नमेण्ट कौन-सी निशानी छोड़ गयी है?"

"वन-आइड कैनन।"

"इसके माने?"

"एक आँखवाली तोप। कल 'गवर्नर्स हाउस' के सामने जो तोप देखी थी न, उसकी सिर्फ एक ही आँख है।"

"तुम्हें कैसे पता लगा जूडी?"

जूडी हॉबसन को बहुत-कुछ मालूम है। इण्डिया आने से पहले ही यहाँ के बारे में उसने काफी जानकारी हासिल कर ली थी, बहुत-सी बातें सीख ली थीं। पहले का जमाना होता, तो जूडी हॉबसन यहाँ पर आई० सी० एस० ऑफिसर होकर आता। आकर शायद उसी 'गवर्नर्स हाउस' में रहता। फिर डिफेन्स ऑफ इण्डिया ऐक्ट' के मुताबिक इण्डियनों को गिरफ्तार करता।

छत के पैरापेट के सहारे खड़े दोनों, चारों ओर नजर दौड़ाकर देखने लगे। जूडी और उसकी नयी ब्याही बीवी क्लारा। 'दिस इज़ कैलकटा'। 'दिस इज़ इण्डिया'। जूडी के पूर्वपुरुषों का एम्पायर। इसी 'कैलकटा' से एक दिन करोड़ों पाउण्ड जाकर इंग्लैण्ड के बैंकों में जमा हुए हैं और उसी दौलत के बूते पर उसके बाप-दादों ने नटिंघमशायर के खेत-खलिहानों में गुलछर्रे उड़ाये हैं। आज सब-कुछ खत्म हो चुका है। इण्डिया आज हमारा 'लॉस्ट-एम्पायर' होकर रह गया है।

"लुक जूडी, लुक देयर।" यहाँ से पूरा कैलकटा दिखायी पड़ रहा है। सड़कों पर ट्रामें चल रही हैं, बसें चल रही हैं, गाड़ियाँ चल रही हैं और आदमी आ-जा रहे हैं। सड़क के उस पार हरी-हरी घास से भरा मैदान है। उससे जरा हटकर है 'आक्टरलोनी मॉनुमेण्ट'। अंकल हॉबसन इण्डिया में मिलिटरी सक्रेटरी थे। अंकल को इण्डियनों के बारे में सब-कुछ पता था। छुट्टियों में 'होम' आने पर अंकल इण्डियन लोगों के बारे में बातें करते थे। वहाँ के लोग बेहद आलसी और झगड़ालू किस्म के होते हैं। इण्डिया को अगर आजाद कर दिया गया तो वहाँ बड़ी गड़बड़ी मच जायगी। 'मोस्ट बैकवर्ड रेस' है।

अब वही मुल्क इण्डिपेण्डेण्ट हो गया है और उस इण्डिपेण्डेण्ट इण्डिया को देखने अंकल हॉबसन का भतीजा आया है।

"लेकिन ब्रिटिश गवर्नमेण्ट कानी तोप आखिर क्यों छोड़ गयी?"

जूडी हॉबसन ने कहा, "अंकल को मालूम था एक दिन फिर से गवर्नर्स हाउस के सामने नेटिव गवर्नमेण्ट को गोली चलानी पड़ेगी। उन्हें मालूम था कि ये लोग आपस में ही लड़ मरेंगे। अंकल कहते थे कि इन लोगों से सरकार नहीं चलेगी।"

"हाउ सिली!"

क्लारा डैनहम काफी खूबसूरत लड़की है। हँसती है तो गालों पर गड्ढे पड़ जाते हैं। हवाई जहाज से ये लोग कल ही दमदम एरोड्रोम पर उतरे हैं। उसके बाद वी० आई० पी० रोड से सीधे इस होटल में चले आये हैं। ह्वाट ए पैस्टि सिटी ए नैस्टि होटल! इसी सिटी की तुम्हारे अंकल इतनी तारीफ करते थे। लेकिन यह टाउन आखिर इतना गन्दा क्यों है? कल दोनों ने पूरे शहर को घूम-घूमकर देखा है। पीपुल आर वेरी पुअर। यही शहर एक दिन सेकेण्ड सिटी इन दी ब्रिटिश इम्पायर कहलाता था। हिज मैजेस्टीज प्राइड!

"लुक लुक जूडी, ह्वाट्स दैट?"

जूडी हॉबसन ने देर न की। उसने फौरन अपना कैमरा सम्हाल लिया। वेरी ब्यूटीफुल पिक्चर!

"बट, ह्वाट्स दैट? वह क्या है जूडी?"

जूडी हॉबसन के अंकल कभी इसी इण्डिया में ब्रिटिश गवर्नमेण्ट के मिलिटरी सेक्रेटरी थे। बहुत-सारी घटनाओं का जिक्र अंकल किया करते थे, लेकिन ऐसी किसी घटना का जिक्र तो उन्होंने कभी नहीं किया। इस फोटो की कीमत बहुत ज्यादा होगी। कॉण्टिनेण्ट में ऐसा फोटो ऊँची कीमत पर बिकेगा।

'स्ट्रैण्ड होटल' का एक वेटर बॉय अन्दर कमरे में काम कर रहा था। जूडी ने उसी को बुलाया, "कम हियर! इधर सुनना। ह्वाट्स दैट? वह क्या है?"

गुणधर काफी पुराना कर्मचारी हैं। पिछले तीस साल से इस होटल में साहबों की मिजाजपोशी करता आ रहा है। सफेद चमड़ी की मेम साहब को देखते ही सबसे पहले उसने सलाम किया, फिर छत के पैरापेट के पास जाकर नीचे देखने लगा।

"क्या? हुजूर किस चीज के बारे में कह रही हैं?"

"देयर, देयर–"

गुणधर देखते ही एक क्षण में समझ गया। उसने कहा, "दैट नथिंग हुजूर, वह कुछ भी नहीं है। बकरा है। 'गोट'। गोइंग कालीघाट।"

"कालीघाट? ह्वाट्स दैट?"

"गॉडेस, मदर काली, हुजूर! उधर 'गोट' बलि देने से मन की 'डिजायनर' पूरी होती है।"

जूडी हॉबसन ने पता नहीं क्या समझा। ए स्ट्रैञ्ज साइट! बट वेरी ब्यूटीफुल।

नीचे सड़क पर बुधुआ अपनी ही धुन में उत्तर से दक्षिण की ओर जा रहा था। सब लोगों के कपड़ों के छोर एक-दूसरे से बँधे थे। होटल के पास आते ही पीछे से बूढ़ी माँ ने पूछा, "अरे बुधुआ, ई कइसन घर हव रे। का होला ईहाँ?"

बुधुआ ने मुड़कर उस मकान को अच्छी तरह देख लिया। मकान के ऊपर खड़े दो गोरी चमड़ीवाले साहब और मेम उन लोगों की ओर हैरत-भरी नजरों से देख रहे थे। माँ की बात पर बुधुआ खीझ उठा।

उसने कहा, "चुपचाप चला ना।"

बुढ़िया फिर भी खामोश नहीं हुई। अचम्भे से मकान की ओर देख रही थी– "बाप रे! अतना बड़ घर! अतना बड़ घर केकर हो सकेला! जरूर ई कलकाता कै जमिंदार होइ!"

बुधुआ बोला, "ना रे, इ बड़का आपिस हव, साहेबन के आपिस!"

साहब लोग हिन्दुस्तान छोड़कर सात समुद्र पार चले गये हैं, बुधुआ-जैसे लोगों को यह जानने की कोई जरूरत नहीं थी। अपनी बात कहकर वह आगे बढ़ गया। काली माई के मन्दिर की ओर।

जूडी हॉबसन ने तब तक इण्डिया के कई फोटो लिये। इण्डिया और इण्डिया के बुधुआ के। लन्दन, न्यूयार्क और वेस्ट जर्मनी के बाजार में रीयल इण्डिया के ये फोटोग्राफ ऊँची कीमत पर बिकेंगे।

लेकिन जिस फोटो से इण्डिया का और भी सच्चा परिचय मिलता, जूडी हॉबसन ने वह फोटो नहीं लिया। इसी होटल के अन्दर कल रात जूडी हॉबसन और

क्लारा डैनहम ने कई पिक्चर देखे थे, जो लेने लायक थे। सारी दुनिया की सैर को निकले जूडी और क्लारा हवाई जहाज से इण्डिया में आकर रुके हैं। लेकिन इण्डिया की धरती के अन्दर जो सुरंग है और उस सुरंग के अन्दर जो साजिशें चल रही हैं, उसका पता नटिंघमशायर के इस टूरिस्ट दम्पति को नहीं था। अगर पता होता, तो अमेरिका में बने उस कैमरे से वह उसका भी फोटो उतार लेता और वह भी ऊँची कीमत पर बिकता।

जूडी ने बुधुआ का फोटो तो ले लिया, लेकिन वह अरविन्द वगैरह का फोटो नहीं ले पाया।

वजह यह है कि अरविन्द वगैरह बुधुआ की तरह अजीबो-गरीब नहीं दीखते। ये लोग जब चौरंगी की सड़क से गुजरते हैं, तो उनके धोबी के धुले सफेद फक कपड़े और पालिश से चमचमाते जूतों तथा ताजा बनायी दाढ़ी देखकर किसी के मन में उनकी असलियत जानने की ख्वाहिश पैदा नहीं होती। वेणु दी वगैरह जब भवानीपुर के फ्लैट में नया फर्नीचर सजाकर अपनी गृहस्थी चलातीं, तो किसी को जरा भी शुबहा नहीं होता था कि सजे-सजाये फ्लैट में इस तरह की साजिशें भी हो सकती हैं। या सुसी-जैसी लड़कियाँ जब स्टूडेण्ट बनकर समीर-जैसे लड़कों की बगल में बैठकर सिनेमा देखतीं या 'स्ट्रैण्ड होटल' में 'पाम ग्रोव' के नीचे बैठी कॉफी पीतीं, तब जूडी हॉबसन की समझ में यह बात नहीं आती कि इन लड़कियों का एक घण्टे का रेट कितना है! उन्हें यह भी पता नहीं चलता कि कौन इन्हें सप्लाई करता है और किन लोगों में इनकी खपत होती है।

जिस दिन जूडी हॉबसन और क्लारा डैनहम इस होटल में आकर ठहरे, उसी दिन यहाँ पर समीर के साथ सुसी भी आयी थी।

"सिनेमा कैसा लगा?"

सरकारी ऑफिसर का लड़का समीर इस लाइन के लिए कोरा था। यह शौक भी उसके लिए अभी नया ही था। वेणु दी ने इससे पहले भी उसके साथ कइयों को भेजा था। पिछली सारी लड़कियों ने सिनेमा देखने के बाद न्यू मार्केट जाना चाहा, वहाँ पहुँचकर जो सामने देखा, खरीदना चाहा। लेकिन यह लड़की वैसी नहीं है।

सिनेमा हॉल से निकलने के बाद समीर ने पूछा था, "अब यहाँ से कहाँ चलोगी?"

कोई और लड़की होती तो फौरन कहती-चलो न्यू मार्केट चला जाय।

लेकिन सुसी ने कहा, "जहाँ ले चलोगे।"

"हाथ में यह नोटबुक कैसी है?"

"कॉलेज की नोटबुक है।"

"सचमुच कॉलेज में पढ़ती हो या दिखाने के लिए?"

सुसी ने कहा था, "देखती हूँ, इसके बाद तुम मेरी व्यक्तिगत बात भी जानना चाहोगे।"

समीर ने कहा था, "सच कहो न, तुम्हारा घर कहाँ है?"

सुसी ने कहा था, "वेणु दी के यहाँ फोन करने पर मुझे मालूम हो जायगा।"

"तुम अपना पता नहीं बतलाओगी?"

"बतलाने का नियम नहीं है।"

"लेकिन मुझे लगता है, मैंने तुम्हें कहीं देखा है।"

"देखा होगा, जो हमें पैसा देता है, हम उसी के साथ घूमती हैं, सिनेमा जाती हैं, होटल में खाती हैं। हम तो सुख के साथी हैं।"

"खैर, अब कहाँ चलना है?"

"कहा न, जहाँ चलोगे।"

"कितनी देर रुक सकती हो?"

"वेणु दी ने नहीं बतलाया?"

"किस बारे में? मुझे तो याद नहीं आ रहा है।"

"मेरे रेट के बारे में? शाम के छह बजे के बाद मेरा रेट दस रुपये घण्टा है और रात के दस बजने के बाद मैं किसी की नहीं हूँ।"

"रेट तो तुमने काफी ज्यादा कर रखा है।"

"हर चीज का रेट बढ़ गया है, हमारा ही रेट नहीं बढ़ेगा? अगर इस रेट पर राजी हो तो जहाँ मर्जी ले चलो–"

हाँ, तो इसके बाद ही समीर सुसी को यहाँ ले आया था। 'स्ट्रैण्ड होटल' के इस 'पाम ग्रोव' में।

उधर जूडी हॉबसन भी ठीक तभी अपनी बीवी के साथ वहाँ आकर बैठा था।

समीर ने कहा, "ये लोग टूरिस्ट हैं, इण्डिया देखने आये हैं।"

सुसी ने पूछा, "ये लोग भी तुम्हारी ही तरह पैसेवाले हैं?"

"मैं पैसेवाला हूँ, यह तुमसे किसने कहा?"

"पैसेवाले नहीं हो, तो मेरे ऊपर इतने रुपये कैसे खर्च कर रहे हो? यहाँ क्या हर कोई आ सकता है? आज तुम ले आये हो, इसलिए मैं यहाँ आ पायी हूँ, वर्ना मेरे पास क्या यहाँ आकर कॉफी पीने लायक पैसा है?"

समीर ने एक सिगरेट सुलगायी। फिर कहा, "सिगरेट पीयोगी?"

"सिगरेट पीने के पाँच रुपये और देने होंगे।"

"ठीक है, मिल जायँगे। लेकिन हर बात में तुम इस तरह रुपया-रुपया क्यों करती हो?"

"मैं रुपये के लिए कहती हूँ तो बुरा हो जाता है, लेकिन दुनिया भर के लोग जो रुपये के लिए मर रहे हैं? तब क्या होता? मैं क्या दुनिया के बाहर हूँ?"

"वह देखो, वह मेम कैसे सिगरेट पी रही है। वह तो तुम्हारी तरह सिगरेट पीने के लिए रुपया नहीं माँग रही है।"

"वह तो उस अंग्रेज की बीवी है।"

"ठीक तो है, दो घण्टे के लिए तुम न हो, यहाँ मेरी बीवी ही बन जाओ।"

"मेरी क्या आफत पड़ी है! शादी ही करनी होगी तो तुम-जैसे आदमी से क्यों करने लगूँ। तुम लोग तो सिर्फ लड़कियों के पीछे पैसा फूँकते हो। लम्पट से किस दुःख में शादी करूँ!"

समीर ने कहा, "मैं अगर लम्पट हूँ तो तुम क्या हो? सती?"

सुसी ने कहा, "खबरदार, चिल्लाओ नहीं-"

लेकिन झगड़ा और आगे नहीं बढ़ पाया। अचानक दूर से शिरीष बाबू आते दिखायी दिये। सुसी देखते ही पहचान गयी। वैसे उन्हें सुसी ने सिर्फ एक बार ही देखा था। गली के बाहर उनकी बड़ी-सी गाड़ी खड़ी थी और शिरीष बाबू आठ नम्बर घर से निकल रहे थे।

भैया के दोस्त हैं। भैया सुसी को देखते ही परिचय करा देने के लिए आगे बढ़ आया था, "यही है मेरी सिस्टर, आइये शिरीष बाबू, इससे आपका परिचय करा दूँ और ये हैं सुसी, मेरे मित्र शिरीष बाबू-"

सुसी को आज भी याद है, शिरीष बाबू के मुँह से जैसे लार टपक रही थी। मुँह में पान होने से लाल-लाल लार।

हाथ जोड़ते हुए शिरीष बाबू आगे बढ़ आये थे।

"तो आप ही सुसीमा देवी हैं! अरविन्द बाबू से आपके बारे में सुना है।"

सुसी ने बड़े बेमन से हाथ जोड़कर होंठों पर सूखी मुस्कराहट लाने की कोशिश की थी।

"शायद कालेज से लौट रही हैं?"

तभी अरविन्द ने कहा था, "जानते हैं शिरीष बाबू, आजकल स्कूल-कालेज के मास्टर कुछ पढ़ाते-वढ़ाते नहीं हैं। बैठे-बैठे नोट्स लिखते रहते हैं और बिलकुल फोकट की तनख्वाह खाते हैं।"

शिरीष बाबू ने कहा था, "दुनिया में ऑनेस्ट लोग अब बचे कितने हैं अरविन्द बाबू? हम-जैसे कई लोग अगर चले जायँ तो दुनिया वीरान हो जायगी-"

शिरीष बाबू शायद देर तक बातें करना चाहते थे।

लेकिन तभी अरविन्द ने कहा था, "अरे सुसी घूमने चलेगी? शिरीष बाबू की गाड़ी बाहर खड़ी है, कह तो मैं भी चलूँ। थोड़ी देर में लौट आयेंगे–"

शिरीष बाबू ने मानो बात का छोर पकड़ते हुए कहा, "हाँ, चलिये न। गाड़ी तो मेरी है ही, सिर्फ बैठनेवाले ही नहीं हैं।"

अरविन्द ने झट से कहा, "गाड़ी में बैठनेवाले ही नहीं हैं तो बेकार तीन-तीन गाड़ियाँ खरीदने की क्या जरूरत थी?"

"यह कौन देखता है? फिर इतने सारे रुपये लेकर मैं करूँगा भी क्या?"

सात नम्बर मकान के दरवाजे पर खड़े-खड़े ही बातें हो रही थीं।

अरविन्द ने फिर कहा था, "क्यों री सुसी, चलेगी?"

"चलिये न।" शिरीष बाबू के मुँह से और ज्यादा लार टपकने लगी थी।

सुसी ने कहा था, "माफ कीजियेगा, मैं इस वक्त काफी टायर्ड हूँ–"

इतना कहकर सुसी जो घर के अन्दर चली गयी तो फिर बाहर नहीं निकली।

इसके बाद कितनी ही बार शिरीष बाबू उसके घर आये, माँ के लिए हँड़िया भर-भर रबड़ी लाये। माँ ने कितनी बार कहा, "बेटा, तेरा यह दोस्त तो बड़ा अच्छा है। इसकी रबड़ी बड़ी मीठी होती है।"

अरविन्द कहता, "मीठी होने से क्या होता है माँ? तुम लोग तो कोई भी उसकी खातिर ही नहीं करती।"

माँ भभक उठती, "क्यों? खातिर नहीं करते के माने? बहू उसके लिए चाय नहीं बनाती?"

"बहू के चाय बना देने से क्या होता है?"

"तो मैं और क्या खातिर कर सकती हूँ? मेरी तो अब आँखें भी नहीं रहीं। तुझसे कितनी बार कहा है, एक चश्मा बनवा दे, तूने कभी सुना है?"

इस पर अरविन्द को भी गुस्सा आ जाता। वह कहता, "तुम बूढ़ी हो गयी, आँखों से दिखायी भी नहीं पड़ता। तुमसे कौन खातिर करने को कह रहा है कि ऐसा कह रही हो? लेकिन तुम्हारी धींगड़ी बिटिया तो घर में मौजूद है, वह जरा चाय और पान नहीं पहुँचा सकती? इतने से ही बेचारा खुश हो जाता है।"

"लेकिन बहू तो चाय दे आती है। सुसी हो या बहू, कोई भी दे आये, बात तो एक ही है।"

अरविन्द और भी चिढ़ जाता, "फिर वही बात, सिर्फ बहू और बहू। उस बेचारी को दिल की बीमारी है, यह पता है? दिल की बीमारी में क्या बेचारी इतनी मेहनत कर सकती है? तुम्हारी बिटिया रानी से क्या इतना-सा काम नहीं हो सकता? वह क्या इस घर की कोई नहीं है? बहू ही सारा दिन पिसे?"

हाँ, तो शिरीष बाबू को ही इस होटल में देखकर सुसी को बड़ा अजीब लगा। लगा, जैसे शिरीष बाबू अकेले नहीं हैं। साथ में कोई और भी है। एक औरत। लेकिन शिरीष बाबू का तो कहना था कि उनके बीवी नहीं है।

समीर की अभी उठने की इच्छा नहीं थी। लेकिन सुसी ने कहा, "उठो, चलो-"

समीर ने कहा, "क्यों, इतनी जल्दी किस बात की है? दस रुपये घण्टे की बात तय हुई है, सो मिल जायँगे।"

"नहीं, अब चलो, मुझे घर जाना है।"

बात पूरी होने से पहले ही शिरीष बाबू ने पास आकर कहा, "अरे सुसीमा देवी, आप यहाँ? मजे में तो हैं?"

सुसी की पीठ पर जैसे अचानक किसी ने बेंत से मारा, ऐसे वह मुड़ी।

"आप किससे बात करना चाहते हैं?"

"सुसीमा देवी आप ही का नाम है न?"

"आप क्या कह रहे हैं? सुसीमा देवी कौन है?"

"आपका नाम सुसीमा देवी नहीं है? घर में आपको 'सुसी' कहकर पुकारा जाता है।"

सुसी ने हैरानी का स्वाँग किया, कहा, "आप किससे क्या कह रहे हैं? आप कौन हैं?"

शिरीष बाबू के भी आश्चर्य का ठिकाना न रहा। उन्होंने कहा, "यह क्या? आप मुझे नहीं पहचान पा रही हैं? मेरा नाम शिरीष दासगुप्त है। अरविन्द बाबू आपके भाई हैं न? आठ नम्बर हारान नस्कर लेनवाले आपके मकान पर उस दिन गया था। याद नहीं आ रहा है?"

सुसी ने कहा, "मुझे कुछ नहीं याद आ रहा है। आपको शायद गलतफहमी हो गयी है?"

"वाह, आप इतनी जल्दी भूल गयीं। घर पर आपकी बूढ़ी माँ हैं, रबड़ी ले जाकर मैंने उनके पैर छुए थे।"

"खबरदार, फिजूल की बातें न कीजिये। लगता है, आप नशे में हैं। चलो समीर दा, हम लोग चलें-"

"क्या कहा?"

अपमान के मारे शिरीष बाबू का नशा हिरन हो गया था। पैसे के बूते पर उन्होंने बहुत-कुछ बुरा-भला किया है, लेकिन इस तरह खुलेआम बेइज्जती कभी नहीं हुई।

"ठीक है, देख लूँगा! बहुत रबड़ी ले गया हूँ तुम्हारी माँ के लिए, बहुत पैर छुए हैं–"

जूडी और क्लारा जरा दूर बैठे सॉफ्ट ड्रिंक कर रहे थे। पास ही 'पाम ग्रोव' के नीचे ऑर्केस्ट्रा पर 'जाज' बज रहा था। अचानक झगड़े की आवाज सुनकर टूरिस्ट दम्पति की ताल टूट गयी।

"लुक जुडी, वहाँ क्या हो गया है। लुक, लुक देयर!"

क्लारा देख रही थी। जूडी ने भी मुड़कर देखा। आखिर 'नेटिव' हैं न! अंकल कहा करते थे कि इसी वजह से पहले 'नेटिव' लोगों को इस होटल में घुसने नहीं दिया जाता था। दे ऑलवेज फाइट विद वन अनेदर। जब देखो तभी कुत्तों की तरह झगड़ते रहते हैं।"

जूडी ने कहा, "दे आर लाइक दैट–"

क्लारा ने कहा, "बट, ह्वाई डू दे क्वैरल? ये लोग इतना क्यों झगड़ते हैं?"

जूडी ने कहा, "अंकल कहा करते थे, ये बंगाली किसी का भला नहीं देख सकते। किसी का भला होने पर ये जलने लगते हैं। मोस्ट क्वैरलिंग रेस इन इण्डिया। यहाँ की सबसे झगड़ालू जात है।"

"स्ट्रेञ्ज!"

जूडी ने कहा, "इस बंगाल में स्ट्रेञ्ज नाम का कुछ नहीं है। एनीथिंग मे हैपेन एनी टाइम–"

फिर कहा, "आज शाम को देखा था न कि गवर्नर्स हाउस के सामने सड़क की ओर मुँह किये एक तोप रखी है। वह चाइनीज तोप है। उसी तोप से हम लोग इतने दिनों तक इन बंगालियों को काबू में करते रहे। अब इण्डिया गवर्नमेण्ट भी ठीक उसी तरह इसी तोप से इन लोगों को काबू में रख रही है।"

"लेकिन ब्रिटिश गवर्नमेण्ट ने आखिर इण्डिया छोड़ा क्यों था जूडी?"

जूडी ने कहा, "इन बंगालियों की ही वजह से। ये लोग किसी की हुकूमत नहीं मानते। हमारी गवर्नमेण्ट की अथॉरिटी नहीं मानते थे, अब ये अपनी गवर्नमेण्ट की अथॉरिटी भी नहीं मानते। अंकल ने मुझे सब बतला दिया है।"

"स्ट्रेञ्ज, वेरी स्ट्रेञ्ज!"

लेकिन उधर 'पाम गोव' के नीचे तब तक काफी जोरों से तू-तू मैं-मैं होने लगी थी। सुसी जितने जोर से चिल्लाती, शिरीष बाबू भी उतना चिल्लाते। होटल का मैनेजर, केयर-टेकर, बॉय, बेयरा, नौकर सभी झगड़े की आवाज सुनकर दौड़े हुए आये।

शिरीष बाबू इस होटल में काफी दिनों से आते हैं, उन्हें यहाँ सभी जानते हैं। ह्वाट्स अप सर? क्या हुआ साहब? दिस लेडी? हू इज शी? कौन है वह? हू आर यू?

सुसी की आँखें भर आयी थीं।

उसने कहा, "चलो समीर दा, हम लोग चलें। इसी वजह से मैं किसी के साथ होटल में नहीं आती।"

समीर ने बाहर आकर पूछा, "लेकिन वह आदमी क्या तुम्हें जानता है?"

"पता नहीं, कहीं पर किसी को देख आया है और यहाँ मेरे पीछे पड़ गया।"

"लेकिन वह तुम्हारे घर का पता, तुम्हारा, तुम्हारे भाई और भाभी सभी का नाम बता रहा था।"

सुसी ने कहा, "वह सब जाने दो, मेरे रुपये लाओ, मैं घर जाऊँगी।"

"कितने रुपये हुए?"

सुसी ने कहा, "सिनेमा देखने के दस रुपये, और इन चार घण्टों के चालीस रुपये। न जाने कहाँ-कहाँ के बदमाश लोग आकर इस होटल में जुटते हैं। मैं अब फिर कभी यहाँ नहीं आऊँगी। बाजारू लड़कियों के साथ सब यहाँ मौज उड़ाने आते हैं और भले घर की लड़कियों को तंग करते हैं। लाओ, रुपये लाओ!"

रुपये गिनकर सुसी चट से सामने आकर रुकी बस में चढ़ गयी।

"इनक्लाब!"

"जिन्दाबाद!"

धीरे-धीरे तादाद बढ़ते-बढ़ते 'प्रोसेशन' काफी लम्बा हो गया। बीच की लाइन में लगा अरविन्द भी भेड़िया-धसान के साथ आगे बढ़ रहा था। आज की सुबह खराब नहीं रही। रोज-रोज वही रुपये की चिन्ता अच्छी नहीं लगती। सुबह से लेकर शाम तक, जब देखो तब रुपया और रुपया- कभी यह चाहिए, कभी वह-

आजकल हर चीज की कीमत भी बान की तरह सर्र-से ऊपर उठ जाती है, लेकिन जल जाने पर बान जैसे गिरने लगता है, वैसे कीमत नहीं गिरती। कीमतें इस तरह बढ़ रही हैं कि मत पूछो। एक बार बढ़ने पर खैर, कम होने का सवाल ही नहीं उठता। डाक्टर ने कहा था, गोपा को रोज थोड़ा-बहुत गोश्त खिलाओ। दुकानों पर बकरे सजाये रखे रहते हैं। सड़क की ओर मुँह बाये दुकानदार ग्राहक फँसाने की कोशिश भी करते हैं। साथ ही, देखते-देखते सारी दुकान खाली हो जाती है।

उस दिन बाजार में उस कुंजड़े के साथ झगड़ा हो गया।

आसपास के किसी गाँव का रहनेवाला था। अपने गाँव से सब्जी लादकर शहर के बाजार में बेचने आया था।

वही कह रहा था, "बाबू, दूँ कहाँ से! ढाई रुपये सेर चावल आता है। एक वक्त अरवी के पत्ते खाकर दिन काट रहे हैं।"

अरविन्द ने कहा, "तो क्या हम लोगों का पैसा सस्ता है?"

सच ही तो किन मुश्किलों से, कितने जोड़-तोड़ बैठाकर दो पैसे पैदा किये जाते हैं, यह अरविन्द ही जानता है। शिरीष बाबू-जैसे लोगों का क्या है। यहाँ हारान नस्कर लेन में आ रहे हैं, तो खद्दर पहनकर राजभवन में भी जा रहे हैं। राजभवन! अरविन्द कभी राजभवन के अन्दर गया नहीं था, सिर्फ बाहर से देखा है। एक बार दिलीप दा का टेलीफोन बिल जमा करने उधर गया था, तब देखा था। राजभवन के गेट के पास ही एक बड़ी-सी तोप रखी थी।

अरविन्द ने लोहे के फाटक के बाहर खड़े अन्दर की ओर देखा था।

अचानक देखा, एक गाड़ी आयी जिसमें शिरीष बाबू बैठे हैं। "शिरीष बाबू! शिरीष बाबू!"

गाड़ी वही थी जिसमें बैठकर शिरीष बाबू अरविन्द के घर गये थे।

"शिरीष बाबू, मैं हूँ अरविन्द। कहाँ जा रहे हैं शिरीष बाबू?"

आवाज सुनकर शायद गाड़ी जरा देर के लिए रुकी, शिरीष बाबू ने मुड़कर देखा भी, लेकिन वे जैसे अरविन्द को पहचान नहीं पाये। अरविन्द की ओर एक बार देखकर भी दूसरे ही क्षण उधर से शिरीष बाबू ने नजर घुमा ली। न जाने किसे पुकार रहा है। पास ही भूधर बाबू बैठे थे।

भूधर बाबू ने कहा, "लगता है, आपको किसी ने पुकारा।"

"कहाँ? किसने?"

हड़बड़ाते हुए शिरीष बाबू ने इधर-उधर देखा। फिर कहा, "देखिये न, 'पब्लिक वर्क' करते-करते न जाने कितने लोगों के सम्पर्क में आना पड़ता है, हर वक्त सबको पहचान भी नहीं पाता।"

गाड़ी तब तक राजभवन की चेक-पोस्ट को पारकर काफी अन्दर चली गयी थी।

शिरीष बाबू ने पूछा, "आपने चीफ मिनिस्टर को सब-कुछ समझा दिया है न?"

भूधर बाबू सरकारी हलके के नामी आदमी हैं। हर जगह उनका आना-जाना है। कब, किससे, कौन-सा काम लिया जा सकता है, यह उनकी उँगलियों पर है। काम निकालने के मामले में तो वह जैसे 'मेजिक' जानते हैं। मैदान में एक्जीबिशन होनी है, वहाँ किसे कौन-सा स्टॉल चाहिए, भूधर बाबू को पकड़ो, सस्ते में काम करा देंगे। रुपये की कमी की वजह से मकान नहीं बनवा पा रहे हैं, सरकारी लोन चाहिए, दरख्वास्त दीजिये, 'वेस्ट पेपर बास्केट' में चली जायगी। लेकिन अगर भूधर

बाबू तक पहुँच सकते हैं, तो सारा काम चुटकी बजाते हो जायगा। सचमुच में जिसे पहुँचवाला आदमी कहते हैं, भूधर बाबू वही हैं।

लेकिन शिरीष बाबू की बात अलग है। शिरीष बाबू का भला करना खुद अपना भला करना है।

"जमीन के बारे में पहले से कह रखा है न, भूधर बाबू?"

भूधर बाबू ने कहा, "मैंने जब कह दिया कि जमीन आपको मिलेगी तो मिलेगी ही। चीफ मिनिस्टर भले ही जो कुछ कहें, आपको जमीन से मतलब है न?"

शिरीष बाबू जो बात सभी से कहते हैं, वही उन्होंने भूधर बाबू से भी कही। कहने लगे, "आप तो जानते ही हैं भूधर बाबू, यह सब मैं अपने खाने-पहनने के लिए तो कर नहीं रहा हूँ। मेरे न तो बीवी ही है, न बच्चा ही, किनके लिए रुपये जोड़ूँ। इसके अलावा ज्यादा पैसा हो जाने से आदमी की आदत खराब होती है। मुझे उस सबसे क्या लेना है? औरत क्या चीज होती है, मैं जिन्दगी भर में भी नहीं जान पाया। किसी चीज का नशा या शौक भी नहीं है, जिसके लिए रुपये की जरूरत पड़े। बचपन में शराब की दुकानों पर पिकेटिंग करने के अपराध में जेल गया था। वहाँ से वापस आने पर सोचा, नौकरी नहीं करूँगा, करना ही है तो कोई धन्धा करूँगा। सर पी० सी० राय का भी तो यही कहना था। इसीलिए-"

भूधर बाबू ने कहा, "ये सारी बातें मैंने चीफ मिनिस्टर के कान तक ऑलरेडी पहुँचा दी हैं-"

"शराब की दुकान पर पिकेटिंग करते हुए जेल गया था, यह भी?"

"आपको बतलाया न कि जमीन आपको मिलेगी। आपकी फैक्टरी बनेगी, यह कोई आपका निजी काम थोड़े ही है? यह तो देश का काम है। नयी इण्डस्ट्रीज से तो गवर्नमेण्ट को ही फायदा है। गवर्नमेण्ट ने ही तो प्रोडक्शन बढ़ाने के लिए कहा है।"

शिरीष बाबू का डर तब भी कम नहीं हो रहा था। उन्होंने धीरे से पूछा, "कुछ देना-लेना होगा क्या?"

भूधर बाबू चौंक उठे। उन्होंने कहा, "किसे? चीफ मिनिस्टर को? आप पागल हुए हैं क्या?"

"नहीं-नहीं, मेरा वह मतलब नहीं है। मेरा क्या दिमाग खराब हो गया है? चीफ मिनिस्टर को रिश्वत देने की बात भला मैं सोच भी सकता हूँ?"

भूधर बाबू ने कहा, "डिपार्टमेण्ट में केस जाने पर देखा जायगा। इस बारे में मैं आपको वक्त आने पर खबर दूँगा।"

"इसके लिए मैंने कुछ नगद रुपये अलग रख छोड़े हैं।"

"जी हाँ, अलग ही रखिये, जिससे अचानक जरूरत पड़ने पर देरी न लगे।

"असल में मुझे डर किस बात का लग रहा है, जानते हैं? रेजिडेन्शियल क्वार्टर्स के लिए सरकार प्लॉट्स बना रही है। उसकी जगह फैक्टरी बना रहा हूँ, यह बात डिपार्टमेण्ट अगर दबा दे तो बेहतर होगा।"

"जरूर दबा दी जायगी। वैसे अभी तक स्कीम बाहर आउट भी नहीं हुई है। अभी किसी को कैसे पता लग सकता है? अखबारों में विज्ञापन निकलने से पहले ही अगर प्लॉट एलाट हो जाय तब तो मजा है, नहीं तो क्या फायदा?"

राजभवन के पोर्टिको के नीचे गाड़ी पहुँचने पर भूधर बाबू उतरे। उन्होंने कहा, "आइये, गाड़ी यहीं पर रहने दीजिये। जरा चक्कर काटकर जाना पड़ेगा, चीफ मिनिस्टर उस ओर रहते हैं।"

अरविन्द बाबू गेट के बाहर खड़ा आश्चर्य से अन्दर की ओर देख रहा था। गाड़ी के आँखों से ओझल होते ही उसने उधर से नजर हटा ली। गेट के अन्दर चेक-पोस्ट के सामने पुलिस कान्स्टेबल खड़ा था। वह अरविन्द बाबू की ओर शक की नजर से देखने लगा।

इसके बाद उसकी ओर बढ़कर पूछा, "यहाँ किसलिए खड़े हैं? खड़े-खड़े क्या देख रहे हैं? किससे काम है?"

अरविन्द बिना कोई जवाब दिये जल्दी ही एक ओर हट गया। एक बड़ी-सी तोप सड़क की ओर मुँह किये खड़ी थी। अरविन्द को लगा, वह तोप जैसे अपनी एक आँख से मेरी ओर देख रही है। एक आँख से जैसे मुझे निशाना बना रही है।

पता नहीं, उसे वहाँ क्यों रखा गया है? डराने के लिए! लेकिन किसे? गरीबों को? या चोर-डाकुओं को?

तोप चाहे जिसे निशाना बना रही हो, चाहे जिसे डरा रही हो, अरविन्द को वहाँ जाने की क्या जरूरत है! अन्त में शायद उसे ही गोली का निशाना बनना पड़े। अरविन्द के मरने पर कोई भी विरोध नहीं करेगा, कोई भी कभी प्रतिवाद नहीं करेगा, दुनिया में उसका है ही कौन! हालाँकि उसके भरोसे एक पूरा परिवार किसी तरह जी रहा है। उसके मरने पर वह भी नहीं रहेगा। तब माँ के लिए रोज रबड़ी का इन्तजाम कौन करेगा? दो-दो घरों का किराया कौन देगा? गोपा बेचारी, जो वैसे ही इतनी कमजोर है, कैसे पेट पालेगी। बेचारी करे भी क्या, अगर जरा और मोटी होती, तो शायद शिरीष बाबू उसे पसन्द कर लेते।

वहाँ से यादवपुर लौटकर अरविन्द ने दिलीप को यही बतलाया।

'भद्रकाली मिष्टान्न भण्डार' के मालिक के लिए ये बातें कोई नयी नहीं हैं। उसने कहा, "तुझे तो टेलीफोन का बिल जमा करने भेजा था, तू राजभवन क्यों जा पहुँचा?"

अरविन्द ने कहा, "सोचा, इतनी दूर आया हूँ, जरा डलहौजी स्क्वायर भी देखता चलूँ।"

"ट्राम के किराये में कितने पैसे खर्च हुए?"

अरविन्द ने कहा, "मैंने किराया बचा लिया है–"

"कैसे बचा लिया?"

"किराया दिया ही नहीं।"

"सो कैसे? बिना किराया दिये तुझे ट्राम में बैठने दिया?"

अरविन्द ने कहा, "नहीं, यह बात नहीं है, कण्डक्टर जैसे ही किराया माँगता, मैं फौरन ट्राम से उतर पड़ता। फिर पीछेवाली ट्राम में चढ़ जाता। इसी तरह चढ़ते-उतरते चला आया–"

"ठीक है, बहुत अच्छा किया। ला, बिल ला–"

अरविन्द ने बिल दे दिया। फिर कहा, "वह शिरीष बाबू हैं न, उन्होंने मुझे आज देखकर भी नहीं पहचाना, जबकि मेरे यहाँ आने पर मैं खुद अपने हाथ से उनके लिए चाय बनाता हूँ।"

"वह सब तो ठीक है। लेकिन तय हुआ था कि अपनी बहन के साथ उनका परिचय करा देगा, सो क्या हुआ?"

अरविन्द ने कहा, "अब मैं क्या करूँ दिलीप दा, सुसी को तो तुम जानते ही हो। एक नम्बर की हेकड़ और जिद्दी लड़की है। किसी भी तरह राजी नहीं हुई। मैंने बहुतेरा समझाया, बहुत बड़े आदमी हैं, गाड़ी में बैठकर जरा घूम आ, लेकिन उसने माना ही नहीं–"

"बेचारे पूरे बारह रुपये की एक किलो रबड़ी तेरी माँ के लिए ले गये–"

"सचमुच बड़ी अच्छी रबड़ी थी। खूब मलाई थी।"

"हट कम्बख्त! रबड़ी ले गये थे तेरी माँ के लिए और तूने खा ली?"

"मैंने कहाँ खायी! माँ ने दी थी। मैंने क्या अकेले खायी थी? मैं, गोपा और सुसी सभी ने खायी।"

क्यों, शिरीष बाबू की रबड़ी खाते तेरी बहन को शर्म नहीं आयी? तू जो कुछ भी कह, तेरी बहन का हिसाब-किताब ठीक नहीं है।"

अरविन्द ने कहा, "वह तो मैं भी हजार बार कहता हूँ। उसमें अगर जरा-सी भी बुद्धि होती, तो फिर क्या था दिलीप दा। इतनी बड़ी जवान लड़की के घर रहते

मेरी यह दुर्दशा होती? अरे, उससे कुछ छिपा तो है नहीं, उसका भैया पैसे-पैसे के लिए मुँहताज है, उसकी भाभी की सेहत दिनोंदिन बिगड़ती जा रही है, पैसे न होने से माँ के लिए चश्मा तक नहीं बनवा सका। इतना सब देखकर भी उसे अपने घरवालों पर दया नहीं आती।''

दिलीप बेरा ने कहा, ''मेरी एक बात याद रखना अरविन्द, तू जिस बहन के लिए इतना कर रहा है, तेरी बहन एक दिन तुझे अँगूठा दिखाकर चली जायगी-''

अरविन्द ने कहा, ''मैं जानता हूँ दिलीप दा, मेरी किस्मत ही खराब है। किसी का क्या कसूर?''

''तेरी बहन चोरी-छिपे लोगों के साथ होटलों में जाती है। तुझे इसका पता है?''

''अरे नहीं, यह तुम क्या कह रहे हो दिलीप दा? जो भी हो, सुसी इतनी गिरी हुई नहीं है।''

''नहीं है के मतलब? तुझे सबूत चाहिए?''

अरविन्द ने कहा, ''अरे नहीं, वह जो सिल्केन साड़ी पहनती है, शायद इसीलिए कह रहे हो-''

दिलीप दा ने कहा, ''नहीं, खुद शिरीष बाबू ने उसे बाहरी आदमी के साथ होटल में ह्विस्की पीते देखा है।''

''छिः! तुम भी कैसी बातें करते हो दिलीप दा? सुसी की इतनी हिम्मत नहीं हो सकती।''

''ठीक है, शिरीष बाबू से मिलने पर उन्हीं की जबानी सुन लेना। शिरीष बाबू तुझसे खुद कहेंगे। शिरीष बाबू तो झूठ नहीं बोलेंगे।''

अरविन्द जैसे आसमान से गिरा। कुछ देर तक तो उसके मुँह से बात ही नहीं निकली। उसने सुसी को गोद में खिलाया है, वही सुसी चोरी-छिपे शराब पीयेगी, अरविन्द को यह बात सोचने में भी तकलीफ हो रही थी। वह थोड़ी हैरत से दिलीप बेरा की ओर देखता रहा।

''दिलीप दा तुम सच कह रहे हो?''

''दिलीप दा ने 'हो-हो' कर हँसते हुए कहा, ''अरे, इसमें घबड़ाने की कौन-सी बात है! एक तेरी ही बहन शराब पी रही है क्या? सभी पीती हैं। नहीं तो कितने माँ-बाप हैं, जो आप अपनी लड़कियों का खर्च बर्दाश्त कर सकते हैं? कितने माँ-बाप की ऐसी हैसियत है?''

अब भी अरविन्द का विस्मय दूर नहीं हुआ था।

''अच्छा, अब घर जा। तीन बज रहे हैं, खाना खाया है या नहीं?''

सारा दिन अरविन्द डलहौजी स्क्वायर में चक्कर लगाता रहा, सुबह से अभी तक खाया-पीया भी नहीं था। उसका सिर भन्नाने लगा था। बिना कुछ कहे वह सीधे हारान नस्कर लेन की ओर चल दिया। सुसी शराब पीती है...सुसी शराब पीती है...सुसी शराब पीती है...

लम्बा जुलूस कलकत्ते की ओर बढ़ रहा था। जुलूस की लाइन में लगा अपने ही विचारों में खोया अरविन्द भी जनस्रोत के साथ बढ़ रहा था। चलो, कलकत्ते चलो। हम लोग इतनी दूर से कलकत्ते जा रहे हैं। वहाँ पहुँचने से ही हमारी माँगें पूरी हो जायँगी। चलो भाई, कलकत्ते चलो–

इनक्लाब!

जिन्दाबाद।

सभी ने एक साथ आवाज मिलाकर नारा लगाया, कलकत्ते चलो!

और सिर्फ अकेला अरविन्द ही क्यों? अनादि काल से सभी का तो यही एक लक्ष्य रहा है। सभी कलकत्ते आते हैं। कलकत्ता ही तो बंगालियों का स्वर्ग है। भिखारी बनने के लिए भी यहाँ आना पड़ेगा, अमीर बनने के लिए भी यहीं आना पड़ेगा। पढ़ाई-लिखाई करनी है तो कलकत्ते चले आओ! पढ़ाई-लिखाई भूलनी हो तो कलकत्ते चले आओ! साधु बनने के लिए भी यहाँ आना पड़ेगा और चोर बनने के लिए भी। बड़े पुराने जमाने से न जाने कहाँ-कहाँ के लोग यहाँ आते रहे हैं। यहीं, इस कलकत्ते में। जिस तरह एक दिन ईश्वरचन्द्र विद्यासागर यहाँ आये, उसी तरह आये महाराज नन्दकुमार। मारवाड़ी, गुजराती, पारसी, सिक्ख, हिन्दू, मुसलमान, जैन, बौद्ध, वैष्णव और ब्राह्मण में से कौन ऐसा है, जो यहाँ नहीं आया? सबकी गति का एक यही तो लक्ष्य रहा है। कलकत्ते आने पर ही जैसे सबको मोक्ष मिलता है।

जाने किस देश में पैदा हुए जूडी हॉबसन को भी जैसे कलकत्ते आये बिना मोक्ष नहीं मिल रहा था। हजारों पाउण्ड खर्च करके वह ठीक इस वक्त अगर यहाँ पर न भी आते, तो ऐसा कौन-सा नुकसान होना था।

लेकिन इतिहास के अटल नियम के अनुसार जिस तरह बुधुआ को अपना जयचण्डीपुर का झोंपड़ा छोड़कर यहाँ आना पड़ा है, उसी तरह जूडी हॉबसन और क्लारा डैनहम को भी यहाँ आना पड़ा है।

रात को 'डिनर' के वक्त अपने चारों ओर का वातावरण देखकर जूडी हॉबसन को बड़ी हैरत हो रही थी।

सुबह से ही होटल के बैरों ने उन्हें जैसे घेर रखा था। एक टीन सिगरेट मँगाने पर वे पाँच बार सलाम ठोंकते। जबकि अंकल हॉबसन बंगाल के गवर्नर के मिलिटरी सेक्रेटरी थे, उस जमाने में इन्हीं के न जाने कितने भाई-बन्धुओं को गोली से उड़ाया गया था। इन लोगों को शायद पता नहीं है कि इसी हॉबसन के अंकल ने कितने ही लोगों को कलकत्ते की सड़कों पर अपने ही हाथों गोली से उड़ाया है।

"सड़कों पर गोली चलायी?"

पूरा कलकत्ता उन दिनों एक किला था। उधर नार्थ में श्यामबाजार के मोड़ से लेकर साउथ में टालीगंज के आखिरी छोर तक पूरे इलाके में पुलिस खून करने के लिए लोगों को खोजती फिरी। 'नेटिव' देखते ही गोली से उड़ा देती। लेकिन पुलिस की गाड़ी देखते ही 'नेटिव' गलियों में जा घुसते थे। फिर इन लोगों का पता नहीं लगता था। हम लोग मशीनगन लिये इनका पीछा किया करते थे। ये लोग घरों से ईंट और पत्थर के टुकड़े फेंकते जिससे हमारे काफी सिपाही मारे गये, कितनों की आँखें जाती रहीं।

क्लारा ने कहा, "तब क्या तुम लोग इन्हीं लोगों के डर से 'इण्डिया' छोड़कर चले गये?"

ये सब बातें काफी पुरानी हैं। अंकल हॉबसन जब उन दिनों के किस्से सुनाया करते थे, तो जोश से उनका गला रुँधने लगता था। लेकिन अब ये बातें इतिहास का पुराना चैप्टर बनकर रह गयी हैं। अब वे दिन कहाँ हैं?

भतीजे जूडी ने एक दिन पूछा था, "अंकल, तुम लोग इण्डिया छोड़कर चले क्यों आये?"

"क्यों चले आये, यह तुम इंग्लैण्ड के प्राइम मिनिस्टर से पूछो। इतिहास की रफ्तार तब बदल चुकी थी। हम लोगों ने ही उन 'नेटिवों' को अंग्रेजी भाषा सिखायी। बेचने के ख्याल से करोड़ों की तादाद में किताबें छाप-छापकर उन लोगों को पढ़ाने के लिए भेजीं। वैसे उससे करोड़ों पाउण्ड का फायदा भी हुआ। लेकिन एक बड़ा भारी नुकसान हो गया, उन किताबों को पढ़कर उन 'नेटिव्स' की आँखें खुल गयीं। उन लोगों ने सोचना शुरू कर दिया कि हम लोग भी इनसान हैं। धीरे-धीरे उन्हीं लोगों में मैट्सिनी, गैरीबाल्डी और विलियम द कांकरर पैदा होने लगे।"

"विलियम द कांकरर?"

सुनकर जूडी हॉबसन को बड़ा अजीब लगा था। हू इज ही? वह कौन है?

अंकल ने बतलाया था, "अरे, वही तो था हम लोगों का दुश्मन। हम लोगों का डेडलिएस्ट एनिमी-दैट सुभाष बोस? दे कॉल हिम नेताजी। हम लोगों ने नेहरू की परवाह नहीं की, गाँधी की परवाह नहीं की, लेकिन सुभाष बोस की परवाह करनी पड़ी। इन 'नेटिवों' में यह रायल बंगाल टाइगर था।"

उस रायल बंगाल टाइगर के वजन में ही जूडी और क्लारा हनीमून मनाने आये हैं। यहाँ जो भी चीज नजर आती, अच्छी तरह उसकी जाँच-पड़ताल करते हैं। यही है, उस रायल बंगाल टाइगर का वतन, यह कलकत्ता। लेकिन इसे देखकर तो वैसा नहीं लगता। यहाँ के लोगों की शक्ल-सूरत देखकर तो नहीं लगता कि ये लोग रायल बंगाल टाइगर के वंशज हैं। गड्ढों में धँसी आँखें, कमजोर और मरियल चेहरे, सींक-जैसे हाथ-पैर। इन लोगों का यह हाल कैसे हो गया? यहाँ होटल में बैठकर ये ही लोग कॉल गर्ल के साथ शराब पीते हैं और पागलपन करते हैं, इसके बाद आपस में झगड़ते हैं-

''जूडी, ऐसा क्यों हो गया?''

जूडी ने कहा, ''तुम्हें बतलाया था कि हम लोग यहाँ से चले भले ही गये हैं, लेकिन एक चीज छोड़ गये हैं-''

''क्या? कौन-सी चीज?''

''वही तोप! दैट वन-आइड कैनन! गवर्नर्स हाउस में उस कानी तोप को छोड़ गये, वही चाइनीज तोप, जो सड़क की ओर मुँह किये खड़ी है। उस तोप के नीचे एक ड्रैगन है, उस ड्रैगन के ऊपर ही तोप रखी है। एक दिन इसी तोप से हमने हजारों लोगों को गोली से भुना है। अब 'नेटिवों' की सरकार बन गयी है, अब ये लोग भी गोली चला रहे हैं-रायल बंगाल टाइगर के वंशजों को हमारी तरह ये लोग भी गोलियों से भून रहे हैं-''

''क्यों, ये लोग अपने ही लोगों को क्यों मार रहे हैं?''

''इसी को तो कहते हैं किस्मत का खेल। आयरनी ऑफ फेट।''

तभी वेटर ने सिगरेट की टीन टेबल पर रखकर सलाम ठोंका।

''सलाम सरकार!''

जूडी हॉबसन के एक रुपया बख्शीस के देते ही उसने और भी झुककर सलाम ठोंका। ''सलाम हुजूर, सलाम!''

इसके बाद वेटर खुश होकर जाने लगा।

जूडी ने कहा, ''एक मजा देखोगी, क्लारा?''

कहकर उसने वेटर को पुकारा, ''ब्वाय, इधर आओ-''

वेटर ने घूमकर फिर सलाम ठोंका।

जूडी ने कहा, ''ब्वाय कलकत्ते में पोटैटो कितने रुपये किलो है?''

''एक रुपये किलो सर!''

''तुम लोगों को भरपेट खाना मिलता है? आर यू हैपी? डू यू गेट एनफ टू ईट?''

वर्दी में लैस उड़िया वेटर गुणधर अचानक यह सवाल सुन, खुशी से गद्गद हो गया। इतना बड़ा साहब उस जैसे गरीब के साथ हमदर्दी दिखा रहा है। खुशी से गद्गद होकर अपनी टूटी-फूटी हिन्दी की मार्फत अपनी गरीबी की पूरी कहानी सुना दी, कितने रुपये मिलते हैं, उसके कितने बच्चे हैं, मकान का कितना किराया देना होता है, वगैरह-वगैरह-

जूडी हॉबसन ने उससे रोकर कहा, "तुम्हारी यह नेटिव सरकार अच्छी है, या पहले की अंग्रेज सरकार अच्छी थी?"

"हुजूर, उस जमाने में कम-से-कम हमें भरपेट खाना मिलता था। हुजूर, आप लोग वापस चले आइये। आप लोगों के आने से हमें खाने को मिलेगा-"

वेटर के चले जाने पर जूडी ने एक नयी सिगरेट सुलगायी, फिर धुआँ छोड़ते हुए उसने कहा, "देखो न! अब तो अपने कानों ही सुन लिया। दिस इज इण्डिया। दिस इज कैलकटा। दिस इज बंगाल। कलकत्ते की असली खबर यही है। यह खबर यहाँ के अखबारों में नहीं छपती। हम लोगों का एम्पायर नहीं है, लेकिन ये लोग अभी भी हम लोगों को चाहते हैं। सिर्फ यही क्यों, इण्डिया, अफ्रीका, बर्मा, सीलोन और पाकिस्तान सभी जगह से एक ही आवाज रही है। दे वाण्ट द ब्रिटिश टू कम बैक-सभी चाहते हैं कि हम लोग वापस आ जायँ-"

उस दिन अरविन्द काफी देर से राह देख रहा था। हारान नस्कर लेन में शाम ही से सन्नाटा छा जाता है। ब्लाइण्ड लेन में जाने पर और भी सूना-सूना लगता था। बूढ़ी माँ अपनी अन्धी आँखें लिये दरवाजे के पास बैठी अफीम की पीनक में शाम ही से ऊँघती रहती। कहती, "तू सोने जा बेटा, मैं दरवाजा खोल दूँगी।"

"तुम कैसे खोल दोगी? तुम्हें क्या दिखायी देता है जो दरवाजा खोल दोगी? अगर गिर पड़ो तो मुझे ही देखना पड़ेगा। सारी मुसीबत मेरे ही सिर पर है। डाक्टर और दवा के लिए तो मुझे ही भागना पड़ेगा, या तुम्हारी लाडली बेटी जायगी डाक्टर बुलाने?"

बुढ़िया ने कहा, "तू भी कैसी बात करता है, वह बेचारी ठहरी लड़की की जात और तू है लड़का। तुझसे उसका क्या मुक़ाबला? वह अपनी पढ़ाई करेगी या घर के धन्धे देखेगी?"

लेकिन इतनी रात तक वह क्या पढ़ने जाती है? रात को भी क्या उसका कालेज खुला रहता है?"

"अरे, रात को कालेज क्यों खुला रहेगा? कालेज के बाद बेचारी लड़कियों को पढ़ाने जाती है, तुझे नहीं मालूम?"

“लड़कियों को पढ़ाने? सुसी ने तुम्हें यही समझाया है क्या?”

“बेचारी लड़कियों को न पढ़ाये तो अपने खर्च कहाँ से चलायेगी? तूने कभी पूछा है, उसके पास पहनने को साड़ी है या नहीं, उसके पाँवों में जूते हैं या नहीं?”

अरविन्द ने कहा, “तुम क्या सोचती हो कि लड़कियों को पढ़ाकर ऐसी कीमती साड़ियाँ आती हैं? तुमने कभी उसकी साड़ियाँ देखी हैं? जानती हो, उसकी एक-एक साड़ी की कीमत कितनी होगी? अगर नहीं जानती तो अपने बहू से पूछकर देखो।”

“अपने पैसे से अगर वह साड़ी खरीदती है, तो तेरा क्या जाता है?”

“अपने पैसे से साड़ियाँ खरीदती है, बड़ा अच्छा करती है, लेकिन घर के खर्चे में मेरा भी तो हाथ बँटा सकती है। कितनी मुश्किल से मैं खर्चा चला रहा हूँ, तुम लोग अगर एक बार समझ पातीं। डाक्टर ने तुम्हारी बहू को गोश्त खिलाने के लिए कहा है, लेकिन क्या मैं उसे गोश्त खिला पा रहा हूँ? इतने दिन हो गये, तुम्हें दिखायी नहीं देता, लेकिन तुम्हारे लिये एक चश्मे का पैसा क्या जुटा पा रहा हूँ? खाना पकाते-पकाते और बरतन साफ करते-करते तुम्हारी बहू की देह स्याह पड़ गयी है, लेकिन क्या मैं एक खाना बनानेवाली का इन्तजाम कर पा रहा हूँ? खैर, तुम्हें यह सब सुनाने से फायदा भी क्या है? तुम्हें तो मेरी गलतियाँ ही दिखायी देती हैं, अपनी बिटिया में दोष नहीं देखती। तुम्हारी बिटिया जो भी करे सो ठीक है। लेकिन इतना याद रखो माँ, यही तुम्हारी लड़की एक दिन हम सबके मुँह पर कालिख पोतकर रहेगी, तब समझना।”

माँ बेचारी सुनती रही। उसने कोई जवाब नहीं दिया। कुछ देर बाद उसने कहा, “भाग्य की बात है बेटा, ये मेरी आँखें फूट न गयी होतीं, तो तेरी बहू को घर के ये धन्धे नहीं झेलने पड़ते। मैं खुद ही सब सम्हाल लेती। खाना भी पका लेती, बरतन भी माँज लेती। इन आँखों के बिना मैं जिन्दा भी मरे के समान हो गयी हूँ-”

अचानक बाहर गली के पाँवों की आहट सुनायी दी।

अरविन्द ने कहा, “यह लो, राजदुलारी आ गयी-”

माँ ने कहा, “ऐसा क्यों कहता है बेचारी को? दो दिन बाद ब्याह हो जायगा तो अपने घर चली जायगी, जब तक यहाँ है हँस-खेल ले, बाद में पराये घर की बहू बनने पर पिसना ही पड़ेगा।”

खट्-खट्-खट्-खट्-खट्-

कोई जोर से दरवाजे की कुण्डी खटखटा रहा था।

“देख रही हो माँ, मेमसाहब आधी रात के बाद घर लौट रही हैं, इस पर भी जरा कुण्डी खटखटाने का ढङ्ग तो देखो। जैसे घर में उसके लिए दस-पाँच नौकर बैठे हों-”

दरवाजे तक जाते-जाते अरविन्द अपने को काबू नहीं रख पाया। वह ज़ोर से चिल्लाया, "जरा सब्र कर बाबा। तेरे किवाड़ खोलने के लिए यहाँ पर दस-पाँच नौकरानियाँ नहीं बैठी हैं।–आखिर मेमसाहब का कालेज खत्म हुआ। आजकल पढ़ाई बड़े जोरों से हो रही है, हमने तो जैसे कभी पढ़ाई की ही नहीं। हमें जैसे नहीं मालूम कि कालेज कब खुलता है और कब बन्द होता है–ठहर जा-"

लेकिन दरवाजा खोलते ही अरविन्द के पाँवों तले की जमीन खिसक गयी। हाथ में बैटन सम्हाले एक पुलिस कान्स्टेबल खड़ा था।

उसे देखते ही अरविन्द दो कदम पीछे हट आया। इससे पहले कभी पुलिस कान्स्टेबल से उसका पाला नहीं पड़ा था। पुलिस की जगह तो सड़कों और चौराहों पर है। वहाँ वह ठीक है। लेकिन यहाँ घर के अन्दर पुलिस का क्या काम? मैंने न तो शराब की भट्ठी खोल रखी है, न मैं ब्लैक मार्केटिंग करता हूँ। सोने के बाट भी मैंने खरीदकर नहीं रख छोड़े हैं। फिर क्यों मुझे पकड़ने आये हैं ये लोग?

गली के घुप्प अँधेरे में सिपाही की शक्ल और भी भयंकर लग रही थी।

पीछे से अन्धी बुढ़िया चिल्लायी, "क्यों री सुसी, लौटने में इतनी देर क्यों करती है, जरा जल्दी नहीं लौट सकती?"

उस सिपाही ने कहा, "मैं थाने से आ रहा हूँ, बड़े बाबू ने आपको बुलाया है, चलिये-"

डर के मारे अरविन्द का गला रुँध आया। उसने कहा, "मुझे? क्यों? मैंने क्या किया है?"

"यह सब हमें क्या मालूम? जल्दी कीजिये-"

अरविन्द वहाँ खड़े-खड़े ही काँपने लगा।

इसकी शुरुआत सन् १९४८ से ही हुई थी। सन् १९४३ से इन लोगों का कलकत्ते आना शुरू हुआ था। उन दिनों शिरीष बाबू वगैरह मिलिटरी कण्ट्रक्टर थे। लोगों के मुँह का कौर छीनकर उसे साऊथ-ईस्ट एशिया कमाण्ड के सिपाहियों के लिए गोदामों में रखा जाता था। और तभी से सिर्फ दो मुट्ठी भात के लिए लोगों का कलकत्ते आना शुरू हुआ। अरविन्द जैसों ने वे दिन नहीं देखे। देखे हैं, उसकी बूढ़ी माँ ने, बुधुआ की माँ ने और स्ट्रैण्ड होटल के वेटर और खानसामाओं ने। उसके बाद भी अठारह-उन्नीस साल गुजर चुके। लेकिन लोगों का कलकत्ते आना अभी भी नहीं रुका। न जाने कहा-कहाँ से लोग लाइन लगाये, इनक्लाब-जिन्दाबाद करते चले आते

हैं। कहाँ हुगली, कहाँ चुँचुड़ा, कहाँ मुर्शिदाबाद, कहाँ जलपाईगुड़ी और कहाँ बर्दवान, सभी का लक्ष्य एक ही है।

सभी एक नारा लगाते रहे हैं–इनक्लाब! जिन्दाबाद!

इस आवाज से दिल्ली में बैठे शासकों के कान में जूँ तक नहीं रेंगी। इन्द्रप्रस्थ के राष्ट्रपति भवन में प्रेसीडेण्ट के एअर कण्डीशण्ड कमरे की दीवारों पर बार-बार सिर पटककर ये आवाजें वापस आ जातीं। इन्द्रप्रस्थ में बैठे फाइनेन्स मिनिस्टर के पोर्टफोलियो में भी इन आवाजों की वजह से एक बार चीं-चपड़ भी नहीं हुई।

लेकिन अमेरिका 'ह्वाइट हाउस' में बैठे प्रेसीडेण्ट आइजनहावर के कानों में यह आवाज पहुँच गयी। इतनी बड़ी अण्डर-डेवेलप्ड कण्ट्री कम्युनिस्ट ब्लॉक में चली जाती है, तो उससे इण्डिया का क्या नुकसान होता है! असली नुकसान तो अमेरिका का ही है। ब्रिटिश गवर्नमेण्ट ने इण्डिया छोड़ दिया है। सिर्फ इण्डिया ही है क्यों, अफ्रीका, मलाया, सीलोन और बर्मा सभी देश तो खाली पड़े हैं। और, जगह खाली रहने पर कोई-न-कोई तो वहाँ जाकर झपट्टा मारेगा ही। उनका बाजार छीन लेगा, इसलिए कुछ तो करना ही चाहिए।

इसलिए सारी एम्बैसियों के नाम कॉन्फीडेन्शियल डिसपैच जारी किये गये। फौरन रिपोर्ट भेजी। वहाँ के जनसाधारण की जिन्दगी की रफ्तार कैसी है, वे लोग क्या चाहते हैं, उन लोगों में ज्यादातर किस विषय को लेकर चर्चा होती है, जानने की कोशिश करो। यह बड़ा ही जरूरी है। इन्द्रप्रस्थ के शासकों की गतिविधि के बारे में स्पाईंग करो।

लौटते डिसपैच में रिपोर्ट आ गयी।

खबर सब ठीक है योर एक्सेलेन्सी! डरने की कोई बात नहीं है। 'एव्रीथिंग इज ऑलराइट इन दि स्टेट ऑफ डेनमार्क एण्ड गॉड इज इन हेवेन।' इस दुनिया में सब लोग मजे में हैं, फिर ऊपर भगवान् तो हैं ही। इन्द्रप्रस्थ के राजाधिराज निश्चिन्त हैं। एव्रीवन इज वेरी हैपी। यहाँ के सभी लोग पीस चाहते हैं। बड़े-बड़े डैम बना रहे हैं, हैवी इण्डस्ट्रीज चालू हो रही हैं। इन लोगों का ख्याल है, एक दिन हैवी इण्डस्ट्री की मार्फत ही रेलवे को इलेक्ट्रिफाई करेंगे और घर-घर हाइड्रो-इलेक्ट्रिक स्कीम की बिजली पहुँचेगी। 'बाण्डुङ्ग कान्फ्रेन्स' में पंचशील का प्रस्ताव पास हो चुका है। सभी उसमें मशगूल हैं। अब उन्हें फिक्र करने की जरूरत नहीं है। सब ठीक हो जायगा। मिनिस्टरों के रिलेटिव बड़ी-बड़ी नौकरियाँ पा रहे हैं। उनकी सन्तानें दोनों हाथों से फॉरेन एक्सचेंज उड़ा रही हैं। वे लोग आज इंग्लैण्ड जा रहे हैं तो कल अमेरिका डिनर खा रहे हैं और पार्टी दे रहे हैं। अब तक जो लोग खद्दर छोड़कर और कुछ पहनते नहीं थे, आज वे ही लोग सिर्फ टेरिलिन टेरीकॉट के सूट पहनते हैं। लेकिन...

"लेकिन क्या?"

"लेकिन यही कि इस कलकत्ते की वजह से बड़ी मुश्किल हो गयी है।"

"क्यों? क्या हुआ? अरे, कलकत्ता तो इण्डिया का ब्रेन है न। इण्डिया का ब्रेन-सेण्टर! उस ब्रेन में ही अगर गड़बड़ हो गयी तो कैसे काम चलेगा?"

यहाँ से फिर लम्बे-चौड़े डिसपैच रवाना हुए। यस सर, ब्रिटिश एम्पायर की सेकेण्ड सिटी कलकत्ते में अब घुन लग चुका है। यहाँ के लोगों ने एक दिन आजादी के लिए जान दी है और जान ली है, टेररिस्ट पार्टी बनाकर लाट साहबों पर गोली चलायी है। इन्हीं लोगों ने एक दिन ब्रिटिश इम्पीरियल सर्विस के लोगों को थर-थर कँपा दिया था। लेकिन इस कलकत्ते में ही आज सबसे ज्यादा फ्रस्ट्रेशन है। इस शहर में न पानी है, न हवा और न जमीन। बच्चों के खेलने के लिए एक पार्क तक नहीं है। धुएँ की वजह से लोगों को टी० बी० हो रही है। यहाँ की फुटपाथ मानव शिशुओं का जच्चाघर बन रही है। यहाँ की लड़कियों ने कालेज जाने के बहाने कॉल-गर्ल का धन्धा शुरू कर दिया है। घर-घर जो लोग वैक्सीनेशन के बहाने जाते हैं, वे दलाल हैं। उन लोगों ने लड़कियाँ सप्लाई करने का काम शुरू कर दिया है। यहाँ के लोग कहीं खाना बनाते हैं तो कहीं सोते हैं। पेट की खातिर ये अपनी बीवी तक से धन्धा करवाने में नहीं झिझकते। यहाँ की विधवा और बूढ़ी माँ को एक चश्मा खरीदने तक का पैसा नहीं मिलता, लेकिन उसी घर की लड़की तीस रुपये की चप्पलें पहनती है। और कोई रास्ता न देखकर ये लोग प्रोसेशन निकालते हैं, जुलूस बनाकर मैदान की ओर जाते हैं और जब मैदान की मीटिंग खत्म हो जाती है, तो बंगाल के गवर्नर्स हाउस के सामने सड़क पर बैठकर चिल्लाते हैं–

"इनक्लाब–"
"जिन्दाबाद–"
"मुनाफाखोरों को सजा हो–"
"अनाज के भाव कम हों–"
"मुख्यमन्त्री जवाब दो–"
"नहीं तो गद्दी छोड़ दो–"

रिपोर्ट पहुँचने के बाद 'ह्वाइट हाउस' में मीटिंग हुई। बड़ी ही कॉन्फीडेन्शियल मीटिंग। यही मौका है। सारे साउथ-ईस्ट एशिया में अभी वैकुम है। पूरा इलाका एकदम खाली पड़ा है। यह मौका छोड़ना नहीं चाहिए। तीन दिन तक मीटिंग चलती रही। इस बीच न जाने कितने डिसपैच आये और गये। सलाह-मशविरा पूरा होने के बाद वाशिंगटन के 'ह्वाइट हाउस' में एक नयी फाइल खोली गयी। एकदम नयी फाइल, नयी दवा। इस दवा का नाम इससे पहले किसी ने नहीं सुना था! एकदम नया नाम।

यह तय हुआ कि हम लोग कलकत्ते के लिए मिल्क पाउडर भेजेंगे, गेहूँ भेजेंगे, चावल भेजेंगे, दवाएँ और तम्बाकू भेजेंगे। कलकत्ते के लोगों की रोजमर्रे की

जरूरत की सारी चीजें भेजेंगे। किताबें और एक्सपर्ट भेजे जायँगे। इसके लिए इण्डिया को कोई कीमत नहीं चुकानी होगी। इसके लिए जो मुनासिब कीमत मिल सकती है, वह रकम कलकत्ते के लोगों की सुख-सुविधाओं के लिए खर्च की जायगी। उन बेचारों को भरपेट खाना मिल पाये, साफ हवा और पानी मिले और भले आदमियों की तरह सिर छिपाने के लिए कोई ठिकाना मिल जाय तो वे लोग कम्युनिस्ट नहीं होंगे, सब अमेरिका की जय-जयकार करेंगे। जॉर्ज वाशिंगटन और लिंकन की जय बोली जायगी। जनरल आइजनहावर की जय बोली जायगी। युनाइटेड स्टेट्स ऑफ अमेरिका जिन्दाबाद के नारों से आसमान गूँजने लगेगा।

इस दवा का नाम है पब्लिक लॉज-फोर एट्टी। यानी पी० एल० ४८०।

यह १० जुलाई, सन् १९५४ की बात है।

"फिर?"

फिर यहाँ के लोग अमेरिका गये। अमेरिका के लोग यहाँ आये। कलकत्ते को बचाना ही होगा। यहाँ के लोगों को जिन्दा रखने के लिए उन्हें पानी देना होगा, उनके लिए हवा का इन्तजाम करना पड़ेगा, नहीं तो कलकत्ते की फुटपाथों के जच्चेखानों में न जाने कितने नवजात भारत अकाल ही काल के ग्रास बनेंगे।

दूसरी तरफ यहाँ के लोग चंगाइल, बाउड़िया, उलुबेड़िया और हुगली, बर्दवान और चुँचुड़ा की ओर। शिवपुर, बजबज और हावड़ा की ओर। जूट मील के मजदूर कहने लगे, चलो भाई कलकत्ते चलो। कलकत्ते के मैदान में मीटिंग होगी। हम लोग अपनी सरकार के आगे माँग रखेंगे। सरकार को बतलाना पड़ेगा कि हमें जो तनख्वाह मिलती है, उसमें गुजर करना मुश्किल है। हमारी तनख्वाह बढ़ायी जाय। डियरनेस एलाउन्स इनक्रीज किया जाय। अनाज की कीमतें कम की जायँ। सस्ते भाव में चावल और गेहूँ दिया जाय। हम इनसान हैं, हमें इनसान की तरह रहने दिया जाय। चलो भाई कलकत्ते चलो...

न जाने कहाँ-कहाँ से लोग लाइन लगाये कलकत्ते की ओर आने लगे। उधर सियालदह, बशीरहाट, बारासत, नारकेलडांगा और इधर हुगली, चुँचुड़ा, श्रीरामपुर, हावड़ा और दक्षिण में यादवपुर और सुन्दरवन, कैनिंग से लोग आने लगे। पूरा कलकत्ता जैसे लोगों की लम्बी-लम्बी कतारों के बीच फँस गया।

इन्हीं की एक कतार में फँसा अरविन्द मन-ही-मन न जाने क्या सोचता आगे बढ़ रहा था। पास ही चल रहा था कलुआ फटिक। चीखते-चीखते उसका गला बैठ गया था। इस पर भी वह लगातार चिल्लाये जा रहा था।

अरविन्द की ओर नजर जाते ही उसने पूछा, "क्या हुआ अरविन्द बाबू? क्या सोच रहे हैं? आवाज लगाइये-"

लेकिन आवाज लगाये तो आखिर किसके लिए? क्यों लगाये? किसके कान में उसकी आवाज पहुँचेगी? वह कौन है? उसका घर कहाँ है? कौन उसके पास पहुँच सकता है?

दिलीप बेरा ने कहा, "फिर?"

अरविन्द की नजरों के आगे से उस वक्त सब-कुछ मिट चुका था। उसकी आँखों के आगे सिर्फ दिलीप बेरा का चेहरा उभर आया। दिलीप बेरा! यादवपुर के 'भद्रकाली मिष्टान्न भण्डार' का मालिक।

यह दिलीप दा न होता, तो उस दिन उसे कौन बचाता! कौन उसकी इतनी मदद करता। लेकिन अन्दर-ही-अन्दर ये गुल खिल रहे हैं, यह कौन जानता था?

असल में इस सबके पीछे भूधर बाबू थे। भूधर बाबू बड़े पहुँचे हुए आदमी हैं। ऊपर से बेचारे बड़े ही परोपकारी आदमी हैं। कोई अगर उनके घर जा पहुँचता है तो बेचारे गद्‌गद हो जाते हैं।

फौरन पूछते हैं, "आपके लिए मैं क्या कर सकता हूँ?"

कलकत्ते में रहनेवाले इनसान की समस्याओं का कोई अन्त नहीं है। समस्याओं के इस सागर में से अगर उसे कोई उबार सकता है तो वह भूधर बाबू ही। द्वापर के पतितपावन श्री मधुसूदन ने ही इस कलिकाल में शायद भूधर विश्वास के नाम से अवतार लिया है।

भूधर बाबू किसी को खाली हाथ नहीं लौटाते। समस्या सुनते ही फौरन कहते हैं, "ठीक है, मैं सब ठीक कर दूँगा-"

सीमेण्ट के अभाव में अगर किसी का मकान बनना रुका है, किसी को कॉरपोरेशन के कौन्सिलर के जरिये टैक्स कम कराना है या किसी को मेडिकल कॉलेज हॉस्पिटल में फ्री बेड चाहिए या किसी को न्यू अलीपुर में छोटा-सा प्लॉट चाहिए, किसी के थर्ड डिवीजन में पास लड़के को मेडिकल कॉलेज में एडमीशन दिलाना है, या किसी को अमेरिका जाने का वीसा चाहिए-इसी तरह की न जाने कितनी समस्याएँ हैं, जिन्हें सुलझाना आम इनसान के बस की बात नहीं है। इन कामों को करने से माउण्ट एवरेस्ट की चोटी पर चढ़ना शायद आसान है।

इसीलिए एक दिन शिरीष बाबू ने असाध्य-साधक भूधर बाबू को टेलीफोन किया।

भूधर बाबू ने कहा, "आप भी कैसी बात करते हैं शिरीष बाबू! आप क्यों तकलीफ करते हैं, मैं ही आपकी ओर चला आऊँगा-लेकिन आप काम तो बताइये-"

"आपको आने पर ही बताऊँगा। आप कब आ रहे हैं?"

"आपको कब फुर्सत होगी?"

"जब आपको फुर्सत होगी, मैं तभी खाली हूँ।"

आखिर वह दिन भी ठीक हो गया। उस निश्चित दिन को ही भूधर बाबू से शिरीष बाबू की मुलाकात हुई। यह भेंट बड़ी शुभ रही। बंगाल की ग्लास इण्डस्ट्री के

लिए यह भेंट बड़ी ही फायदे की रही। काँच तो तरह-तरह के होते हैं। लेकिन उससे किसी का क्या फायदा होता है। धीरे-धीरे बाजार छोटा होता जा रहा है। पहले बंगाल का बना काँच बम्बई, मद्रास और दिल्ली हर जगह बिकता था। बंगाल की मीलों में बने कपड़े की खपत भी पहले पूरे हिन्दुस्तान में थी। बाद में वहाँ भी जैसे-जैसे ग्लास फैक्ट्रियाँ और कॉटन मिलें बनती गयीं, कार्केट भी छोटा होता गया। कम्पिटीशन होने लगा। कौन किस मिल के माल की खपत कितनी कम करा सकता है, इसी की कोशिश चलने लगी। धीरे-धीरे एक दिन हालत यहाँ तक पहुँची कि बंगाल के बाहर अपना मार्केट रहा ही नहीं।

भूधर बाबू ने पूछा, "अब?"

शिरीष बाबू ने कहा, "अब दूसरा रास्ता देखना पड़ेगा।"

"लेकिन वह दूसरा रास्ता क्या होगा, कुछ सोचा है?"

"सोचा क्यों नहीं है? अरे, दिन-रात मेरे पास और काम ही क्या है? काफी सोचने-विचारने के बाद मैंने एक रास्ता निकाला है। चीफ मिनिस्टर से कहकर आपने लेक-टाउनवाली जमीन तो दिलवा दी, लेकिन एक और भी काम करना है-"

"कौन-सा काम?"

शिरीष बाबू ने अपना पूरा प्लान बतलाया। किपलेक्स ग्लास का नाम सुना है? जिसे 'अनब्रेकेबल' ग्लास कहते हैं, माने जो काँच टूटता नहीं। यह ग्लास मैन्युफैक्चर करने में एक तरह का सॉल्यूशन काम आता है। यह एक तरह का गोंद है, जो इण्डिया में नहीं मिलता। बाहर से मँगाना पड़ता है और फॉरेन से मँगाने के लिए इम्पोर्ट लाइसेन्स की जरूरत पड़ती है।

"आप सीधे-साधे यह क्यों नहीं कहते कि आपको इम्पोर्ट लाइसेन्स चाहिए!"

शिरीष बाबू ने कहा, "नहीं, बात यह नहीं है-"

"तब कौन-सी बात है?"

"इसीलिए तो आपको बुलाया है, नहीं तो मैं ही यह काम कर सकता था। असल में बात यह है कि एक गुजराती फर्म 'मनुभाई दयाभाई ऐण्ड कम्पनी' ने इसका लाइसेन्स ले रखा है। पूरे मार्केट को उन्हीं लोगों ने कैप्चर कर लिया है और किसी को वहाँ घुसने ही नहीं देते।"

"आपने क्या इम्पोर्ट लाइसेन्स के लिए दरख्वास्त दी है?"

शिरीष बाबू ने कहा, "अरे दरख्वास्त करने से ही क्या लाइसेन्स मिल जाता है? इण्डिया गवर्नमेण्ट के ऑफिसर क्या इतनी आसानी से कोई काम करने देते हैं? वहाँ सीधी उँगली कभी घी निकलता है? आप-जैसे दो-एक लोग हैं जिनकी वजह से गुजारा हो रहा है-और भी दस आदमियों की रोटी चल रही है।"

जरा देर रुककर उन्होंने फिर कहा, "हाँ, एक बात कहे दे रहा हूँ, इस काम में अगर कुछ लेना-देना पड़े तो बतलाने में संकोच न करियेगा-"

भूधर बाबू ने क्षुब्ध होते हुए कहा, "शुरू में ही आपने देने-लेने की बात चला दी। ये काम क्या सिर्फ रुपये के बल पर होते हैं? कलकत्ते में तो हजारों लखपति और करोड़पति पड़े हैं, लेकिन चौबीस घण्टे के अन्दर कौन राशन की दुकान का लाइसेन्स हासिल कर पाता है? इनमें से कितनों को कल शाम तक नयी टैक्सी का लाइसेन्स मिलता है? मैं चैलेन्ज करके कह सकता हूँ, किसी माई के लाल में इतनी हिम्मत नहीं है-"

शिरीष बाबू को जैसे कुछ आशा मिली। उन्होंने कहा, "तब मैं निश्चिन्त रहूँ?"

"वह तो ठीक है, लेकिन लाइसेन्स आपको कब तक चाहिए?"

शिरीष बाबू को बड़ी हैरानी हुई। उन्होंने कहा, "सचमुच आप यह काम कर पायेंगे?"

"फिर वही बात! आपको इम्पोर्ट लाइसेन्स चाहिए या और कुछ?"

"लेकिन यह मामला वेस्ट बंगाल गवर्नमेण्ट का नहीं है, सीधे सेण्टर का है। बिना फाइनेन्स मिनिस्टर की रजामन्दी के कुछ नहीं हो सकता। आजकल फॉरेन एक्सचेंज का जो हाल है, वह तो आप जानते ही हैं। बड़ी सख्ती है।"

"इसीलिए तो मैं भी कह रहा हूँ, भूधर बाबू मामूली आदमी जरूर हैं, लेकिन अभी तक आपने उसकी करामात नहीं देखी। खैर, वह भी देख लीजिये। आपका काम जैसे भी हो, हो जायगा!"

"हो जायगा?"

भूधर बाबू ने कहा, "जमीन के मामले में भी आपने कहा था कि काम हो नहीं पायेगा। बाद में हुआ या नहीं? और वह भी सिर्फ साठ हजार रुपये जैसी मामूली रकम खर्च करके।"

"यह तो मैं हजार बार स्वीकार करता हूँ भूधर बाबू, वह काम सिर्फ आप ही की वजह से हो पाया है।"

"वैसे इस काम में भी आपके ज्यादा रुपये खर्च नहीं होंगे, बहुत हुआ तो कुल मिलाकर पाँच लाख रुपये!"

शिरीष बाबू ने जैसे निश्चिन्त होकर कहा, "अरे, सिर्फ पाँच लाख क्यों, इम्पोर्ट लाइसेन्स के लिए तो मैं आठ या दस लाख रुपये तक खर्च करने को तैयार हूँ।"

भूधर बाबू ने कहा, "वह तो आप करेंगे ही, अपने नये फाइनेन्स मिनिस्टर ने 'एक्सपेण्डीचर टैक्स' हटाकर आप लोगों के लिए रास्ता खोल दिया है। पूरी रकम कैपीटल में जुड़कर इनवेस्टमेण्ट की मद में चली जायगी-"

"खैर, आप मुझे खबर कब दे रहे हैं?"

भूधर बाबू ने कहा, "मुझे दो हफ्ते का टाइम दीजिये। दिल्ली का एक चक्कर लगाना पड़ेगा। लौटते ही आपको खबर करूँगा-"

ये बातें शुरू-शुरू की हैं। शिरीष बाबू का घड़ी और ज्वेलरी का कारोबार चल जरूर रहा है, लेकिन सिर्फ नाम के वास्ते। दिल्ली, बम्बई और मद्रास की कई कम्पनियाँ मशहूर हो गयीं। उन्होंने शिरीष बाबू का बाजार गिरा दिया। काफी सोचने-समझने के बाद उन्होंने यह रास्ता निकाला।

सोचने लगे-अब बम्बईवालों की 'मोनोपॉली' देख लूँगा।

भूधर बाबू ने अपनी बात रखी। शिरीष बाबू ने उनके दिल्ली जाने, दिल्ली में ठहरने और दूसरे खर्चे के लिए भी एक मोटी रकम उनकी जेब में रख दी।

एक दिन दमदम एयरपोर्ट से भूधर बाबू 'कैरेवल' प्लेन में बैठे।

कलकत्ते में गाड़ी तो बहुतेरों के पास है, लेकिन यह बात शायद ही कोई जानता होगा कि उसमें लगनेवाला काँच कहाँ से आता है। वे नहीं जानते कि यह काँच बम्बई से आता है या दिल्ली से, या कलकत्ते में ही बनता है? उनके लिए गाड़ी का होना ही काफी है। अगर काँच टूट भी गया तो गाड़ी को कारखाने में छोड़कर काम खत्म। बिल आने पर चेक भेज दिया जायगा।

लेकिन शिरीष बाबू के दिमाग में यह आइडिया बहुत पहले आया था। रुपये कमाने के नये-नये आइडिया तो शिरीष बाबू के दिमाग में रात-दिन आते ही रहते हैं। देश की आर्थिक व्यवस्था बदलने के साथ ही पैसे कमाने के तरीके भी बदलने पड़ते हैं। इसी का नाम बिजनेस है।

भूधर बाबू सात दिन बाद ही वापस आ गये। वे बड़े खुश नजर आ रहे थे।

आते ही बोले, "सारा इन्तजाम कर आया हूँ-"

"लाइसेन्स मिल गया?"

"लाइसेन्स क्या दिल्ली से मिल जायगा? पहले यहाँ के आफिस से एनक्वायरी होगी! लोकल इन्स्पेक्टर आपकी फैक्टरी इन्स्पेक्ट करने आयेगा। उसकी रिपोर्ट दिल्ली जायगी, तब कहीं जाकर लाइसेन्स मिल पायेगा।

"इन्स्पेक्टर अगर खराब रिपोर्ट लिख दे?"

"वह ऐसा न कर पाये, इसका इन्तजाम करना पड़ेगा।"

"यह कौन करेगा? मेरी फैक्टरी देखकर तो वह अच्छी रिपोर्ट देगा ही नहीं। मेरी फैक्टरी इतनी अप-टू-डेट कहाँ है-"

भूधर बाबू बोले, "आप जब रुपये खर्च करने के लिए तैयार हैं तो वह खराब रिपोर्ट क्यों देने लगा?"

"लेकिन सवाल यह है कि रुपये उसके पास पहुँचे कैसे?"

भूधर बाबू ने कहा, "मैं इसका इन्तजाम भी कर आया हूँ, आप एकदम बेफिक्र रहें। फिलहाल आप मेरे पास एक लाख रुपये छोड़ दीजिये। जिस-जिसको देना है, मैं दूँगा। आप सिर्फ एक ऐसा आदमी ठीक कर दें, जो इन्स्पेक्टर के साथ-साथ रहेगा और उस पर पानी चढ़ाता जायगा-"

"इसके लिए सोचना नहीं पड़ेगा। ऐसा आदमी मेरे पास है।"

हाँ, तो भूधर बाबू काम करनेवाले आदमी हैं। किसी को पता भी न लगा और वे न मालूम किस सुरंग के रास्ते जाकर किससे क्या इन्तजाम कर आये। दिल्ली की ट्रेड ऐण्ड कॉमर्स मिनिस्ट्री की फाइलों में पता नहीं, किसने कौन-सी कारस्तानी की और कहाँ-कहाँ से कैसा जोर लगाया कि किसी को कानोंकान खबर तक न हुई।

बस, कुछ ही दिनों बाद कलकत्ते के ऑफिस में ट्रेड ऐण्ड कॉमर्स मिनिस्ट्री का सील-मुहरवाला अर्जेण्ट लेटर आया। लिखा था, मेसर्स अमुक कम्पनी की फैक्टरी का इन्स्पेक्शन करके फौरन रिपोर्ट भेजो।

भूधर बाबू ने शिरीष बाबू को टेलीफोन किया।

"देखिये, मैं बोल रहा हूँ। चिट्ठी आ गयी है। आपका आदमी तैयार है?"

इधर से शिरीष बाबू ने जवाब दिया, "जी हाँ, सब रेडी है।"

"तो बुधवार की सुबह आपके यहाँ इन्स्पेक्शन हो रहा है। आप गाड़ी और आदमी तैयार रखें। फिर जो कुछ करना होगा, मैं करूँगा।"

"ठीक है।"

फोन रखकर शिरीष बाबू ने पुकारा, "गोस्वामी-"

गोस्वामी शिरीष बाबू के आफिस में काफी जूनियर कर्मचारी है। जूनियर होते हुए भी वह शिरीष बाबू का विश्वस्त आदमी है। गोस्वामी के तीन पीढ़ियों में कभी कोई स्कूल या कालेज नहीं गया। स्कूल या कालेज जाने की उन लोगों को जरूरत भी नहीं पड़ी। बिना पढ़े-लिखे अगर काम चल सकता है, तो फिजूल पढ़ाई के लिए पैसा क्यों बरबाद किया जाय? गोस्वामी-जैसे लोग कलकत्ते में मजे से खा-पी रहे हैं और फल-फूल रहे हैं, यही इस बात का सबूत है कि आज के जमाने में पढ़ने-लिखने की कोई आवश्यकता नहीं है। अगर कहते हो कि ऐसा है तो हम बड़े आदमी क्यों नहीं बन गये या हम दूसरे की नौकरी क्यों कर रहे हैं, तो शिरीष बाबू की ओर देखो। शिरीष बाबू ही कौन ज्यादा पढ़े-लिखे हैं? असली चीज तो भाग्य है, भाग्य! तुम्हारे नसीब में अगर मुसाहबी करना बदा है, तो चाहे कितना ही पढ़ो या लिखो, तुम्हें करनी मुसाहबी ही पड़ेगी।

गोस्वामी ने शिरीष बाबू के चैम्बर में आकर नमस्कार किया।

शिरीष बाबू ने कहा, "गोस्वामी, याद है, मैंने क्या-क्या कहा था?"

"जी हाँ, अच्छी तरह याद है।"

"इसी बुधवार, यानी पन्द्रह तारीख को इन्स्पेक्टर आ रहा है। उस दिन जरा साफ कपड़े पहनकर आना। समझा या नहीं? बुधवार याद रहेगा न?"

बुधवार को इन्स्पेक्टर के आने पर क्या-क्या करना होगा, यह समझकर गोस्वामी वापस अपने सेक्शन में आ बैठा। गोस्वामी ने पहले भी इस तरह के काम किये हैं। जब कभी कोई इन्स्पेक्टर या खास आदमी आया मालिक ने उसी को धकेला है। शिरीष बाबू-जैसे लोगों की फैक्टरी में इन गोस्वामियों का अस्तित्व एक छोटे-से नट या बोल्ट से ज्यादा नहीं है। लेकिन इन्हीं लोगों के भरोसे फैक्टरियाँ चालू हैं। इन्हीं की कृपा से कलकत्ते की सड़कों पर बिजली और नलों में पानी चालू हैं। ये ही लोग अँधेरा हैं, और ये ही लोग उजाला हैं। इन्हें नौकरी दिये बगैर शिरीष बाबुओं की गाड़ी का पहना अटक जायगा। वैसे, शहर में इनकी हैसियत एक डस्टबिन से ज्यादा नहीं है।

हाँ, तो अपने सेक्शन में आकर 'डस्टबिन' ने मजे से एक बीड़ी सुलगायी और बुधवार को कल्पना करते-करते एक कश लगाया। उसके बाद धत् कहकर बीड़ी फेंक दी। अपने पुराने जूते से बीड़ी को कुचलते हुए गोस्वामी ने चपरासी को आवाज दी।

चपरासी के आते ही गोस्वामी ने कहा, "शक्ति, एक पैकेट सिगरेट तो ले आ, साली बीड़ी पीने में अब मजा नहीं आ रहा है।"

शक्तिपद ने पूछा, "फैन्सी सिगरेट लाऊँ?"

"जो सबसे अच्छा हो, याने कीमती हो।" कहकर गोस्वामी ने एक मुड़ा हुआ पाँच का नोट शक्ति की ओर फेंका।

बुधुआ की टोली चौरंगी से गुजर रही थी। दायीं ओर मैदान था और बायीं ओर डामर की चौड़ी सड़क।

बुढ़िया ने पुकारा, "बुधुआ, ऊ काहे का मकान हव?"

बुधुआ ने मुड़कर देखा।

"दफ्तर, साहब लोमन का दफ्तर हउए।"

नजर घुमाते ही उसने देखा, एक गोरा साहब और उसकी मेम खड़े-खड़े उन्हीं लोगों की ओर देख रहे हैं। हाथ में एक काला डिब्बा-जैसा कुछ है, जिसे आँखों के आगे लगाकर साहब उन लोगों की ओर जैसे निशाना लगा रहा है।

बुढ़िया ने फिर पूछा, "ऊ आदमी का करत बा?"

जानकार की तरह बुधुआ ने जवाब दिया, "फोटो खींचत हउए।"

बुधुआ ने जयचण्डीपुर में फोटो खींचते देखा है। कोलियरी के साहब लोग गाड़ी में बैठकर जयचण्डीपुर आते और जो दिखलायी देता, उसी का फोटो लेकर चले जाते। खुद बुधुआ ने ही कितनी बार फोटो खिंचवाया है। साहब लोगों के आगे वह नंगे बदन कुदाल कन्धे पर रखे खड़ा हो जाता था। अपनी धोती, जो वैसे ही घुटनों तक होती थी, वह जाँधों से भी ऊपर चढ़ा लेता था। लाल मुँहवाले साहब लोग फोटो खींचते।

काले बक्से से 'खिट' की आवाज आते ही बुधुआ आगे बढ़कर हाथ फैला देता–

"हजूर, पैसा–"

बुधुआ जानता था कि मेरा फोटो खींचने पर ये मुझे पैसा देंगे। इसीलिए कहता, "हजूर! पैसा।"

गोरा साहब कभी अठन्नी तो कभी चवन्नी उसकी ओर उछालकर अपने दोस्तों के साथ हो-हल्ला करता हुआ चला जाता।

बकरे को कन्धे पर चढ़ाये बुधुआ ने कैमरे की ओर मुँह करके दाँत निकाल दिये। फोटो खींचना मिनट भर का काम है, बुधुआ यह बात जानता था। जूडी ने जैसे ही अपनी आँखों के आगे से कैमरा हटाया, बुधुआ ने हाथ फैला दिया, "हजूर, पैसा।"

साहब और मेम साहब दोनों हँसने लगे। जूडी हॉबसन जानता था कि ये लोग भिखारी हैं। एक रेस ऑफ बेगर्स! अमेरिका, ब्रिटेन और रूस से भीख माँगकर ये लोग पेट पाल रहे हैं। दिस इज इण्डिया, दिस इज बंगाल, दिस इज़ कैलकटा।

अचानक एक आवाज सुनकर जूडी ने नजर घुमा ली।

"लुक, लुक, क्लारा–ए प्रोसेशन–"

जुलूस के आगे-आगे बड़ा-सा लाल फेस्टुन था, जिसे दो आदमी सँभाले थे। उस पर देशी भाषा में न जाने क्या लिखा था। भींड़ के लोग चीख रहे थे।

"ये लोग क्या कह रहे हैं? ह्वाट डु दे से?"

पीछे खड़े बॉय ने समझाया। कहा, "ये लोग कह रहे हैं इनक्लाब, जिंदाबाद–"

"और क्या कह रहे हैं?"

जुलूस और भी नजदीक आ गया था।

मुनाफाखोरों को सजा हो।
अनाज के भाव कम हों।
मुख्यमन्त्री जवाब दो।
नहीं तो गद्दी छोड़ दो।

जूडी हॉबसन ने झट ने अपना कैमरा सँभाल लिया। फोकस ठीक कर एक के बाद एक फोटो लेने लगा। जुलूस काफी बड़ा था। साऊथ की ओर से आकर नार्थ की ओर जा रहा था।

क्लारा ने पूछा, "ह्वेयर आर दे गोइंग जूडी?"

जूडी ने फोटो लेते हुए जवाब दिया, "टुवर्ड्स गवर्नर्स हाउस। गवर्नर्स हाउस की ओर।"

"वहाँ जाकर ये लोग क्या करेंगे?"

"दे विल स्क्वाट देयर। रास्ता रोककर बैठ जायँगे।"

"फिर?"

"फिर पुलिस इन लोगों को हटाने के लिए टियर गैस छोड़ेगी, लाठी चार्ज होगा और जरूरत हुई तो फायरिंग भी होगी–"

"फिर?"

"फिर भीड़ के लोग गुस्से में ट्राम और बसों को जला देंगे। जगह–जगह आग लगेगी। कैलकटा विल टर्न इनटु ए बैटलफील्ड।"

क्लारा ने कहा, "तुम इतना सब कैसे जान गये? तुम क्या पहले कभी कलकत्ते आये थे?"

"नहीं, अंकल ने मुझे यहाँ का सारा हाल बतलाया था। अंकल बंगाल गवर्नमेण्ट के मिलिटरी सेक्रेटरी थे न। अंकल के जमाने में कांग्रेस पार्टी के लोग इसी तरह जलूस और प्रदर्शन किया करते थे। आज जबकि कांग्रेस रूलिंग पार्टी है, दूसरी पार्टियों ने वही टैक्टिक्स अपना ली है।"

नीचे सड़क पर उस वक्त बड़े जोर का शोरगुल हो रहा था। हजारों लोग एक साथ चिल्ला रहे थे–इनक्लाब, जिन्दाबाद! स्ट्रैण्ड होटल की बालकॉनी जैसे उस आवाज से गमक रही थी।

ग्लास फैक्टरी के गोस्वामी को कभी–कभी स्ट्रैण्ड होटल आना पड़ता है। उस दिन उसके कपड़े एकदम और ही तरह के होते हैं। सैलून जाकर दाढ़ी बनवानी

पड़ती है; क्रीम, स्नो और पाउडर लगाना पड़ता है। उस दिन गोस्वामी को उसके पड़ोसी भी नहीं पहचान पाते।

कहते, "अरे वाह गोस्वामी, तुम्हें तो पहचाना ही नहीं जा रहा है।"

गोस्वामी कहता, "अरे भाई, अपने राम तो हुक्म के बन्दे हैं।"

'गाड़ी भी शायद साहब की ही है?"

गाड़ी और उसके ड्राइवर को देखकर ही अन्दाजा लगाया जा सकता है कि गाड़ी किसी बड़े आदमी की है। मुहल्ले के लोगों ने इसी गोस्वामी को मैले-कुचैले कपड़े पहने नंगे पाँव घूमते देखा है। एक दिन ऐसा था कि उनके पास बाल कटाने के पैसे भी नहीं थे। हाँ, गोस्वामी को खाना नसीब हो या न हो, वह बीड़ी बराबर पीता था। उन दिनों इस घर की भाभी या उस घर की मौसी गोस्वामी को इधर-उधर की चीजें लाने के लिए पैसे देती थीं। किसी को सिनेमा का टिकट चाहिए तो गोस्वामी को पैसा दे देतीं। गोस्वामी जाकर लाइन में खड़ा होता और टिकट लाकर भाभियों मौसियों को देता। दोपहर के वक्त उन टिकटों को लेकर वे सब सिनेमा देखने जातीं। इस काम के बदले गोस्वामी को भी दुअन्नी-चवन्नी मिल जाती थी।

फिर उसी गोस्वामी को एक फैक्टरी में नौकरी मिल गयी। तब उसने शादी की। बाल-बच्चे हुए। पैरों में अच्छे जूते और बदन पर अच्छे कपड़े दिखलायी देने लगे। कभी-कभी बीड़ी की जगह गोस्वामी को कीमती सिगरेट पीते भी देखा गया।

गोस्वामी कहता, "साहब के काम से बड़ी-बड़ी जगह जाना पड़ता है। बिना अच्छे कपड़े पहने काम नहीं चलता।"

"कहाँ-कहाँ जाना पड़ता है?"

"जब जैसा काम पड़े। जहाँ हुक्म होता है, वहीं चला जाता हूँ। कभी-कभी राजभवन भी जाना पड़ता है।"

राजभवन का नाम सुनकर सभी को हैरत होती। कोई पूछ भी लेता, "राजभवन किसलिए जाना पड़ता है?"

गोस्वामी फख्र से कहता, "बड़े-बड़े आदमियों से मुलाकात करनी है तो राजभवन नहीं जाना पड़ेगा? अरे, तुम लोग हो कहाँ?"

"और कहाँ जाना पड़ता है?"

"स्ट्रैण्ड होटल देखा है? देखा नहीं तो कम-से-कम नाम सुना है? चौरंगी, पार्क स्ट्रीट, अरे कहाँ-कहाँ के नाम गिनाऊँ?"

लोगों को और भी हैरत होती। पूछते, "हैं, तुम स्ट्रैण्ड होटल के अन्दर हो आये हो?"

"अन्दर नहीं गया तो क्या ऐसे ही कह रहा हूँ?"

"वहाँ पर तो सुना है, हर कोई शराब पीता है। तुम भी शराब पीते हो?"

गोस्वामी कहता, "तुम लोग भी पूरे गँवार हो। वहाँ बिना शराब पिये कोई घुसने भी नहीं देगा। बिना शराब पिये तुम्हें सभ्य आदमी नहीं माना जायगा..."

लोगों की हिम्मत बढ़ती। वे लोग भी शराब पीते हैं। खलासी-टोले या मयूरभंज रोड के देशी शराब के ठेके पर जाकर वे लोग चोरी-छिपे कुल्हड़ों में शराब पी आते। इसके बाद मसालेदार चने चबाते हुए छाता लगाये निकल जाते। लेकिन खुलेआम टेबिल पर बैठकर शराब पीना उसके नसीब में कहाँ बदा था? उसका मजा कुछ और है।

गोस्वामी कहता, "अरे भाई, मैं क्या वहाँ अकेले शराब पीता हूँ? बड़े-बड़े सरकारी अफसर और विलायती साहबों के साथ बैठकर पीता हूँ।"

"विलायती शराब तो काफी महँगी मिलती होगी?"

गोस्वामी कहता, "मैं कौन अपने पैसे से पीता हूँ? बड़े साहब के पैसे से पीता हूँ। यह मोटर जिसकी है, जिसमें बैठकर मैं घूमता हूँ, उसी साहब ने ही मुझे पीना सिखलाया है! साहब कहते हैं, गोस्वामी, लो, और थोड़ी-सी लो।"

"तब तो तुम्हारा साहब बड़ा भला आदमी है गोस्वामी!"

"अरे, वह आदमी क्या है? वह तो देवता है, देवता-"

गोस्वामी की बातों में शक या सुबहा करने की गुंजाइश नहीं थी। नहीं तो वह इतनी बड़ी गाड़ी में कैसे घूमता है? सिगरेट कैसे पीता है? सिगरेट की कीमत क्या कम है? जबकि कुछ ही दिन पहले यही गोस्वामी मारा-मारा फिरता था। पुरखों का छोड़ा घर खँडहरमात्र रह गया था। तीन-चार पुश्त पहले किसी ने यह पक्का मकान बनवाया था। तभी तो गोस्वामी को किसी तरह सिर छुपाने की जगह मिल गयी थी। यह न होता तो वह क्या करता?

हरित की बगान लेन जहाँ से मुड़कर बिडन स्ट्रीट में मिल गयी है, वहीं एक मकान के दरवाजे पर जाकर गाड़ी रुकी।

बगलवाली खिड़की से सुरमा ने मोटर देख ली थी। आवाज दी, "आओ लाला, आओ-"

भावज की ओर देखकर मुस्कराते हुए गोस्वामी ने कहा, "क्यों भाभी, भैया कहाँ हैं? पढ़ रहे हैं क्या?"

इस बात का जवाब न देकर सुरमा ने कहा, "तुम्हें तो अब पहचानना ही मुश्किल हो गया है लाला, मजे में मोटर की सवारी करते फिरते हो-"

"कुछ न कहो भाभी! जिस तरह मेरे बिना साहब का काम नहीं चलता, उसी तरह साहब के बिना मेरा काम भी नहीं चलता। इसी वक्त बड़ानगर जाना है।"

"क्यों, बड़ानगर में क्या करना है?"

"अब क्या बताऊँ? साहब जिस तरह मोटी तनखाह देता है, उसी तरह तेल भी निकाल लेता है! मेरे बिना फैक्टरी चल नहीं सकती। सब-कुछ मुझे ही देखना पड़ता है। फैक्टरी भले ही साहब की है, लेकिन उसकी कुंजी तो मेरे पास है!"

सुरमा गाँव की लड़की है। कलकत्ते आये, उसे सालों हो गये हैं। सुबह सूरज निकलने से शाम तक बड़ी उम्मीद को दिल में छुपाये वह अपनी गिरस्ती सँभाले रहती है। किराये का छोटा-सा एक कमरा सुख का चेहरा उसका दिल नहीं भरता। सड़क से शोरगुल की आवाज कान में आती। बाहर जुलूस की आवाज सुनकर खिड़की से झाँककर देखने लगती। कभी-कभी हिम्मत कर दो कदम चलकर मोड़ तक जाती। आड़ में खड़ी देखा करती, हजारों लोग कतार में बँधे चले जा रहे हैं। और चीख रहे हैं—औरत, मर्द, सब जैसे एक हो गये हैं।

सभी चिल्ला रहे हैं—

इनक्लाब!

जिन्दाबाद!

सुरमा को अच्छा लगता। वैसे इन शब्दों का मतलब ये औरतें नहीं समझतीं। आसपास के मकानों से बहुएँ और लड़कियाँ तमाशा देखने के लिए निकल आतीं।

मुनाफाखोरों को सजा हो।
अनाज के भाव कम हों।
मुख्यमन्त्री जवाब दो।
नहीं तो गद्दी छोड़ दो।

पहले कोई बारात गुजरने पर जिस तरह बहू-बेटियाँ बाहर आतीं और भीड़ लगाती थीं, अब ठीक उसी तरह जुलूस की आवाज सुनकर करतीं। ओ बाबा, औरत-मर्द सब एक साथ चल रहे हैं! सुरमा के लिए यह भी एक नया अनुभव था। शहर में आने के बाद सुरमा ऐसी बहुत-सी नयी-नयी बातें देख रही थी। निरंजन जिस वक्त ढेर-सारी किताबें और कापियाँ लिये पसीने में लथपथ घर आता, सड़क की बत्तियाँ जल चुकी होतीं।

आते ही कहता, "आज एक मजेदार बात हो गयी।"

यह बात जो इस मुहल्ले में भी हो गयी है, वह सुनने से पहले ही निरंजन अपनी बात सुनाने के लिए बेचैन हो जाता। कहता, "आज बड़ी अच्छी चीज देखी--"

"अच्छी चीज? क्या कोई अच्छी फिल्म देख आये?"

"तुम भी क्या बात करती हो! मैं भला सिनेमा देखूँगा? मेरे पास वक्त कहाँ है?"—कहकर किताब-कापियों का बण्डल टेबिल पर रखते हुए उसने कहा—"एक नई किताब का पता लगा है। नयी मैनुस्क्रिप्ट! एक सज्जन के पास है।"

सुरमा की समझ में कुछ भी नहीं आ रहा था। उसने पूछा, ''वह क्या है?''

''ताड़ के पत्तों पर लिखी एक पुरानी पोथी है।''

''ताड़ का पत्ता? ताड़ के पत्तों से क्या करोगे?''

''वह तुम नहीं समझोगी। मुझे भी लगा, पोथी बौद्धकाल की है। अगर पोथी असली है तो दुनिया में तहलका मच जायगा। समझ पायी?''

सुरमा की समझ में फिर भी कुछ न आया। ताड़ के पत्ते पर लिखी पोथी से दुनिया में तहलका मच जाने का क्या सम्बन्ध हो सकता है, यह बात किसी भी तरह उसकी समझ में नहीं आ रही थी।

उसने पूछा, ''क्या सभी लोग उसे खरीदना चाहेंगे?''

निरंजन ने कहा, ''जरूर, खबर मिलते ही लोग उस पोथी को खरीदने दौड़ेंगे, इसीलिए तो मैं किसी से कम नहीं रहा हूँ।''

''लेकिन वह पोथी खरीदकर लोग क्या करेंगे?''

''यों समझ लो कि अगर मुझे वह पोथी मिल जाय, तो मैं इस बात को सिद्ध कर दूँगा कि बँगला भाषा दो हजार वर्ष पुरानी है। हरप्रसाद शास्त्री ने नेपाल में चर्यापदों का आविष्कार किया, तो यह सिद्ध हो गया कि बँगला भाषा एक हजार वर्ष पुरानी है। यह पोथी मिल गयी, तो मैं रिसर्च कर यह साबित कर दूँगा कि हरप्रसाद शास्त्री के चर्यापदों से भी पहले, करीब दो हजार साल पहले अफगानिस्तान में बँगला भाषा का अस्तित्व था।''

''इससे क्या होगा?''

''क्या होगा, समझ नहीं पा रही हो? अरे, तब यह साबित हो जायगा कि मेरी खोज ही सही है, हरप्रसाद शास्त्री की खोज से भी सही, लेकिन मुश्किल है रुपये की–''

''रुपये की?''

निरंजन ने कहा, ''रुपये होते तो मैनुस्क्रिप्ट खरीद लेता।''

सुरमा को यह बात पसन्द नहीं आयी। उसने कहा, ''उन रद्‌दी और पुराने कागजों को खरीदने से क्या फायदा? क्या इससे कालेज में तुम्हारी तनख्वाह बढ़ेगी?''

निरंजन हँसा; कहा, ''तनख्वाह बढ़ना ही क्या सब-कुछ है?''

''नहीं तो क्या? तुम कहते क्या हो? तनख्वाह बढ़ती तो एक अच्छी साड़ी खरीदती। बहुत दिनों से कांजीवरम साड़ी खरीदने को मन कर रहा है। रुपये नहीं हैं, इसीलिए तो खरीद नहीं पा रही हूँ। बगलवाले मकान की मौसी की लड़की ने उस दिन एक ऐसी साड़ी खरीदी है। देखने में बड़ी अच्छी है।''

निरंजन ने कहा, "अभी तो उस दिन एक साड़ी खरीद लाया।"

"वाह! वह तो धोनेखाली साड़ी है, कांजीवरम कब खरीदी?"

"लेकिन धोनेखाली साड़ी तो खराब नहीं है।"

"वह तो मामूली साड़ी है, उसे पहनकर कहीं आ-जा नहीं सकती। उस दिन भादुड़ी बाबू के यहाँ शादी में गयी थी। अपनी शादी की पुरानी बनारसी साड़ी पहनकर गयी। मुझे ऐसी शरम आ रही थी कि क्या कहूँ? मैं अगर खराब साड़ी पहनती हूँ, तो बदनामी तुम्हारी ही होगी। लोग तुम्हें ही बुरा कहेंगे। लोग तुम्हें ही गरीब कहेंगे-"

निरंजन ने कहा, "कहने दो गरीब, मुझे इस बात की कोई शर्म नहीं है-"

सुरमा को यह बात लग गयी। उसने कहा, "तुम्हें शर्म न आती हो, लेकिन मुझे आती है। अगर कोई कहे कि हम लोग पैसे न होने से एक साड़ी तक नहीं खरीद सकते, तो मुझे बुरा लगता है।"

"क्यों? कलकत्ते में गरीब क्या तुम अकेले हो? इस मुहल्ले में क्या और कोई गरीब नहीं है?"

सुरमा ने कहा, "बताओ न, हम-जैसा गरीब कौन है? हर एक के पास कितनी साड़ियाँ हैं! मौसी की लड़की को देखो न, जरा-सी लड़की है, उसकी भी आलमारी में कुल बत्तीस साड़ियाँ हैं। उस दिन उसने दिखायी।"

निरंजन इस बात का जवाब दे नहीं सका। उसकी समझ में नहीं आता कि साड़ी और गहने-जैसी मामूली चीज के पीछे लोग इतना पागल क्यों होते हैं। उसने धीरे से कुर्ता उतारकर अरगनी पर टाँग दिया। फिर खा-पीकर किताब लेकर बैठ गया। दो हजार वर्ष पुरानी बँगला भाषा का नमूना लेकर 'चर्यापद' की भाषा से उसकी तुलना करने की कोशिश करता। क्रियापदों की विविधताओं की तुलना करता। भाषा के व्याकरण में वह डूब जाता। सन्धियों में खो जाता। कारक और विभक्तियों की भीड़ में उलझ जाता।

रात को सोने से पहले सुरमा ने पूछा, "तुम क्या रात भर बत्ती जलाये पढ़ते ही रहोगे?"

निरंजन को रात भर जागते रहने में कोई थकावट नहीं होती थी। कारक, विभक्ति और सन्धियों में दिन-रात डूबे रहना ही उसे अच्छा लगता था। वह कब तक पढ़ता रहता, और सोता था भी या नहीं, सुरमा को इस बात का पता नहीं चलता था। सुबह उठकर वह जब अँगीठी सुलगाने जाती, तब निरंजन को बात करने की फ़ुरसत नहीं रहती थी। जल्दी-जल्दी किसी तरह गरमागरम भात निगलकर गोबर-डांगा चला जाता। वहीं उसका कालेज था। उसके चले जाने के बाद सुरमा के पास कोई काम नहीं रहता था। तब उसकी समझ में नहीं आता था कि क्या करे। जरा देर

लेट जाती। फिर पड़ोस की मौसी के पास जाकर गप्प लड़ाती। बस, गहनों की चर्चा करने लगती। जब उससे भी मन ऊब जाता, तो खिड़की के पास आकर बैठ जाती। कभी एक-दो आदमी गुजरते नजर आते। उसी में उसको विचित्रता का अनुभव होता। किसी-किसी दिन जुलूस निकलता तो जैसे और अच्छा लगता। जुलूसों के सारे नारे उसे मुँह जबानी याद हो गये थे।

मुनाफाखोरों को सजा हो।
अनाज के भाव कम हों।
मुख्यमन्त्री जवाब दो।
नहीं तो गद्दी छोड़ दो।

फिर अचानक किसी दिन गोस्वामी भी अपने साहब की बड़ी गाड़ी में चढ़कर चला आता, तो वह जैसे खिल उठती। खिड़की में बैठे-बैठे ही पूछती, "क्यों लाला, आज कहाँ चले?"

गोस्वामी कहता; "आज जरा होटल जाना है भाभी--"

"होटल! होटल में क्या होगा लाला? आज घर पर खाना नहीं बना क्या?"

"अरे, घर में तो दाल-चावल रोज ही पकती है, लेकिन मैं होटल में खाने नहीं जा रहा हूँ, खिलाने जा रहा हूँ। साहब के बड़े-बड़े मेहमान आनेवाले हैं।"

"लाला, तुम वाकई मजे में हो।"

"मजे में क्या हूँ भाभी, नौकरी के लिए सब करना पड़ता है। जो मालिक खाने को देता है, उसका हुक्म बजा लाना पड़ता है।"

सुरमा ने कहा, "इसमें तुम्हारा अपना पैसा खर्च नहीं होता?"

"नहीं भाभी, सब मालिक के खर्चे पर। आज के खर्च के लिए मालिक ने पाँच सौ रुपये दिये हैं, यह देखो-"

गोस्वामी ने जेब से सौ-सौ के पाँच नोट निकाले।

नोटों को वापस जेब में रखते हुए गोस्वामी ने कहा, "इन रुपयों को खर्च करने के लिए किसी की कैफियत नहीं देनी पड़ेगी। मर्जी के मुताबिक खर्च कर सकता हूँ।"

"सचमुच तुम मजे में हो। मैं भी अगर तुम्हारी तरह मर्द होती तो ऐसी ही कोई नौकरी करती। इस एक कोठरी में बन्द रहते-रहते तो मेरा दम घुटने लगता है-"

गोस्वामी हँसा। कहा, "कहो किसी दिन तुम्हें भी ले जा सकता हूँ, घूम आना-"

"मुझे! तुम्हारा साहब कुछ नहीं कहेगा?"

गोस्वामी ने कहा, "साहब को पता ही कहाँ चल पायेगा! जहाँ कहो, घुमा लाऊँ। दूर-दूर की सैर करा लाऊँ। चन्दनगर, राँची, हजारीबाग- जहाँ कहो- चलोगी?"

सुरमा ने कुछ सोचते हुए कहा, "तुम्हारे भैया के कालेज चले जाने के बाद अगर चला जाय तो कैसा रहेगा?"

"हाँ हाँ, जब कहो-"

"इसके बाद तुम्हारे भैया को लौटते-लौटते तो रात के नौ बजते हैं, तब तक वापस आ ही जायँगे-"

"बिलकुल ठीक है भाभी! बोलो, कब चलना है?"

"जिस दिन तुम्हें सुविधा हो।" फिर आवाज को जरा धीमी करके कहा, "लेकिन किसी को पता न चले।"

"तुम भी कैसी बात करती हो भाभी?"

शिरीष बाबू की फैक्टरी में काम करते गोस्वामी को सालों गुजर चुके हैं। कौन-सी बात किससे करनी चाहिए, उसे अच्छी तरह मालूम है। ये घरेलू लड़कियाँ शुरू-शुरू में जरा घबड़ाती हैं। लेकिन एक तरह से यह अच्छा ही है। लोग ऐसी ही लड़कियाँ ज्यादा पसन्द करते हैं। एकदम बाजारू होने से शिरीष बाबू का काम नहीं निकल सकता।

गोस्वामी को देर हो रही थी। सुरमा से वादा करके वह चला गया।

पहले, बहुत पहले ये लोग इण्डिया को बैकवर्ड कण्ट्री कहा करते थे। इससे इण्डिया के दिल को ठेस पहुँचती थी। इण्डिया इसमें अपनी बेइज्जती समझता था। बाद में उसका नाम बदलकर रखा गया अण्डरडेवेलप्ट कण्ट्री। लेकिन यह भी बात जमी नहीं। इण्डियनों के मन के अन्दर-ही-अन्दर यह बात खटकने लगी। उन्होंने कहा, नहीं हजूर, हम सब आजाद हो चुके हैं, अब हम रोल्स रॉयस पर सवारी करते हैं, हमारे एम्बेसेडर दुनिया के हर देश में जाकर बाबूगिरी में सबका मुकाबला कर रहे हैं। इस पर भी तुम लोग हमें नीची नजर से क्यों देख रहे हो? यह नाम बदल डालो।

इसके बाद नया नामकरण हुआ 'डेवेलपिंग कण्ट्री' याने विकास की ओर अग्रसर होता देश। विकास और अग्रसर ऐसे शब्द हैं, जिससे इज्जत बढ़ जाती है, लेकिन तुम्हें रुपया उधार लेना ही होगा। रातोंरात हमारा ब्लॉक छोड़कर तुम अगर रूस के सामने हाथ फैलाना चाहो, तो यह नहीं हो सकता।

इन्होंने कहा, "जी हाँ हजूर, तब हम लोग अपने को आजाद कैसे समझें?"

ह्वाइट हाउस ने कहा, ''ठीक है, तब एक काम करो। हम जो पाउडर मिल्क देंगे, गेहूँ देंगे, चावल देंगे, उसके बदले में तुम्हें ऊँची दर पर सूद देना पड़ेगा।''

''जी, यह कैसे हो सकता है, हम तो वैसे ही काफी गरीब हैं!''

''वाह, यह भी खूब रही, उधार भी चाहिए और सूद भी नहीं दोगे, यह कैसे हो सकता है? अच्छा, एक काम करो, अपने वित्तमन्त्री को एक बार हमारे यहाँ भेजो। उससे सलाह-मशविरा करके देखें, क्या किया जा सकता है। वे यहाँ पर आयेंगे। वह हमारे स्टेट-गेस्ट होंगे। बातचीत के बाद जो समझौता होगा, उस पर तुम्हारे वित्तमन्त्री दस्तखत कर देंगे।''

हाँ, तो यहीं से शुरुआत हुई। 'ह्वाइट-हाउस' के तत्कालीन भाग्यविधाता प्रेसीडेण्ट आइजनहॉवर से परामर्श करने इण्डिया के तत्कालीन वित्तमन्त्री मोरारजी देसाई गये। वह कॉन्फ्रेन्स बड़ी ही गोपनीय थी। किसी भी बाहरी आदमी के कानों में बात जाने पर विपत्ति की आशंका थी। इस तरह की डिप्लोमेटिक मीटिंग्स हमेशा बड़ी गोपनीय ही हुआ करती हैं। सिर्फ इण्टरनेशनल सलाह-मशविरा ही नहीं, कलकत्ते में होनेवाले सारे सलाह-मशविरा भी गोपनीय हुआ करते हैं। इण्टरनेशनल ग्लास फैक्टरी के मालिक शिरीष बाबू और 'भद्रकाली मिष्टान्न भण्डार' के मालिक दिलीप बेरा के बीच जो सलाह-मशविरा होता है, वह भी कॉन्फीडेन्शियल है।

दिलीप बेरा ने पूछा था, ''शिरीष बाबू, आप हारान नस्कर लेन की ओर गये थे क्या?''

शिरीष बाबू ने कहा, ''अरे नहीं भाई, तुम्हारे कहने से गया जरूर था, मैंने भी सोचा, पार्टी अच्छी है, लेकिन नहीं-''

''नहीं माने?''

''यही कि इतने रुपये बेकार ही गये। माल एकदम बेकार है, एक-एक दिखलायी दे रही थी। मैं गया था दिल बहलाने, लेकिन वहाँ जाकर देखता हूँ, एक काली-कलूटी मरियल-सी औरत बैठी कोई धार्मिक किताब पढ़ रही है-''

दिलीप बेरा हैरान रह गया। उसने कहा, ''धार्मिक किताब? आप कहते क्या हैं?''

''और क्या? पूछा था, क्या पढ़ रही हो? उसने जवाब दिया-श्रीकान्त की जीवनी पढ़ रही हूँ। श्रीकान्त कोई सन्त होगा। यानी कोई धार्मिक उपदेश की पुस्तक! देखते ही तबीयत खट्टी हो गयी।''

दिलीप ने कहा, ''लेकिन उसकी तो एक जवान बहन है, वही नही आयीं? उससे आपका परिचय नहीं कराया?''

''कतई नहीं। मैंने कई बार कहा भी, अपनी सिस्टर से परिचय करा दीजिये। इस पर जानते हो, क्या कहा? कह दिया कि मेरी बहन कालेज गयी है-''

"रात के वक्त कालेज?"

"अब यह कौन पूछता है? लेकिन तुमने जैसा करने को कहा था, मैंने वैसा ही किया। रबड़ी मिलती नहीं है, तुम्हें आर्डर देकर स्पेशल रबड़ी बनाकर उसकी अन्धी बूढ़ी माँ के लिए ले गया था। लेकिन सब बेकार गया।"

दिलीप ने कहा, "फिर क्या हुआ, वही कहिये?"

"फिर क्या करता, वापस घर चला आया। तुम्हारे कहने से वहाँ चला गया था, नहीं तो मैं ऐसी फालतू जगहों में कभी नहीं जाता। तुम्हीं ने तो कहा था कि बेचारा गरीब है, गरीबी के मारे भूखों मरने की नौबत आ गयी है। बहन की शादी तक नहीं कर पा रहा है, तुम्हीं ने तो रिकमेण्ड किया था–

दिलीप ने कहा, "फिर आप चले आये?"

"नहीं, मैं क्या ऐसे ही छोड़ देनेवाला आदमी हूँ? मैं भी मौके की तलाश में लगा रहा। मेरे यहाँ गोस्वामी नाम का एक आदमी है, जानते हो न उसे? उसी को इस काम में लगा दिया। उससे कह दिया, तुम जरा पता लगाकर तो देखो गोस्वामी, यह लड़की कहाँ जाती है, किस कालेज में पढ़ती है, क़िसके साथ घूमती है, इतनी रात गये तक कहाँ रहती है।"

"फिर?"

"सब-कुछ पता लग गया। कालेज-वालेज सब बेकार की गप्प है। वह किराये पर जाती है।"

"यह कैसा?"

"एक दिन स्ट्रैण्ड होटल गया था। वह भी वहाँ मौजूद थी। पहले एक बार देखा ही था। फौरन पहचान गया। मैंने पूछा–आप ही का नाम सुसीमा देवी है? कहते ही मुझ पर गुर्राने लगी। समझ गये, एकदम गुर्राने लगी।"

"अच्छा! फिर आपने क्या किया?"

शिरीष बाबू ने कहा, "सब-कुछ साफ हो गया।"

"क्या साफ हो गया?"

"साथ में एक यंग मैन था, समझ गया कि गाड़ी किराये पर चल रही है। फिर कुछ नहीं बोला, चुप रह गया। इसके बाद अपनी इज्जत अपने साथ लिये वापस चला आया। होटल में ही कहीं कोई स्कैण्डल न खड़ा हो जाय, यही सोचकर मैंने कुछ नहीं कहा।"

दिलीप बेरा ने कहा, "शिरीष बाबू, आप बुरा न मानें, मैं सब ठीक कर दूँगा। चाबी तो मेरे ही पास है। घर के खर्चे के लिए रुपया कम पड़ने पर मेरे पास ही हाथ फैलाना पड़ेगा, तब समझ लूँगा, आप जरा भी चिन्ता न करें।"

शिरीष बाबू चिन्ता-फिक्र करनेवाले आदमी भी नहीं थे। कलकत्ते में बैठे-बैठे दिल्ली, बम्बई और मद्रास में कारोबार चला रहे थे। यहाँ की इण्टरनेशनल ग्लास फैक्टरी के ग्लास में शराब ढालकर दिल्ली का गुजराती व्यापारी सारी दुनिया को मतवाला बना देने का ख्वाब देख रहा है। वही शिरीष बाबू बंगाली हैं तो क्या हुआ, बेकार में चिन्ता-फिक्र के झमेले में पड़कर रात की नींद खराब करनेवाले आदमी नहीं हैं। गोस्वामी को एक बार इशारा कर देना ही काफी है। वह अपना काम करके ही साँस लेता है।

उस दिन भी सुसी सिनेमा देखकर निकल रही थी। दस रुपये घण्टे पर जो लड़कियाँ कलकत्ते में किराये पर चलती हैं, वे और चाहे जो कुछ करें, इतने सस्ते प्यार में नहीं फँसतीं।

उस दिन वेणु दी ने एक बंगाली लड़के को साथ कर दिया था। सूरत देखकर सुसी-जैसी लड़कियाँ समझ जाती हैं कि किसके पास पैसा है और किसकी जेब खाली है।

वेणु दी ने कह दिया था, "ज्यादा नखरे न दिखाना बेटी, लड़का अभी नया-नया इस लाइन में आया है, भड़क गया तो फिर कभी तेरे पास नहीं फटकेगा।"

सुसी ने कहा था, "मुझे करना क्या होगा, तुम्हीं कह दो।"

वेणु दी ने कहा था, "मैं क्या कहूँगी बेटी, तू खुद समझदार है, मर्दों को कैसे वश में किया जाता है, तुझे नहीं मालूम?"

"लेकिन वेणु दी, तुम तो अच्छी तरह जानती हो कि मैं किसी के साथ सोती नहीं हूँ-"

"अरे, तो तुझसे सोने को कौन कह रहा है? मर्द जरा-सा प्यार-दुलार चाहते हैं। पैसा खर्च करेगा, और तू जरा सूखी मुहब्बत भी नहीं दिखलायेगी?"

सुसी ने पूछा था, "क्या करना होगा, यह तो बतलाओ।"

वेणु दी ने कहा था, "तुझे समझाते-समझाते मैं हार गयी। यह क्या कोई गणित का सवाल है कि तुझे समझा दूँ? छोकरे के पास अपनी गाड़ी है, गाड़ी में बैठाकर अगर लेक या गंगा किनारे ले जाय तो ना-नहीं मत करना। कोई अँधेरी-सी जगह देखकर दोनों बैठ जाना, जरा सटकर, फिर बात करना, और क्या! इतना भी नहीं कर पायेगी तो जमीन और घर कैसे होगा?"

हाँ, तो सुसी उसी प्रस्ताव पर राजी हुई थी। सन्तोष अरोरा शक्ल-सूरत से अच्छा-खासा नौजवान था। चण्डीगढ़ में पढ़ाई-लिखाई पूरी करने के बाद बाप का मोटर पार्ट्स का कारोबार सम्हालने कलकत्ते आया था। हजारों का कारोबार था। सन्तोष अरोरा चाहने पर सुसी के लिए जिन्दगी भर के खाने-पहनने का इन्तजाम कर सकता। सिर्फ खाने का ही नहीं, और भी बहुत-कुछ। "रासबिहारी एवेन्यू के पास जो जमीन

दिखलायी थी न, वह अपनी ही है। इस तरह और भी न जाने कितनी जमीनें कलकत्ते में पड़ी हैं। चाहूँ तो तुम्हें दे सकता हूँ।''

''मुझे दोगे?''

सन्तोष अरोरा ने कहा, ''तुम्हारे लिये सब-कुछ कर सकता हूँ। और क्या चाहिए, बोलो?''

अरोरा की बात सुनकर सुसी पिघल गयी थी। उसने कहा था, ''और कुछ नहीं चाहिए, मैं इतने दिनों से रुपये जमा कर रही हूँ जिससे थोड़ी-सी जमीन खरीदकर छोटा-सा घर बनवा सकूँ।''

''तुम्हारे घर में और कौन-कौन हैं?''

यह सवाल सुनकर सुसी को पहले तो शक हुआ। अक्सर इस धन्धे में ऐसे सवाल नहीं पूछे जाते। लेकिन यह इतनी जमीन का मालिक है, इसे नाराज करना शायद ठीक नहीं होगा।

उसने कहा, ''बूढ़ी माँ हैं, लेकिन ज्यादा दिन जिन्दा नहीं रहेंगी। उन्हें आँखों से दिखायी भी नहीं देता।''

''और कोई नहीं है?''

''नहीं।''

सामने बसें और ट्रामें थीं। इनसान थे, दूकानें थीं। गाड़ियाँ थीं और थे रिक्शे। सभी का उद्देश्य एक था। थोड़ा-सा आश्रय चाहिए। सिर छिपाने की जरा-सी जगह! वह मिल जाय तो फिर क्या है! तब सुसी निश्चिन्त होकर शादी करेगी। एक गाड़ी खरीद लेगी और इसी तरह गाड़ी में बैठकर दोनों सैर करने निकला करेंगे। किसी प्रकार की कोई चिन्ता नहीं रहेगी। चलो, साड़ी खरीद लायें, सिनेमा देख आयें। या चलो, आज बाहर खाना खा आयें। किसी होटल में ही चला जाय। फिर किसी दिन ग्राण्ड ट्रंक रोड से हजारीबाग, या राँची या और किसी जगह चला जाय। फिर तो सारा आसमान हमारी मुट्ठी में होगा और सारी जिन्दगी हमारी जेब में!

''सच-सच कहो न, यह जमीन क्या तुम्हारी है?''

''सच नहीं तो क्या झूठ बोल रहा हूँ?''

''कितनी कीमत लोगे, मेरे लिये रेट कुछ कम नहीं होगा?''

सन्तोष अरोरा ने कहा, ''तुमसे क्या दाम लूँगा?''

''अरे जाओ, क्यों बेकार में मजाक कर रहे हो? सच-सच कहो न!''

गाड़ी तब तक दायीं ओर घूमकर अँधेरे में आ गयी थी।

''मुझे ऐसे ही जमीन दे देने से तुम्हारे पिताजी कुछ नहीं कहेंगे?''

''पिताजी?''

सन्तोष अरोरा ने जोर का एक ठहाका लगाया। ''पिताजी जिन्दा होते तो क्या इस तरह मजे में घूम-फिर सकता था? क्या तुम सोचती हो मेरे पिताजी जिन्दा हैं? सारी प्रापर्टी का मालिक अब मैं हूँ। जमीन, मकान, बिजनेस, सब-कुछ अब मेरा है। चाहूँ तो रातभर में सारी दुनिया खरीद सकता हूँ।''

सन्तोष ने एक हाथ से स्टीयरिंग सम्हाला और दूसरा सुसी की कमर में।

''डालिंग, माई स्वीट डालिंग-''

गौरैया की तरह सुसी सन्तोष की छाती से चिपक गयी। जरा और भी सटकर बैठा जा सकता तो शायद अच्छा रहता। और भी नजदीक। लाखों-लाख रुपये के मालिक के जितने नजदीक रहा जाय उतना ही अच्छा है। उसमें निश्चिन्तता है। किसी प्रकार का कोई डर नहीं, किसी प्रकार की चिन्ता नहीं। लाखों-लाख रुपये में एक तरह की गर्मी होती है। सिर के ऊपर छत होने की गर्मी, बैंक के पास बुक में मोटी रकम होने की गर्मी, चारों ओर चारदीवारें और सामने छोटा-सा बगीचा होने की गर्मी। इस तरह की गर्मी में नींद आती है। जिस तरह अमीर लोग परों की बढ़िया रजाई में आराम से सोते हैं। फिर वैसी नींद से जागने पर रहती है सुबह की चाय। बिस्तरे पर पैर फैलाकर हलकी नींद की खुमारी में बैठे-बैठे चाय पीने में भी एक मजा है।

इसके बाद कलकत्ता और भी अँधेरा हो गया। दुनिया और भी सिमट आयी। आसमान और भी नीचे झुक आया। लेक के पानी के किनारे शहर जैसे और भी वीरान हो गया, जीवन और भी नीरव हो चला, यौवन और भी उच्छल हो उठा।

''कौन?''

अचानक टार्च की रोशनी पड़ी।

पलभर में जैसे किसी ने सुसी को आसमान से धक्का देकर नीचे जमीन पर ला पटका हो। रजाई की आरामदेह गर्मी से बाहर की बर्फ पर। सुसी ने जल्दी-जल्दी अपने कपड़े ठीक किये।

जल्दी से सन्तोष के पास से खिसक आयी।

''आप लोग को थाने तक चलना होगा।''

सफेद वर्दी में एक पुलिस इन्स्पेक्टर था और उसके साथ एक कान्स्टेबिल। जैसे अँधेरे में धरती फाड़कर दोनों निकल आये हों। सुसी ने सन्तोष के कान में धीमे से कहा, ''इन लोगों को कुछ रुपये दे दो-''

सन्तोष जात का पंजाबी था। उसने निडर होकर कहा, ''क्यों हमने ऐसा कौन-सा काम किया है कि घूस देनी पड़ेगी? ये लोग हमें किसलिए पकड़ने आये हैं?''

''चलिये, थाने पर चलिये।''

सन्तोष अकड़ गया। उसने कहा, ''क्यों, हमने क्या किया है?''

"पब्लिक न्यूसेन्स कर रहे थे। 'इम्मॉरल ट्रैफिक ऐक्ट' के अन्तर्गत हम आपको गिरफ्तार कर रहे हैं।"

"ठीक है, थाने पर ही चलते हैं।" सन्तोष ने सीना फुलाकर और भी अकड़ के साथ कहा।

सुसी ने करीब-करीब रोते हुए कहा, "पाँच रुपये दे क्यों नहीं देते। तुम्हारे पास क्या रुपये नहीं हैं?"

"बेकार रुपये खराब करने से क्या फायदा? पुलिसवाले जो कहेंगे, वही करना होगा क्या?"

सुसी ने कहा, "हमें पकड़कर ये थाने ले जायँगे। बात फैल जायगी-"

तब तक इन्स्पेक्टर और कान्स्टेबिल गाड़ी में बैठ चुके थे। गाड़ी का दरवाजा बन्द करते हुए इन्स्पेक्टर ने कहा, "चलिये, गाड़ी स्टार्ट करिये-"

सन्तोष ने गाड़ी स्टार्ट कर दी। सुसी आँचल में चेहरा छिपाकर सुबकने लगी। सुसी के साथ कलकत्ते की रातों का अन्धकार भी सुबकने लगा। अरे, तुम उससे कुछ कहते क्यों नहीं? कोई विरोध क्यों नहीं करते? मैं अब कैसे मुँह दिखाऊँगी? सारी दुनिया को पता चल जायगा कि मैं अपना शरीर बेचती हूँ! हर कोई मेरे मुँह पर कालिख पोतेगा! मैं कहीं की नहीं रहूँगी। ओफ!

"इनक्लाब!"

"जिन्दाबाद!"

जुलूस काफी आगे बढ़ गया था। यादवपुर से गड़ियाहाट और गड़ियाहाट से रासबिहारी एवेन्यू। सड़क के दोनों ओर के मकानों से लोग देख रहे थे। चिलचिलाती धूप। अरविन्द को बड़े जोर की प्यास लगने लगी। उसने एक बार कलुआ फटिक की ओर देखा। कलुआ फटिक के चेहरे पर किसी तरह की थकान नहीं थी। ये लोग अकसर पड़ोस की चाय की दूकान में बैठे सारे दिन बैठकबाजी करते रहते हैं। बैठे-बैठे आती-जाती लड़कियों को पैनी निगाह से ताका करते। लेकिन आज वे बेकार नहीं हैं। आज उनको बढ़िया-सा काम मिला था। यह काम मिल जाने से वे बहुत खुश थे। इसलिए वह सब-कुछ भूलकर बराबर चिल्लाये जा रहे हैं-इ...नक्लाब, जिन्दाबाद-

उस दिन रात को दरवाजे पर पुलिस देखकर अरविन्द को जितना डर नहीं लगा, उससे कहीं ज्यादा डर गयी थी उसकी माँ।

माँ ने पूछा, "सुसी को पुलिस ने क्यों पकड़ लिया है बेटा? उसने क्या किया था? मेरी लड़की तो कोई ऐसा-वैसा काम कर नहीं सकती-"

अरविन्द को अच्छी तरह याद है, उस आधी रात को पुलिसवालों के साथ उसे थाने पर जाना पड़ा था। सुसी दोनों हाथों से चेहरा छिपाये रो रही थी। शायद शर्म के मारे ही सभी को अपना चेहरा नहीं दिखा पा रही थी।

अरविन्द ने पूछा था, "लेकिन मेरी बहन ने ऐसा कौन-सा काम किया है सर?"

थानेदार ने कहा था, "क्या किया था, यह अपनी बहन से ही पूछिये न! सामने ही तो है। भले आदमियों की लड़कियों ने तो आजकल रण्डियों को भी मात कर दिया है!"

अरविन्द ने कहा था, "लेकिन हम लोगों को तो कुछ भी पता नहीं था-"

"जब कोर्ट में केस होगा तब अपने-आप पता चल जायगा!"

"कोर्ट में केस होगा?"

"नहीं होगा? हम लोग आखिर हैं किसलिए? भले घर के लोग लेक घूमने जाते हैं, वहीं यह सब! अब जाकर आप अपनी बहन के लिए जमानत का इन्तजाम कीजिये, नहीं तो आपको बहन को सारी रात यहीं हवालात में रहना पड़ेगा-"

जमानत आखिर देता भी कौन? अरविन्द भागता-भागता दिलीप बेरा के घर पहुँचा। दिलीप बेरा पैसेवाला आदमी था। पहले तो उसने अरविन्द को खूब डाँटा। कहा, "मैंने कितनी बार कहा था कि अपनी बहन पर नजर रख, उसका चाल-चलन ठीक नहीं है, तब तो सुना नहीं, अब भुगत बैठकर!"

अरविन्द ने गिड़गिड़ाते हुए कहा, "तुम्हें छोड़कर मेरा कौन है दिलीप दा? सिर्फ अबकी बार मुझे बचा लो-"

उधर उस रात उसी वक्त गोस्वामी शिरीष बाबू के घर पहुँचा।

"क्या खबर है गोस्वामी?"

गोस्वामी को इन्हीं सब कामों के लिए 'इण्टरनेशनल ग्लास फैक्टरी' में काम मिला था। मालिक को कब कौन-सा काम पड़ जाय, इसके लिए वह डिसपैच सेक्शन में चुपचाप हाथ समेटे बैठा रहता था। उसके लिए कोई काम नहीं रहता, तो वह बड़ा मायूस हो जाता। लेकिन जैसे ही शिरीष बाबू का बुलावा आता, उसमें मानो नयी जान आ जाती। वह पियून को बुलाकर उससे कहता, "शक्ति, एक पैकेट सिगरेट तो ले आ-"

उस दिन शिरीष बाबू ने इसी तरह का एक काम उसे सौंपा था।

कहा था, "गाड़ी लेकर एक जगह जा सकता है, गोस्वामी?"

गोस्वामी ने कहा था, "जा क्यों नहीं सकता सर? कहाँ जाना होगा?"

"हारान नस्कर लेन पहचानता है?"

"नहीं भी जानता, तो खोज निकालूँगा, आप काम बताइये!"

"वहाँ सात नम्बर मकान से एक लड़की रोजाना दोपहर को हाथ में कॉपी और किताब लिये निकलती है, उसका पीछा करना–देखना, कहाँ जाती है, क्या करती है।"

"इसके बाद क्या करना होगा? उसे होटल में लाना होगा?"

"तू रहा गधा ही! उसे पकड़वा देना है–"

"इसके माने?"

शिरीष बाबू झल्ला उठे। मालिक के नाराज होने पर गोस्वामी बड़ा मायूस हो जाता है।

शिरीष बाबू ने कहा, "उसे पुलिस के हाथों गिरफ्तार करा देना है–एक दिन स्ट्रैण्ड होटल में मेरा अपमान किया था।"

शिरीष बाबू को और ज्यादा नहीं बतलाना पड़ा। इसके बाद गोस्वामी कब चुपचाप हारान नस्कर लेन गया, कब उसने सुसी को देखा, कब उसका पीछा करना शुरू किया, किसी को पता नहीं चला। इसी बीच एक-दो बार खाने के लिए अपने घर हरित की बगान लेन आना पड़ा। आते वक्त उसने कहा, भाभी उसी तरह खिड़की के पास खड़ी है।

सुरमा ने कहा, "क्या बात है लाला, आजकल गाड़ी लेकर काफी भाग-दौड़ में लगे हो। कोई खास काम है क्या?"

"हाँ भाभी, जरूरी काम आ पड़ा है–"

"होटल में चले क्या?"

"नहीं, अभी हारान नस्कर लेन से आ रहा हूँ, वहाँ से भवानीपुर बेलतला रोड जाऊँगा। उसके बाद फिर थाने–"

"थाने? पुलिसवाले थाने? तुम्हारा थाने से भी काम पड़ता है क्या?"

गोस्वामी के पास उन दिनों इन बातों का जवाब देने की फुरसत नहीं थी। घर आता, झटपट कुछ पेट में डालकर फिर निकल जाता। कई दिन खोजने के बाद एक लड़का मिला। जात का पंजाबी था। चेहरा काफी चटकदार था। नाम था सन्तोष अरोरा। बेचारा बेरोजगार था। उसे ही वेणु दी के घर भेजा गया। टेलीफोन पर सब तय हो गया था। गाड़ी खुद ड्राइव करके जायगा, कहेगा बेशुमार दौलत का मालिक हूँ। पिताजी

मर गये हैं। सुनकर सुसी खुश होगी। साथ ही थाने में भी बातचीत कर रखी थी। सिनेमा देखकर जब दोनों निकलेंगे, तब गोस्वामी पीछे एक दूसरी गाड़ी में रहेगा। पुलिसवाले भी तैयार रहेंगे। सन्तोष गाड़ी लेकर लेक के किसी सुनसान कोने में पहुँचेगा। इसके जरा देर बाद ही पुलिस के लोग वहाँ पहुँचकर टॉर्च की रोशनी गाड़ी के अन्दर फेंकेंगे।

रोशनी देखते ही सन्तोष चौंककर कहेगा–कौन?

और साथ–ही–साथ पुलिसवाले दोनों को गिरफ्तार कर थाने में जायँगे। तब पता लगेगा!

शिरीष बाबू ने सब सुना। फिर पूछा, "किसी ने उस लड़की के लिए जमानत भरी?"

"जी हाँ सर!"

"किसने?"

"जी, भद्रकाली मिष्टान्न भण्डार का दिलीप बेरा उसे जमानत देकर छुड़ा लिया है।"

शिरीष बाबू ने और कुछ नहीं सुना। उन्होंने कहा, "ठीक है, अब तुम जाओ–"

कहकर उन्होंने टेलीफोन उठाया, "कौन? दिलीप?"

उस ओर से दिलीप बेरा की आवाज सुनायी दी, "कौन? शिरीष बाबू हैं क्या?"

"हाँ, कह रहा था कि आखिर तुमने ही जमानत दी?"

दिलीप ने कहा, "क्या करता शिरीष बाबू, बेचारा बड़ा रो रहा था। काफी सबक मिल गया, अब बेचारे को माफ कर दीजिये। मैंने उससे साफ कह दिया है कि तुम्हारी बहन का चाल–चलन ठीक नहीं है, उससे जरा सम्हलकर चलने को कहना–"

"क्या कहा उसने?"

दिलीप बेरा ने कहा, "कहेगा क्या बेचारा, उसकी बहन कौन उसके वश में है! आजकल जमाना ही कुछ ऐसा बदल गया है, नहीं तो भला, आप–जैसे भले आदमी को कोई बेइज्जत कर सकता है?"

शिरीष बाबू ने कहा, "उसे एक बार मेरे पास भेज देना, एक बात कहनी है–"

"बहुत अच्छा, बहुत अच्छा शिरीष बाबू, अरविन्द इस वक्त यहाँ मेरे सामने ही खड़ा है। मैं कल ही उसे आपके पास जाने को कह देता हूँ।"

शिरीष बाबू ने टेलीफोन रख दिया।

लेकिन अरविन्द ने स्वप्न में भी नहीं सोचा था कि दूसरे दिन शिरीष बाबू उसके साथ इस तरह बात करेंगे।

शिरीष बाबू ने कहा, "आप असल में करते क्या हैं अरविन्द बाबू?"

एक दिन इस अरविन्द ने ही शिरीष बाबू को घर ले जाकर अपने सोनेवाले कमरे में बैठाया और अपनी पत्नी से उनका परिचय कराया। माँ के लिए यही शिरीष बाबू एक किलो रबड़ी ले गये थे। उस दिन और आज के दिन में बहुत फर्क है। तब बात जैसे बराबरी की थी!

अरविन्द को अच्छी तरह याद है, शिरीष बाबू के चले जाने पर गोपा बड़ी मायूस हो गयी थी। रात को सात नम्बर में खाना-पीना खत्म करने के बाद अरविन्द आठ नम्बर में आकर तकिये में मुँह छिपाकर लेट गया था।

अरविन्द को देखकर गोपा को बड़ा दुःख हुआ था।

उसने कहा था, "मुझसे नाराज हो?"

अरविन्द से कोई जवाब न पाकर गोपा ने हाथ से उसे ठेलकर दुबारा पूछा था, "सच-सच कहो न, मुझसे नाराज हो?"

अरविन्द ने फिर भी कोई जवाब नहीं दिया था।

गोपा ने कहा था, "लेकिन तुम्हीं बतलाओ, मैं कर भी क्या सकती हूँ? मुझे अगर कोई पसन्द नहीं करता, तो इसमें मेरा क्या दोष? मेरी सूरत अच्छी नहीं है, यह भी क्या मेरा दोष है?"

अरविन्द ने फिर कोई जवाब नहीं दिया था।

"आज अगर मुझसे ज्यादा खूबसूरत बीबी तुम्हारी होती तो शायद तुम्हें जरा भी सोचना नहीं पड़ता। उस बीबी की बदौलत तुम्हारा मकान बनता, गाड़ी आती और यह सब-कुछ होता! लेकिन क्या करूँ, यह बतलाओ। भगवान् ने मेरे जो ये खपच्ची-जैसे हाथ-पैर बना दिये हैं, शरीर में मांस नहीं दिया है, रंग भी साफ नहीं दिया है और मुझे देखकर कोई भी पसन्द नहीं करता, तो मैं क्या करूँ, तुम्हीं बतलाओ न?"

अरविन्द ने इस पर भी कोई जवाब नहीं दिया।

इसके बाद गोपा फफक-फफककर रोने लगी। जो औरत घर के किसी भी काम न आयी, जो अपने पति को किसी भी तरह का सुख न दे पायी, उसके लिए रोना छोड़कर और चारा ही क्या है? उसी तरह सुबकते हुए उसने कहा, "तुम बोलते क्यों नहीं, कहो न इसमें मेरी क्या गलती है?"

इसके बाद अरविन्द अपने को रोक नहीं पाया।

गुस्से से भरकर उसने उसका झोंटा पकड़कर बिस्तर से उठाया और कहा, ''निकल यहाँ से, चल मेरे घर से।''

उस दिन उसे गोपा पर बड़े जोर का गुस्सा आया था। कान के पास लगातार इस तरह टें-टें करने पर आदमी कहाँ तक अपने को रोक सकता है? उस पर इधर कई दिनों से हाथ में पैसा नहीं था। दो महीने से घर का किराया नहीं दे पाया। उसे सचमुच ही होश नहीं था। माँ के लिए रबड़ी और अफीम का इन्तजाम करना ही होगा। सुसी से किसी तरह की मदद की आशा करना बेकार है। मर्द होकर पैदा हुआ है, तो जैसे यह भी अरविन्द की गलती है। इस पर जरा देर पहले ही शिरीष बाबू नाखुश होकर चले गये हैं।

गुस्से में आदमी किस कदर नीच हो जाता है, अरविन्द ने उस दिन जैसे इस बात का सबूत सामने रख दिया। उसने गोपा को सचमुच घर से बाहर निकाल दिया था।

कहा था, ''कह रहा हूँ कि जरा देर सो लेने दो, लेकिन यह है कि सोने ही नहीं देती, टें-टें लगा रखी है-जा, अब निकल यहाँ से-''

गोपा बेचारी उस अँधेरी गली में खड़ी-खड़ी सिसकती रही। खुलकर अच्छी तरह से रो भी नहीं सकती थी।

अरविन्द ने गोपा को बाहर गली में निकालकर अपनी आँख-कान-नाक बन्द किये सोने की कोशिश की थी। लेकिन हजार हो, वह भी आखिर इनसान था। उस रात वह सो नहीं पाया। काफी देर तक कोशिश करने के बाद भी जब नींद नहीं आयी, पता नहीं क्या सोचकर वह दरवाजा खोलकर बाहर आया। लेकिन बाहर आकर देखा, गोपा वहाँ नहीं थी।

शिरीष बाबू कहानी सुन रहे थे। उन्होंने कहा, ''हैं! नहीं मिली? कहाँ चली गयी?''

अरविन्द ने कहा, ''कह नहीं सकता, हारात नस्कर लेन की पूरी गली छान आया, लेकिन कहीं भी नहीं मिली।''

''फिर क्या हुआ? आखिर वह कहाँ मिली?''

अरविन्द ने कहा, ''दूसरे दिन सुबह आयी। पड़ोस में लालचन्द बाबू की बीबी के पास जाकर सो गयी थी।''

''लेकिन उन लोगों ने कुछ पूछा नहीं?''

''उन लोगों को मालूम है कि हम मियाँ-बीबी में इसी तरह खटपट हुआ करती है-''

शिरीष बाबू ने सब बड़े ध्यान से सुना। इसके बाद जेब में हाथ डालकर जितने रुपये थे, सब बाहर निकाले। एक-दो करके दस-दस रुपये के दस नोट निकालकर अरविन्द की ओर बढ़ाये, फिर कहा, ''यह रखिये, पत्नी गृहलक्ष्मी होती है।

उसके साथ झगड़ा नहीं करना चाहिए। ठीक है, अब जाइये; आपको इसीलिए बुलवाया था।''

एक साथ इतने रुपये पाकर अरविन्द जैसे गद्‌गद हो गया। जल्दी से टेबल के नीचे सिर घुमाकर उसने शिरीष बाबू के पैरों की धूल लेकर माथे से लगायी।

''अरे! यह क्या कर रहे हैं? यह क्या कर रहे हैं? कहकर शिरीष बाबू ने पाँव हटा लिया। लेकिन अरविन्द ने नहीं छोड़ा।

उसने कहा, ''ठीक है, लेकिन इस गरीब को याद रखियेगा।''

शिरीष बाबू ने कहा, ''वह सब ठीक है, लेकिन अपनी पत्नी के खाने-पीने का ख्याल रखियेगा। उसे जरा गोश्त खिलाइये, घी खिलाइये, दूध पिलाइये। रुपये मैंने इसीलिए दिये हैं-''

अरविन्द ने कहा, ''लेकिन चीजों के दाम इस कदर बढ़ गये हैं कि चावल-दाल खरीदने में ही सारा पैसा खर्च हो जाता है। कुछ बचता ही नहीं है।''

''आपकी बहन भी तो है, जो कालेज में पढ़ती है, उसका भी तो खर्च होगा?''

''जी हाँ, वह सब भी मुझे जुटाना पड़ता है। मैं अकेला इतना बोझ कैसे सम्हाल सकता हूँ?''

शिरीष बाबू ने अचानक कहा, ''लेकिन उसका अपना भी तो रोजगार है।''

अरविन्द की समझ में नहीं आ रहा था कि क्या कहे। थोड़ी देर तक वह चुप खड़ा रहा। इसके बाद उसने कहा, ''आप अगर एक बार मेरे यहाँ आ जाते तो मुझे बड़ी खुशी होगी। माँ आपको याद कर रही थीं।''

''माँ के लिए रबड़ी मिल रही है न?''

''नहीं।''

''तब दिलीप बेरा किसलिए है? वह आपकी माँ के लिए रबड़ी का इन्तजाम नहीं कर सकता? उसकी तो दूकान है भद्रकाली मिष्टान्न भण्डार।''

अरविन्द ने कहा, ''आप दया करके अगर एक दिन पधारें तो माँ को बड़ी खुशी होगी।''

''लेकिन रबड़ी? दिलीप बेरा रबड़ी क्यों नहीं देता?''

अरविन्द ने कहा, ''रबड़ी बनाना तो आजकल गैरकानूनी हो गया है, दिलीप दा क्या कर सकते हैं?''

''क्यों, आज कानूनी काम कौन-सा हो रहा है? आपकी माँ के लिए कितने किलो रबड़ी चाहिए, कहिये न! अगर दिलीप नहीं दे सकता है तो मैं इन्तजाम करूँगा। यह भी कोई बात हुई? च च-च च! बुढ़ापे का शरीर है, बेचारी आँखों से

देख नहीं पातीं। जरा अफीम की आदत पड़ गयी है, तो क्या रबड़ी उन्हीं नहीं मिलेगी? फिर हम लोग हैं किसलिए? ठीक है, मैं रबड़ी लेकर ही आपके घर आऊँगा।''

''कब आ रहे हैं? मैं घर ही पर रहूँगा? सुसी को भी घर पर रहने के लिए कह दूँगा।''

शिरीष बाबू ने कहा, ''इसके लिए मैं आपके पास ठीक समय पर पहले से खबर भिजवा दूँगा।''

उस दिन घर पहुँचते ही अरविन्द सीधे माँ के पास गया। पैरों की आहट पाते ही माँ ने कहा, ''कौन? अरविन्द है क्या?''

''माँ, अब तुम्हारी रबड़ी की तकलीफ मैं मिटाकर ही रहूँगा।''

माँ ने कहा, ''मुझे नहीं खानी रबड़ी, अब यह अफीम भी छोड़ दूँगी। जब आँखें ही चली गयीं, तो इस मुए नशे के लिए तुझे रुपये खर्च करने की जरूरत नहीं है।''

''मेरे पास खर्च करने को रुपये ही कहाँ हैं! शिरीष बाबू की याद है न, उस दिन आये थे? याद है, उन शिरीष बाबू की?''

''शिरीष बाबू कौन?''

''अरे वही, मेरा दोस्त, जिसके पास तीन-तीन मोटरें हैं। जिसने उस दिन आकर तुम्हारे पैर छुए थे और एक किलो रबड़ी दे गया। याद नहीं आया? तुम्हें रबड़ी खाने को नहीं मिली है, सुनकर बेचारा हाय-हाय करने लगा। कह रहा था, च च-च च, नशे के लिए आपकी माँ को रबड़ी तक नहीं मिल रही है! आपने मुझे क्यों नहीं बतलाया? आपको कितनी रबड़ी चाहिए? कितने किलो?''

सुनकर माँ अफसोस जाहिर करने लगी, ''जुग-जुग जिये तुम्हारा दोस्त, जुग-जुग जिये। खूब फले-फूले। मुझ मरी को तो मौत भी नहीं आती, मौत भी नहीं आती।''

अरविन्द ने कहा, ''फिर वही बात? मरना और मरना! आखिर मैं किसलिए हूँ?''

माँ ने कहा, ''तू मेरे लिये परेशान मत हो बेटा, मुझे चश्मा भी नहीं चाहिए, रबड़ी भी नहीं चाहिए, इससे तो तू सुसी के लिए कोई लड़का देखकर उसके हाथ पीले कर दे, मैं चैन से मर सकूँगी।''

अपने सिर पर हाथ रखकर माँ अफसोस करने बैठ गयी।

अपने कमरे में आकर अरविन्द ने गोपा से पूछा, ''सुसी कहाँ है?''

गोपा ने कहा, ''कहीं गयी है।''

"फिर गयी है?"

अरविन्द को गुस्सा आ गया। अभी कुछ दिन पहले थाने से छुड़ाकर लाया हूँ और दो दिन जाते न जाते फिर चली गयी?–"किस वक्त गयी?"

गोपा ने कहा, "कब गयी? क्या मुझे कहकर गयी है कि मुझे पता होगा! आज तक क्या कभी वह मुझसे कहकर गयी है, जो मुझसे पूछ रहे हो?"

"लेकिन तुम्हारा मिजाज इतना गरम क्यों हो रहा है? इतना बिगड़ क्यों रही हो?"

गोपा ने कहा, "जब देखो मेरा ही दोष, सारे दिन खटने के बाद अगर कुछ कहा तो उसमें भी दोष! क्यों, अपनी बहन से तो कुछ भी नहीं कहते? मेरा सबसे बड़ा गुनाह तो तुम्हारे साथ शादी होना है। मुझसे अब घर का धन्धा नहीं होगा, कहे देती हूँ। यह घर है, या भूतों का डेरा? वह तो यारों के साथ लेक के अँधेरे में लीला रचाये और मैं सुबह-सुबह उठकर नौकरानी की तरह खटने लगूँ और खाना पकाऊँ।

अरविन्द का खून भी खौलने लगा। उसने कहा, "नहीं करोगी माने?"

"माने मुझसे यह सब नहीं होगा।"

अरविन्द एकाएक चिल्लाया, "नहीं करोगी क्यों?"

"नहीं, मुझसे नहीं होगा।"

"फिर!"

"हाँ, हाँ, एक बार नहीं, हजार बार कहूँगी–मुझसे नहीं होगा, नहीं होगा।"

तड़ से गोपा के गाल पर एक तमाचा पड़ा। गोपा के मुँह से 'अरी मैया', आवाज निकली धीरे से। फिर वह खामोश हो गयी।

और साथ ही अन्दर से माँ की आवाज आयी, "अरे, क्या हुआ रे? किसे डाँट रहा है? किससे क्या कह रहा है, अरविन्द?"

अरविन्द तब तक घर से निकलकर हारान नस्कर लेन पार करने के बाद सड़क की भीड़ में मिलकर अपने को बचा पाया।

जूडी हॉबसन का अंकल जब बंगाल के गवर्नर का मिलिटरी सेक्रेटरी था, कलकत्ते के समाज में तभी से घुन लग गयी थी। सिर्फ मनुष्य-समाज में ही नहीं, सारे देश में ही घुन लग गयी थी। और तभी से शुरू हुआ मिलावट और नकली माला का जमाना। चावल में मिलावट, दाल में मिलावट से लेकर मिलावट जैसे इनसान की रीढ़ से जाकर लगी।

उस दिन सुबह से ही सुसी घर में नहीं थी।

माँ कह रही थी, "अरविन्द, सुसी कहाँ है? अभी तक सो रही है क्या?"

लेकिन नहीं, अरविन्द कमरे में देख आया, गोपा भी देख आयी। वह कहीं भी नहीं थी। उसकी सारी चीजें मौजूद थीं। तब क्या वह भाग गयी? जमानत की आसामी क्या आखिर भाग गयी? जमानत दिलीप दा ने दी थी, वह क्या कहेंगे? दिलीप दा बेचारे खुद थाने तक जाकर जमानत देकर छुड़ा लाये थे।

माँ ने कहा, "वह आखिर गयी कहाँ?"

अरविन्द का दिमाग काबू में नहीं था। पिछले दिन बहू को पीटा था। मिजाज वैसे ही बिगड़ा हुआ था, उसके बाद यह बखेड़ा।

दिन चढ़ा। अँगीठी सुलगी। अरविन्द ने खुद ही अपने लिये चाय बनायी और माँ को दी। और दिन अरविन्द इस वक्त गृहस्थी का कोई-न-कोई काम करता था। बहू के काम में हाथ बँटाने के लिए आँगन में झाड़ू लगाता, चहबच्चा साफ करता या कपड़े धो डालता। अपने कपड़ों में साबुन लगाता। धूप में सुखाने के बाद उनमें इस्त्री करता। यह सब करते-करते ग्यारह बज जाता। इसके बाद थैली लेकर सब्जी खरीदने निकलता। इतनी देर में बाजार करीब-करीब खाली हो जाता था। लेकिन सब्जियों का दाम कुछ कम होता। बचा-खुचा माल होने की वजह से जरा सस्ता मिल जाता। व्यापारी लौटने की जल्दी में होते।

आधा किलो तुरई, या एक किलो परवर से ही थैला भर जाता। खरीदारी करने के बाद ही जाता दिलीप बेरा की दूकान 'भद्रकाली मिष्टान्न भण्डार'।

लेकिन उस दिन और किसी काम में मन नहीं लगा।

माँ अलग पुकार रही थी, "अरे अरविन्द, किधर गया? तू क्या कर रहा है?"

कोई जवाब नहीं।

"अरविन्द, ओ अरविन्द! बहू, अरी बहू! कहाँ गये सब-के-सब?"

कहती हुई माँ अपनी जगह से उठी। बुढ़िया की आँखों में अँधेरा जैसे और भी गाढ़ा हो आया। सुबह के वक्त उसे इतना अँधेरा नहीं दिखलायी देता था। चलते-चलते न जाने किस चीज की ठोकर लगने से वह गिर पड़ी।

"अरी, मैया री-"

एक चीख के साथ सारी दुनिया जैसे अँधेरी हो गयी। न कोई सुन पाया, न कोई देख पाया, न कोई सहारा देने ही आया। जब वह सधवा थी, एक दिन अरविन्द के बाप ने इस मकान को किराये पर लिया था। तब आँखें थीं, बदन में ताकत भी थी। रात-दिन एक करने के बाद कहीं जाकर लड़के-लड़की को पाल-पोसकर बड़ा किया। खुद ही रसोई पकाती, खुद ही गृहस्थी के दूसरे काम सम्हालती, खुद ही

खर्च देखती। इसके बाद एक दिन अरविन्द का बाप मर गया। अरविन्द उन दिनों छोटा था, सुसी तो और भी छोटी थी। इन दोनों को गोद में लिये ही वह गृहस्थी के समुद्र में कूद पड़ी। सोचा था लड़का है, वही देख-सुन लेगा। घर सम्हल जायगा। लेकिन क्या-से-क्या हो गया। धीरे-धीरे आँखों ने जवाब देना शुरू कर दिया। लड़का-लड़की दोनों बड़े हुए। अरविन्द की शादी की। एक के बाद एक, कई नौकरियाँ अरविन्द ने कीं, लेकिन एक भी नहीं रही। हर बार माँ डरती, लेकिन फिर वह न जाने कहाँ से नौकरी ढूँढ़ निकालता। लेकिन उसके बाद? एक दिन ऑफिस जाना बन्द कर दिया। लेकिन यह घर कैसे चल रहा है, माँ यह भी नहीं जानती थी। पता नहीं, कहाँ से आकर किसी दिन कोई रबड़ी की हँड़ियाँ दे जाता। पता नहीं, कौन आकर बुढ़िया के पाँव छूता। माँ किसी को भी नहीं पहचानती। किसी से पूछती भी नहीं, कहाँ से कैसे घर का खर्च चलता है। यह गृहस्थी चल रही है या नहीं, यह जानने का कौतूहल भी जैसे उसका खत्म हो गया था।

"दिलीप दा!"

"क्या बात है, तू इस वक्त?"

अरविन्द के चेहरे की हालत देखकर दिलीप बेरा को न जाने क्यों डर-सा लगा। अरविन्द इतनी सुबह तो कभी भी नहीं आता। जब भी आता, ताजी बनी दाढ़ी के बाद चेहरा चमकता होता और कपड़े साफ-सुथरे होते।

"दिलीप दा, आज रेस खेलने नहीं जायँगे?"

"क्यों? आज क्या तुझे भी रेस का शौक लगा है?"

अरविन्द ने कहा, "नहीं, रेस खेलनी नहीं है? सिर्फ साथ चलता।"

"लेकिन रेस इस वक्त कहाँ हो रही है, वह तो दोपहर को होगी।"

"ठीक है, मैं बैठा हूँ। बाद में साथ ही मैदान चलेंगे।"

अरविन्द की बात सुनकर दिलीप बेरा को बड़ा अजीब लगा। उसने कहा, "तुझे आखिर हुआ क्या है? बहू की तबीयत ठीक नहीं है या माँ का वात का दर्द बढ़ गया है? कुछ रुपये की जरूरत है?" दिलीप ने कहा, "आखिर बात क्या है?"

अरविन्द ने कहा, "रेस के बाद तो तुम 'बार' में जाओगे न?"

"अगर जाऊँ भी तो तुझे क्या?"

अरविन्द ने कहा, "आज जरा-सी मुझे भी दिलवा दो न दिलीप दा, आज खूब पीने की तबीयत हो रही है।"

दिलीप बेरा ने सीधा होकर बैठते हुए कहा, ''आखिर तुझे हुआ क्या है?''

''जी भरकर पीने को जी कर रहा है, आज जरा-सी शराब पिलवाओगे? रुपये होते तो मैं खुद ही खरीदकर पीता। लेकिन शराब तो बड़ी महँगी चीज है, मैं कैसे खरीदूँ...आज शराब पीकर नशे में डूब जाने को जी कर रहा है। ऐसा नशा कि कभी भी न उतरे। दिन-रात हर वक्त उस नशे की खुमारी में ही डूबा रहूँ।''

दिलीप बेरा ने डपटते हुए कहा, ''पागलपन छोड़कर यह बतला कि तुझे आखिर हुआ क्या है, ''सच-सच बतला!''

''सुसी भाग गयी है।''

''भाग गयी माने? तू कह क्या रहा है? मैं ही तो उसे जमानत देकर थाने से छुड़ाकर लाया!''

''तो मैं क्या करूँ? तुम उसे छुड़ा क्यों लाये? तुमने उसकी जमानत क्यों भरी? उसे थाने में ही क्यों नहीं रहने दिया? उसे फाँसी की सजा क्यों नहीं दिलवायी? अब तुम्हीं बतलाओ, मैं क्या करूँ? मैं थाने जाऊँ? वहाँ जाकर इन्स्पेक्टर से कहूँ कि मेरी बहन भाग गयी है? कहूँ कि उसके बदले में मुझे गिरफ्तार कर लो, जेल में डाल दो? जाकर कहूँ कि मुझे फौसी पर चढ़ा दो?''

दिलीप बेरा थोड़ी देर तक अरविन्द की ओर देखता रहा।

फिर कहा, ''तूने चाय पी है?''

''चाय कहाँ से पीता? उठकर सीधा चला आ रहा हूँ। कल बहू को भी खूब पीटा है। जबान लड़ा रही थी, ऐसा तमाचा मारा है कि उसके गाल पर निशान पड़ गया है।''

''अच्छा, ले चाय पी।''

दिलीप बेरा ने अरविन्द की ओर चाय का प्याला बढ़ाते हुए कहा।

अरविन्द जल्दी-जल्दी चाय पीने लगा। उसने कहा, ''मैं तो यहाँ बैठा मजे से चाय पी रहा हूँ, लेकिन गोपा बेचारी क्या कर रही होगी, भगवान् ही जाने।''

''थैली लेकर आया है, सब्जी लेने जा रहा है?''

''इसकी आदत पड़ गयी है। घर से निकलते वक्त थैली साथ लेकर ही निकलता हूँ।''

''तब, यह ले, रुपये ले। तरकारी-वरकारी लेकर घर जा। अरे, खाना तो पड़ेगा ही! तुझे और भी कुछ रुपये देता, लेकिन मेरा धन्धा ही साला चौपट हो गया है। अब तू जा, बेकार देर क्यों करता है?''

''लेकिन शराब?''

दिलीप बेरा ने डपटकर कहा, ''पिलाऊँगा, पिलाऊँगा तुझे। पहले सामान लेकर घर जा, बाद में देखा जायगा।''

इसके बाद अरविन्द उठ खड़ा हुआ। उसने कहा, "तुम हो, इसीलिए किसी तरह दिन कट रहे हैं, लेकिन अब मुझसे नहीं होता। अच्छा एक बात पूछता हूँ दिलीप दा, इस तरह आखिर कितने दिन चलेगा?"

"नौकरी तू करता नहीं, कोई धन्धा भी शुरू नहीं करता, इसमें कसूर किसका है, मेरा?"

अरविन्द ने कहा, "जान-बूझकर भी ऐसी बात कर रहे हो दिलीप दा? तुम्हारे दोस्त शिरीष बाबू चाहें तो क्या मुझे कोई नौकरी नहीं दिला सकते? सिर्फ शिरीष बाबू ही क्यों, तुम्हारे तो और भी कितने ही दोस्त हैं, कोई एक नौकरी नहीं दिला सकता? सभी क्या मेरी बहन को चाहेंगे? मेरी बहन अगर न होती, तो क्या कोई मेरी माँ के लिए रबड़ी लाता? बहन के बिना क्या मैं फाका करता? आज सुसी घर से भाग गयी है, इसके बाद क्या मेरे घर कोई नहीं आयेगा?"

इसके बाद जरा सुस्ताकर कहा, "तुम धन्धे की बात कर रहे हो, धन्धा क्या मैंने नहीं किया? इनश्योरेन्स की दलाली, बनियानों की दूकान, इसके अलावा भी एक भले घर का लड़का जो काम कभी नहीं करता, वह भी मैंने किया। फिर भी कसूर क्या सिर्फ मेरा ही है? धन्धा अगर नहीं चला, तो वह भी क्या मेरा ही कसूर है? हर किसी को उधार माल चाहिए, माँगो तो भी कोई पैसा नहीं देता, इसके लिए भी क्या मैं ही जिम्मेदार हूँ?"

"लेकिन दुनिया का हर आदमी किसी-न-किसी तरह कमाकर खा रहा है, फिर तू ही क्यों कुछ नहीं कर पाता?"

सुनकर अरविन्द जरा देर खामोश रहा। फिर उसने कहा, "तुम जान-बूझकर भी ऐसा कह रहे हो? सब लोगों का नाम तो ले लिया, लेकिन तुम्हें क्या मालूम नहीं है कि सामनेवाली उस चाय की दूकान पर कितने पढ़े-लिखे बेकार बैठे-बैठे सारा दिन चाय पीते हैं और बीड़ी फूँकते हैं? वे लोग क्या मेरी तरह नहीं हैं? उसके बारे में कौन सोचता है?"

दिलीप बेरा ने कहा, "देख रहा हूँ, आजकल तू कम्युनिस्टों की तरह बातें करने लगा है।"

"इसीलिए तो कह रहा हूँ कि दादा, एक दिन पेट भरकर पिला दो, इतनी पिला दो कि सब-कुछ भूल जाऊँ। घर-गृहस्थी, बहू, बहन और माँ, सबको भूलकर नशे में धुत्त हो जाऊँ।"

दिलीप बेरा इस पर एक तरह से धकेलते हुए अरविन्द को दरवाजे से बाहर ले आया। फिर बोला, "जा, अभी घर जा।"

"लेकिन तुम कोई भरोसा क्यों नहीं देते?"

"भरोसा किस बात का?"

"यही कि बहन के चले जाने पर खाऊँगा क्या?"

दिलीप बेरा जैसे चौंक उठा। उसने पूछा, "क्यों, बहन क्या तुझे धन्धा करके खिलाती थी?"

"नहीं, यह बात नहीं है, लेकिन मैं तो उस बहन को ही दिखलाकर कमाता था।"

दिलीप बेरा ने कहा, "ओह, तो बात यह है। बहन के चले जाने का दुःख नहीं है। उसके न रहने पर तू किसको दिखाकर पैसा कमायेगा, दुःख इस बात का है।

अरविन्द ने कहा, "तुम तो सब जानते हो दिलीप दा, तुमसे क्या छिपा है? मेरी बीबी अगर देखने में अच्छी होती तो मुझे किस बात की फिक्र थी!"

"अच्छा, बक-बक न कर।"

कहकर धक्का देकर दिलीप बेरा ने अरविन्द को जबर्दस्ती बाहर निकाल दिया और दरवाजा बन्द कर लिया। इसके बाद हिसाब की बही लेकर बैठ गया। दिलीप बेरा हिसाब का काम घर पर ही करता है। हिसाब में काफी कारसाजी करनी पड़ती है। दो-तीन अलग-अलग बहियाँ बनानी पड़ती हैं। यह काम खुद किये बिना नहीं चलता। आजकल बाहरी आदमी पर हिसाब-किताब छोड़ना खतरे का काम है। जमाना बड़ा खराब है। दिलीप बेरा मन-ही-मन बुदबुदाया-सचमुच, जमाना बड़ा खराब आ गया है।

इसके बाद इण्डिया के फाइनेन्स मिनिस्टर मोरारजी देसाई अमेरिका के ह्वाइट हाउस में हाजिर हुए। प्रेसीडेण्ट आइजनहावर के साथ काफी देर तक मशविरा हुआ।

"कैलकटा? लेकिन पी० एल० फोर एट्टी के करोड़ों रुपये अगर कलकत्ते पर खर्च किये जायँ तो योर एक्सेलेन्सी, इन्फ्लेशन हो जायगा। बंगाल में रुपये की बाढ़ आ जायगी।"

प्रेसीडेण्ट ने कहा, "लेकिन कैलकटा बॉर्डर-स्टेट जो है! पास ही चाइना है, वहाँ से पूरे देश में रेजिमेण्टेशन हो जायगा। कैलकटा जब तक अनहेल्दी रहेगा, जब तक गरीब रहेगा, तब तक असन्तुष्ट रहेगा, तब तक चाइना क्या उसका पूरा-पूरा फायदा नहीं उठायेगा?"

ह्वाइट हाउस में इसी तरह मशविरा होता रहा। वह जानता था आइजनहावर का। और इधर बंगाल के चीफ मिनिस्टर थे डॉक्टर बी० सी० राय। किसी को पता भी नहीं लगा कि कलकत्ते को लेकर कहाँ कौन-सी फाइल खोली गयी। साउथ-

ईस्ट एशिया की दरार भरने के लिए साजिश का कौन-सा प्लान तैयार हुआ। कलकत्ते में तब अरविन्द-जैसे लोग एक किलो गोश्त खरीदने के लिए दिलीप बेराओं के दरवाजों पर धरना देने लगे। सुसी-जैसी लड़कियाँ कॉल-गर्ल बनकर वेणु दी के अड्डों में जाने लगीं। शिरीष बाबू-जैसे लोग गोस्वामियों की मार्फत 'किपलेक्स' ग्लास के इम्पोर्ट लाइसेन्स हथियाने की तिकड़म भिड़ाने लगे। जूडी और क्लारा हॉबसन यहाँ आकर इण्डिपेण्डेण्ट इण्डिया की तस्वीर देखने लगे और यूरोप के अखबारों को ऊँची कीमतों पर बेचने के लिए स्ट्रैण्ड होटल के आर्किड में खड़े-खड़े अपने कीमती अमेरिकी कैमरों में उन तस्वीरों को बन्द करने लगे। और बुधुआ-जैसे लोग पीठ पर बकरा लादे कालीघाट के मन्दिर में पूजा चढ़ाने आने लगे।

"बोलो काली मैया की जै-"

और साउथ तथा नॉर्थ से राजभवन की ओर जुलूस की टुकड़ियाँ आने लगीं। वे लोग चिल्लाने लगे-"

"इनक्लाब!"

"जिन्दाबाद!"

वे लोग एक साथ स्लोगन लगाने लगे-

मुनाफाखोरों को सजा हो।
अनाज के भाव कम हों।
मुख्यमन्त्री जवाब दो।
नहीं तो गद्दी छोड़ दो।

जुलूस की वजह से ट्राम और बसों का चलना बन्द हो गया था। सड़क के इस पार से उस पार जाना मुश्किल हो गया। पूरी सड़क को घेरता नॉर्थ की ओर से प्रोसेशन आ रहा था। गाड़ियों की मील भर लम्बी कतार लगी थी। रिक्शे, ट्राम और बसें रुक गयी थीं।

"कुछ दिन ट्रामों में चढ़ लीजिये, बाद में जब ट्राम और बसें कुछ भी नहीं चलेंगी तब समझ में आयेगा।"

ट्राम और बसों में चढ़नेवालों ने जैसे कोई भयंकर अपराध कर डाला हो, इस तरह जुलूस के लोगों की ओर देखने लगे थे। ये लोग जैसे देश का उद्धार करने कमर कसकर जुट गये हैं, और हम लोग ट्राम में चढ़कर आराम से जा रहे हैं, इसलिए मानो देश के साथ गद्दारी कर रहे हैं।

"अरे साहब, उतर आइये, हम लोगों के साथ जरा पैदल चलिये। देश हमारा अकेले का नहीं है। यह आपकी भी मातृभूमि है।"

इसके अलावा उपदेश देना भी नहीं भूलते! जो लोग पैदल चल रहे थे, वे गाड़ी में बैठे लोगों पर उपदेश की बौछारें छोड़कर जैसे अपना कर्त्तव्य पूरा करने लगे।

ट्राम में बैठे एक बूढ़े आदमी ने बगलवाले यात्री से पूछा, "क्यों साहब, यह जुलूस किस बात का है?"

"और किसका होगा, लाल झण्डावालों का है। इन लोगों के मारे काम-काज करना मुश्किल हो गया है!"

उधर से कोई बोल उठा, "देख लीजियेगा, अगर किसी दिन देश का उद्धार होता है, तो इन्हीं लोगों के द्वारा होगा। हम-आप-जैसे लोगों से कुछ भी नहीं होगा-"

बात का सिलसिला बदलता देखकर इधर के लोग चुप हो गये। बहस करने से ट्राम में ही हाथापाई या मारपीट नहीं तो गाली-गलौज की नौबत तो आ ही जायगी। अब तक निरंजन का ध्यान उस ओर नहीं था। गोबरडाँगा से श्यामबाजार आकर उसने ट्राम पकड़ी थी। ट्राम में बैठते ही उसने अपनी नोटबुक खोल ली थी। एक पुरानी पोथी से उसे पह्लवों के काल की भाषा के कुछ नमूने मिल गये थे। किसी तरह अगर यह साबित किया जा सके कि बँगला भाषा की विभक्ति और धातुरूपों से इनका मेल बैठता है तो और क्या चाहिए? अरसे से वह पण्डित समाज में ख्याति पाने की सोच रहा है। लेकिन करता है गोबरडाँगा कालेज में नौकरी। उसे कौन पहचानेगा? इतने दिनों में डॉक्टरेट की डिग्री तक नहीं मिल पायी।

अचानक ख्याल हुआ कि ट्राम चल नहीं रही है। अपनी नोटबुक पर से नजर उठाकर उसने बाहर की ओर देखा।

"उधर क्या हुआ जनाब।"

लेकिन उसकी बात का जवाब वहाँ कौन देता? सभी उस एक ही सवाल से परेशान थे। निरंजन ने अच्छी तरह से देखा, सामने से जुलूस गुजर रहा है। वह समझ गया, ट्राम चलने में काफी देर लगेगी। वह एकाएक ट्राम से उतर पड़ा। इसके बाद कन्धों की चादर ठीक करने के बाद एक गली में घुस गया। गली निरंजन की जानी-पहचानी थी। कई बार वह इस ओर आ चुका था।

एक मकान के आगे आकर दरवाजा खटखटाने लगा।

"पंचानन बाबू घर में हैं?"

पंचानन बाबू साधारणतः सारा दिन घर पर ही रहते हैं। करीब अस्सी साल की उम्र हो चुकी है। उनके पुरखे नौकरी के सिलसिले में काफी समय अफगानिस्तान में रहे थे। ब्रिटिश सरकार जिन दिनों अफरीदियों से जूझ रही थी, उन दिनों उनके पुरखे ब्रिटिश सरकार के कण्टूनमेण्ट में नौकरी कर रहे थे। इसके बाद लड़के और पोते भी वहीं नौकर हो गये। कोई मामूली ओहदे पर था तो कोई बड़े ओहदे पर। खुद पंचानन बाबू भी वहाँ बयालीस साल तक नौकरी करने के बाद रिटायर हुए थे। वहाँ नौकरी करते वक्त ही अफरीदियों की एक मस्जिद से यह पाण्डुलिपि उन्हें मिली थी। भारत

आते वक्त वे उसे भी साथ आये। निरंजन को अपने एक मित्र से इसके बारे में पता चला। और तभी से यह बात निरंजन के दिमाग में घर कर गयी है कि यही आदि बँगला भाषा है।

एक छोटा-सा लड़का आकर निरंजन को अन्दर बाबा के पास ले गया।

पंचानन बाबू ने पूछा, "कहिये जनाब, क्या निश्चय किया?"

निरंजन ने कहा, "बात यह है कि अभी तक रुपये का इन्तजाम नहीं हो पाया है, लेकिन मैंने तय किया है कि मैं इसे खरीदकर ही रहूँगा।"

"लेकिन अब ज्यादा देर न करें। बात यह है कि और भी दो-चार खरीदार आये थे।"

"लेकिन आपने तो मुझे जबान दे रखी है पंचानन बाबू, उसी भरोसे पर मैं रुपये का इन्तजाम कर रहा हूँ।"

पंचानन बाबू बूढ़े हो गये हैं। उनके खाने-खेलने के लिए गुजर चुके हैं। फिर भी जैसे भोग का कोई निश्चित समय नहीं है। कहने लगे, "मैं और कितने दिन हूँ, मेरे मरते ही लड़के-बच्चे इसे नष्ट कर देंगे। इसीलिए इसका कुछ इन्तजाम करके जाना चाहता हूँ। लेकिन आप ये पाँच सौ रुपये भी नहीं जुटा पा रहे हैं?"

निरंजन ने कहा, "अगर जुटा पाता तो आपको कहना नहीं पड़ता, ले ही जाता। कोशिश कर रहा हूँ जिससे ज्यादा देर न हो।"

"लेकिन पाँच सौ रुपये की ही तो बात है, इसका भी इन्तजाम नहीं कर पा रहे हैं। आजकल तो सुना है, मास्टरों की हालत ही सबसे अच्छी है।"

"यह आपसे किसने कह दिया?"

"कहेगा कौन? सभी को मालूम है। मेरे यहाँ भी बच्चों के लिए दो मास्टर आते हैं, दोनों को मिलाकर दो सौ रुपये देना पड़ता है। ट्यूशन करते हों तो महीने में छह ट्यूशन तो बड़ी आसानी से किये जा सकते हैं।"

"आप भी क्या कह रहे हैं पंचानन बाबू, महीने में छह ट्यूशन कैसे किये जा सकते हैं?"

"क्यों? क्यों नहीं किये जा सकते?"

निरंजन ने कहा, "रात को तीन घण्टे का समय मिलता है। छह से नौ बजे तक। सप्ताह में दो दिन भी पढ़ाया जाय, तो महीने में तीन ट्यूशन से ज्यादा करना सम्भव नहीं है।"

पंचानन बाबू ने कहा, "अरे वाह! हर रोज पढ़ाना ही होगा, यह किसने कह दिया है? बीच-बीच में एबसेण्ट भी तो हो सकते हैं। मेरे यहाँ ही लीजिये, बच्चों के मास्टर महीने में पाँच-छह दिन तो नागा करते ही हैं। इसके अलावा नोट्स? आप नोट्स नहीं लिखते?"

निरंजन इतनी देर से मुँह बन्द किये सब सुन रहा था। इसके सिवाय चारा भी नहीं था।

उसने कहा, "नहीं।"

"अगर नोट्स नहीं लिखते तो क्या बँगला साहित्य का इतिहास भी नहीं लिखा?"

निरंजन ने कहा, "नहीं।"

"वाह जनाब, अरे आप तो मास्टरी लाइन के कलंक हैं। बँगला साहित्य पढ़ा रहे हैं और बँगला साहित्य का इतिहास ही नहीं लिखा? आखिर क्यों? आपको किसने रोका है?"

"रोका तो किसी ने नहीं है, मैंने खुद ही नहीं लिखा।"

"लिख डालते तो अच्छा रहता, सभी तो लिख रहे हैं, आप ही क्यों बाकी रह गये? ऊल-जलूल जो भी लिखेंगे, हमारे नाती-नतनियों को खरीदना ही पड़ेगा! आपकी जेब में भी दो पैसे फालतू आ जायँगे। नोट्स लिखते होते तो आज पाँच सौ रुपये के लिए आपको इस तरह परेशान नहीं होना पड़ता।"

निरंजन जरा-सा झोल-भात खाकर सुबह घर से निकला था, और अब शाम हो आयी थी। अब ज्यादा बात करने की ताकत उसमें नहीं रह गयी थी। उसने सिर्फ इतना ही कहा, "रुपये के लिए मैं कोशिश कर रहा हूँ, दो-चार दिन में शायद इन्तजाम हो जायगा। आप कुछ दिनों के लिए और उसे रखे रहें।"

कहकर वह और नहीं बैठा। चादर कन्धे पर डालकर उठ खड़ा हुआ। इसके बाद सीधे बाहर सड़क पर आ गया। बाहर जुलूस का गुजरना अभी तक खत्म नहीं हुआ था। ट्राम और बसें धीरे-धीरे खिसक रही थीं। निरंजन ने एक बार सोचा, बस में चढ़ जाऊँ। लेकिन चढ़ता भी तो कैसे? सभी हैण्डिल पकड़े लटक रहे थे। इससे बाकी रास्ता पैदल ही तय करना ठीक रहेगा। हाथ में बैग लिये और कन्धे पर चादर डाले, चढ़ने की कोशिश करना भी खतरे की बात है।

निरंजन ने एक बार जुलूस में शामिल लोगों की ओर देखा। लाल-लाल फेस्टून कन्धे पर लिये नारे लगाते लोग आगे बढ़ रहे थे।

मुनाफाखोरों को सजा हो।
अनाज के भाव कम हों।
मुख्यमन्त्री जवाब दो।
नहीं तो गद्दी छोड़ दो।

लेकिन कौन जानता है कि ये लोग इस तरह क्यों चीख रहे हैं? निरंजन डरता-डरता सड़क के किनारे आ गया। धक्का लग सकता है। हट जाना ही अच्छा

है। इस तरह फिजूल चिल्लाने की बजाय ये लोग अगर अच्छी तरह पढ़ने में मन लगायें तो इम्तहान में अच्छे नम्बरों से पास हों, लेकिन यह सब कहने की कोई जरूरत नहीं। सुन लेंगे तो अभी सब-के-सब मिलकर मुझ पर टूट पड़ेंगे।

बीडन स्ट्रीट के नजदीक आते ही निरंजन बायीं ओर मुड़ गया। इस ओर खामोशी थी। जरा-सा और आगे बढ़ने पर हरितकी बगान लेन है। पाँच सौ रुपये। काफी दिन हुए सुरमा ने एक जोड़ा सोने के कंगन बनवाये थे। सुरमा अगर वे दोनों दे दे, तो उन्हें पाँच सौ रुपये में गिरवी रखकर यह पोथी ली जा सकती थी। लेकिन सुरमा तो इसकी कीमत समझेगी नहीं। दूसरा भी कौन है जो इसकी कद्र समझे? पढ़ने-लिखनेवाले की कदर समझनेवाले लोग कलकत्ते में कितने हैं। पंचानन बाबू नोट्स लिखने के लिए कह रहे थे। कह रहे थे, बँगला साहित्य का इतिहास लिख डालिये। पंचानन बाबू भी कैसी बातें करते हैं! अभी कोई समझ नहीं रहा है, लेकिन एक दिन सबकी समझ में आयेगा। उस दिन सभी पूछेंगे-निरंजन हालदार कौन है? इतने दिनों से चुपचाप बैठा रिसर्च कर रहा है और हम लोगों को पता ही नहीं है!

यही होता है। हरप्रसाद शास्त्री, राखालदास बन्द्योपाध्याय वगैरह के बारे में भी यही हुआ था। बाद में जब लोगों को पता लगा तो हल्ला मच गया।

घर के आगे आकर धीरे-धीरे कुण्डी खटखटाने लगा।

और दिन कुण्डी खटखटाते ही अन्दर से सुरमा की आवाज आती -आयी-

इसके बाद ही सुरमा दरवाजा खोल देती। कहती, बड़ी देर कर दी?

कुण्डी फिर खटखटायी।

फिर भी किसी ने जवाब नहीं दिया।

क्या हुआ? और दिन तो ऐसा नहीं होता? सो गयी है क्या?

निरंजन फिर खट-खट करने लगा।

फिर भी कोई आवाज नहीं आयी। निरंजन घूमकर मकान मालिक का दरवाजा खटखटाने लगा। सुरमा की मौसी ने कहा, "ओह, तुम? सुरमा तो अभी तक वापस नहीं आयी। ठहरो बेटा, मैं दरवाजा खोलती हूँ।"

मौसी ने दूसरी ओर से आकर दरवाजा खोल दिया।

निरंजन ने पूछा, "सुरमा कहाँ गयी है?"

"यह तो नहीं मालूम, मुझसे कह रही थी एक रिश्तेदार से मिलने जा रही हूँ, शाम होने से पहले ही वापस आ जाऊँगी।"

"कौन रिश्तेदार? कहाँ रहता है? सुरमा का कोई रिश्तेदार भी यहाँ रहता है, मुझे तो नहीं मालूम!"

"मुझे क्या मालूम भैया, यह तो मैं कह नहीं सकती। देखा था, खूब सज-धजकर गयी थी।"

"किसके साथ गयी? अकेली?"

"हाँ, मुझे तो यही लगा कि अकेले ही गयी है!"

सुरमा अकेली जायगी! घर के अन्दर आने के बाद देर तक भी निरंजन कुछ तय नहीं कर पा रहा था। जो कभी इस कमरे से बाहर अकेली नहीं गयी, वही अकेली सज-धजकर बाहर गयी है!

निरंजन उसी हालत में तख्त पर बैठकर न जाने क्या सब सोचने लगा।

इसके बाद ही आया वह दिन। वाशिंगटन के ह्वाइट हाउस में जॉन कैनेडी आकर बैठे। पुराने कागज और फाइलें उलटते-उलटते अचानक एक पुरानी फाइल पर नजर पड़ी। पी० एल० ४८०। अफ्रीका और साउथ-ईस्ट एशिया में हर जगह चाइना अपने हाथ बढ़ा रहा है। लेकिन कलकत्ता? कलकत्ता अब भी कम्युनिज्म का हॉटबेड बना हुआ है। दिल्ली स्थित एम्बैसी के नाम डिप्लोमेटिक चिट्ठी गयी। कलकत्ते की क्या हालत है, लिख भेजो।

उधर से रिपोर्ट आयी—मि० प्रेसीडेण्ट, कलकत्ते की हालत में कोई सुधार नहीं हुआ है। न जाने किस बाबा आदम के जमाने में कैलकटा म्यूनिसिपैलिटी ने पानी के लिए कल बैठायी थी, आज भी उसी से काम चल रहा है। पहले जहाँ पाँच लाख आदमी थे, अब वहाँ साठ लाख की आबादी है। लेकिन पानी नहीं बढ़ा, सड़कें भी चौड़ी नहीं हुई हैं। आज भी हजारों लोग फुटपाथ पर सोते हैं। स्कूलों और कालेजों में लड़कों के बैठने की जगह नहीं है। नयी पीढ़ी के लड़के सिर्फ हड़ताल और स्ट्राइक करना जानते हैं। लड़कियाँ कॉल गर्ल का पेशा अख्तियार करती हैं या थियेटरों में काम करती हैं। फूड शॉर्टेज, स्वास्थ्यहीनता, धुआँ और बस की भीड़, सब मिलाकर अराजकता फैली हुई है। हर काम के लिए यहाँ घूस और हर कदम पर इन्फ्लूएन्स जरूरी है। बिना इन्फ्लूएन्स के, बिना घूस के यहाँ कोई भी काम होना मुश्किल है। रोज यहाँ पर तालाबन्दी होती है, रोज हड़ताल होती है और रोज ऐक्सिडेण्ट होते रहते हैं। यहाँ के सारे ऑफिस बम्बई चले जा रहे हैं।

फाइल में सब-कुछ लिखा था। इण्डिया के फाइनेन्स मिनिस्टर का नोट भी था।

कैनेडी साहब ने इण्डिया गवर्नमेण्ट को फिर से लेटर लिखा। कलकत्ते की हालत सुधारनी ही है। इससे चाहे इन्फ्लेशन हो या और कुछ।

कलकत्ते से वेस्ट बंगाल के चीफ मिनिस्टर डॉ० बी० सी० राय फाइल बगल में दबाये अमेरिका के लिए रवाना हो गये।

और उसी दिन इण्डिया गवर्नमेण्ट के इण्टरनेशनल ट्रेड ऐण्ड कामर्स मिनिस्ट्री के कलकत्ता आफिस से सूट-बूटधारी एक स्मार्ट छोकरा शिरीष बाबू के ऑफिस में आ पहुँचा। भूधर बाबू ने पहले से ही टेलीफोन करके खबर दे दी थी। इसलिए कहीं भी किसी प्रकार की कमी न रही।

शिरीष बाबू ने नमस्कार किया। "आइये साहब, आइये–आप ही का नाम मिस्टर एस० के० बागची है न?"

एस० के० बागची नयी पीढ़ी का बंगाली है। ज्यादा बात नहीं करता। ज्यादा बोलना न पड़े, इसलिए बार-बार सिगरेट सुलगा लेता है।

उसने कहा, "आपकी फैक्टरी देखूँगा, देखकर इन्स्पेक्शन रिपोर्ट देनी है।"

"यह तो ऑफिस है, फैक्टरी कलकत्ते के बाहर है।"

शिरीष बाबू ने कहा, "जरूर देखिये, लेकिन उससे पहले यह बताइये क्या पियेंगे, चाय या कॉफी? क्या मँगवाऊँ आपके लिए?"

"नहीं, नहीं, अभी मैं कुछ भी नहीं लूँगा। खाकर ही चला आ रहा हूँ।"

शिरीष बाबू ने हँसकर कहा, "यह कैसे हो सकता है, आप हमारे अतिथि हैं, बिना कुछ खिलाये भला आपको कैसे छोड़ सकता हूँ?"

एस० के० बागची ने मुस्कराकर कहा, "ये सब फॉर्मेलिटी की बातें छोड़िये, पहले काम की बात की जाय।"

फिर वैसा ही हुआ। गोस्वामी तैयार ही था। वह टीप-टाप होकर आ पहुँचा। शिरीष बाबू ने कहा, "अपने इस आदमी को आपके साथ किये दे रहा हूँ, यही आपको फैक्टरी दिखला देगा–गाड़ी भी तैयार है।"

एस० के० बागची गाड़ी में आ बैठा। वह गाड़ी में पीछे की सीट पर बैठा, गोस्वामी आगे ड्राइवर के पास बैठा।

पीछे मुड़कर उसने कहा, "सर, अगर हुक्म दें तो एक सिगरेट पी लूँ।"

गोस्वामी ने सिगरेट सुलगायी। इसके बाद फिर कोई बात नहीं हुई। सीधे फैक्टरी। शिरीष बाबू की 'इण्टरनेशनल ग्लास फैक्टरी'। ऐसी कोई बड़ी फैक्टरी नहीं थी, जो देखने में ज्यादा वक्त लगता। एस० के० बागची बाहर से देखकर ही समझ गया था। अन्दर भी गया। उस वक्त काम चल रहा था। काँच के गिलास और डॉक्टरी के दूसरे सामान। इसके अलावा शीशी और बोतलें अलग से। पहले जब बाजार बड़ा था, बम्बई, दिल्ली और मद्रास माल जाता था। उन दिनों प्रोडक्शन ज्यादा था और स्टाफ भी ज्यादा था। आमदनी भी काफी थी।

एस० के० बागची ने चुपचाप सब-कुछ देखा। एक शब्द भी मुँह से नहीं निकला। घूम-घूमकर एक के बाद दूसरी सिगरेट फूँकता रहा। फिर कहा, ''अब चला जाय।''

गोस्वामी ने पूछा, ''सर, और कुछ नहीं देखेंगे?''

''नहीं!''

गाड़ी जब वापस लौटकर आयी, एस० के० बागची की खातिरदारी के लिए शिरीष बाबू ने गुलाबजामुन, रबड़ी और रसगुल्लों से टेबल सजा रखी थी।

''कैसी लगी मेरी फैक्टरी?''

''आपने यह सब क्या किया है?''

एस० के० बागची ने मिठाइयों की ओर इस तरह देखा, जैसे वह हीरे, मोती और पन्ने देख रहा हो।

शिरीष बाबू ने कहा, ''जलपान का थोड़ा-सा प्रबन्ध किया है, बिलकुल जरा-सा है।''

''लेकिन यह सब मिला कहाँ? आजकल तो यह सब मिलना मुश्किल हो गया है।''

शिरीष बाबू ने कहा, ''इसमें मुश्किल क्या है, आपके लिए तो कोई इन्तजाम ही नहीं कर पाया।''

एस० के० बागत्री ने एक सिगरेट सुलगायी। फिर कहा, ''मिठाई तो मैं खाता नहीं।''

शिरीष बाबू-जैसे घबड़ाकर बोले, ''लेकिन यह चीनी की डली नहीं है। असली छेने की मिठाई है।''

''हो सकता है, लेकिन कुत्ते को घी कहाँ माफिक आता है? हम लोगों का भी वही हाल है!''

''तब तो बड़ी खराब बात हो गयी, आपकी कोई खातिर नहीं कर पाया।''

''इससे क्या होता है? फिर कभी खातिरदारी कर लीजियेगा। रिपोर्ट मैं आज थोड़े ही भेज रहा हूँ। उसे भेजते-भेजते अभी पन्द्रह दिन और लगेंगे।''

शिरीष बाबू ने पूछा, ''फैक्टरी कैसी लगी?''

बागची ने कहा, ''सच कहने में क्या हर्ज है, आपकी फैक्टरी असल में कोई फैक्दरी ही नहीं है।''

पल भर में शिरीष बाबू का चेहरा काला पड़ गया। लेकिन उन्होंने फौरन सम्हलकर कहा, ''तब क्या होगा?''

"देखता हूँ, क्या किया जा सकता है।" कहकर एस० के० बागची बाहर सड़क की ओर चल दिया। बाहर गोस्वामी खड़ा था। शिरीष बाबू ने उसकी ओर देखकर आँखों से इशारा किया। गोस्वामी ने बागची को गाड़ी में बैठाया। फिर पूछा, "किधर चलेंगे हुजूर?"

बागची ने कहा, "भवानीपुर।"

हाँ, तो भवानीपुर की ओर ही गाड़ी चलने लगी। जरा देर चलने के बाद आगे की सीट पर से गोस्वामी ने मुड़कर कहा, "हुजूर, एक सिगरेट पी लूँ?"

"पीजिये न, बार-बार मुझसे पूछने की क्या जरूरत है?"

गोस्वामी ने पीछे मुड़कर दोनों हाथ जोड़ते हुए कहा, "अरे, कैसी बात कर रहे हैं हुजूर, कहाँ आप और कहाँ मैं?"

भवानीपुर में पूर्ण थिएटर की बगलवाली सड़क से गाड़ी बढ़ी। एक मकान के आगे गाड़ी के रुकते ही गोस्वामी ने उतरकर दरवाजा खोल दिया। एस० के० बागची ने दूसरी मंजिल की ओर इशारा करके कहा, "मेरा फ्लैट वह है।"

एस० के० बागची मकान की ओर बढ़ा। गोस्वामी ने कहा, "हुजूर आपने कोई हुक्म नहीं किया।"

बागची ने एक सेकेण्ड कुछ सोचा। फिर कहा, "अच्छा, आप अगले शनिवार को आइये।"

"शनिवार को किस वक्त, और कहाँ पर?"

"होटल आ पायेंगे?"

"हुक्म होगा तो जरूर आऊँगा। किस होटल में आऊँ?"

"ग्रीन ग्रोव में, शाम के सात बजे।"

"बहुत अच्छा हुजूर, नमस्कार।"

कहकर गोस्वामी फिर गाड़ी में आ बैठा। इसके बाद गाड़ी बड़ी सड़क पर आते ही उसने एक और सिगरेट सुलगा ली। मुँह से एकबारगी काफी धुआँ उगलते हुए उसने ड्राइवर से कहा, "चलो, आफिस चलो।"

सुबह उठते ही वेणु दी को कॉर्पोरेशन के काम से इस मोहल्ले से उस मोहल्ले जाना पड़ता है। घर-घर जाकर टीका लगाना पड़ता है। घरों के अन्दर तक उसकी पहुँच है। काम एक-दो घण्टे का ही है। लेकिन इसी बीच घर की बहू-बेटी, मौसी, बुआ और बहनों से जान-पहचान हो जाती है। सभी के साथ दोस्ती गाँठ लेती है।

और एक बार अगर घर की औरतों से दोस्ती हो जाय तो घर की भीतरी बातें बाहर निकलते देर नहीं लगती।

किस घर में कौन क्या खाता है, किस घर की बहू के बच्चा होनेवाला है, सब सुनना पड़ता है। सुनकर वेणु दी हाय–उफ भी करती। तब टीका लगाना महज नाम के लिए रह जाता है। वेणु दी के घर में घुसते ही औरतें अपना सारा काम छोड़कर आ जातीं।

इसी तरह एक दिन हारान नस्कर लेन की सुसी को वेणु दी इस लाइन में ले आयी थी।

उस दिन इतनी सुबह सुसी को देखकर वेणु दी को जरा आश्चर्य हुआ। लड़कियाँ ज्यादातर खा–पीकर दोपहर के बाद ही आतीं। किसी–किसी को जरूरत पड़ने पर वेणु दी बुलवा भेजती।

''वेणु दी, मैं आयी हूँ।''

''अरे सुसी तू! यह क्या सूरत बना रखी है तूने?''

सुसी सुबक–सुबककर रोने लगी। वेणु दी ने अपने आँचल से सुसी के आँसू पोंछे। फिर कहा, ''रो मत बेटी, सुबह–सुबह रोने से अशकुन होता है।''

''लेकिन कल तुमने मुझे किसके साथ भेज दिया था वेणु दी! एक नम्बर बदमाश था। उसकी वजह से मुझे थाने जाना पड़ा। रात के ग्यारह बजे तक हवालात में बन्द रही।''

''हैं! उस पंजाबी लड़के की वजह से?''

''हाँ, उसी सन्तोष अरोरा की बात कर रही हूँ। बातें कैसी मीठी–मीठी बना रहा था। मुझे जमीन दिखायी। रासबिहारी एवेन्यू में पाँच काठा जमीन दिखलाकर बहका लिया। कह रहा था, तुम्हारे नाम लिख दूँगा, एक पैसा नहीं लूँगा। मैं भी उसकी बातों में आ गयी। सिनेमा से निकलकर उसके साथ लेक के किनारे गयी। अँधेरे में गाड़ी के अन्दर मुझे चूमा।''

''क्यों? तूने रोका नहीं?''

सुसी ने सुबकते हुए कहा, ''उस वक्त मेरा दिमाग खराब हो गया था वेणु दी, जमीन के लालच में मैंने–''

''फिर क्या हुआ?''

''फिर सीधे थाने में। पुलिस ने थाने में ले जाकर मुझे बन्द कर दिया।''

''राम–राम! फिर छूटी कैसे?''

''जमानत पर!''

''जमानत किसने दी?''

"भैया का एक दोस्त है। हमारे मोहल्ले में भद्रकाली मिष्टान्न भण्डार है न, उसी का मालिक। वह आदमी मुझे फूटी आँखों भी नहीं सुहाता, फिर भी उसे अपनी सूरत दिखलानी पड़ी।"

कहकर सुसी वहीं बैठ गयी और फूट-फूटकर रोने लगी।

वेणु दी ने कहा, "ठीक है। मैं उस पंजाबी के बच्चे को मजा चखाऊँगी। फिर क्या कभी मेरे पास आना नहीं है? खैर, तू आराम कर, मैं काम खत्म करके जरा देर में आती हूँ।"

सुसी ने कहा, "तुम्हारे इस घर के अलावा मेरे जाने की कोई जगह नहीं है।"

"ठीक है, तू यहीं रह न आराम से! मैं क्या तुझे रोकती हूँ?"

"लेकिन मैं तो पुलिस की आसामी हूँ, वे लोग मुझे खोजेंगे। मैं तो भागकर आयी हूँ।"

"वह सब बाद में सोचूँगी। पहले टीके लगा आऊँ, फिर सब सुनूँगी। तू अन्दर से दरवाजा बन्द कर ले।"

इतना कहकर वेणु दी निकल गयी। सुसी कुछ देर चुपचाप बैठी रही। फ्लैट का दरवाजा उसने अन्दर से बन्द कर लिया था। बाहर से किसी का आना मुमकिन नहीं था। इतनी देर बाद जैसे सुसी को तसल्ली हुई। लगा, जैसे इतने दिन बाद दगाबाजियों से छुटकारा मिला। इतने दिन मानो कोई पीछे से उसे खदेड़ता था, कोई जैसे उसका पीछा करता था। जैसे कोई कहता–और ज्यादा दौलत चाहिए, और ज्यादा हुस्न चाहिए, साड़ी, गहने और सैण्डिलें चाहिए। और कहता–एक मकान दो, छोटा-सा बगीचा और छोटा-सा सुखी परिवार। ऐसा परिवार, जहाँ इच्छानुसार खर्च कर सकूँ।

बुधुआ वगैरह भी ऐसे ही किसी गँवई से मीलों पैदल चलकर मन्दिरों, मस्जिदों और गिरजों में आये हैं। और उन सबने सिर्फ एक ही बात कही है–और रुपया लाओ, और रूप लाओ, और साड़ी, गहने और जूते लाओ। ये सब चीज मिल जातीं तो कहते–भगवान्, एक मकान दे दो, एक छोटा-सा बगीचा दे दो, छोटा-सा शान्तिपूर्ण परिवार दे दो। ऐसा परिवार जहाँ इच्छानुसार खर्च कर सके।

बुधुआ की माँ का कलकत्ता देखना जैसे अभी तक भी पूरा नहीं हुआ था।

हावड़ा मैदान में आने के बाद से जो देखना शुरू हुआ, वह देखना जैसे किसी भी तरह पुराना नहीं हो रहा था। बस, देखे जाती और कहे जाती, "बाप रे बाप, कितना बड़ा सहर हव!"

बुधुआ भी कभी-कभी झिड़क देता, "अब चुप न रह माई!"

बहू बेचारी बड़ी सीधी थी। डलहौजी स्क्वायर में गाँव की हिताई के उस आदमी के घर जो चाय पी थी उसके बाद से अब तक बस बराबर चल ही रही थी।

साड़ी के पल्लू को बाँधकर बेचारी को जिधर ले जाया जा रहा था, उधर ही जा रही थी। उसकी अपनी इज्जत-आबरू ही जैसे नहीं रह गयी थी। उसके लड़की हुई थी, लड़का कहाँ हुआ था? लड़का न होने की वजह से बेचारी वैसे ही शर्मिन्दा थी। लेकिन इसके लिए वह कर भी क्या सकती थी? काली माई की 'किरपा' हुई तो अब की बार लड़का होगा। बुधुआ इसीलिए बकरा लादे चल रहा था।

अगर उससे कोई कहे कि कालीघाट के मन्दिर में जाकर सात दिन और सात रात बिना खाये-पिये पड़े रहो तो बेचारी वह भी करने को राजी थी। हे कालीमाई, तुमने एक लड़की दी है तो एक लड़का भी दो। मेरे आदमी की लाज रख लो।

कलकत्ते में कोई भगवान् है या नहीं, कौन जानता है। होता तो अब तक शायद उसके कान सुन्न पड़ चुके होते। सबको सब-कुछ चाहिए। कलकत्ते के लोगों के लिए खाना चाहिए, कपड़ा चाहिए और घर चाहिए। सुसी को रुपया चाहिए, गोस्वामी को तरक्की चाहिए, अरविन्द को आर्थिक सम्पन्नता चाहिए, शिरीष बाबू को इम्पोर्ट लाइसेन्स चाहिए, दिलीप बेरा को छेना चाहिए, वेणु दी को नामवरी चाहिए, बुधुआ को लड़का चाहिए। चारों ओर मचते 'चाहिए' के कोलाहल में कलकत्ते के भगवान् बड़े मजे से चुपचाप जुलूस देख रहे हैं। नीचे इनक्लाब जिन्दाबाद हो रहा था और ऊपर से जूडी और क्लारा हॉबसन वही देख रहे थे।

"इनक्लाब!"

"जिन्दाबाद!"

बुधुआ का जुलूस अरविन्द के जुलूस के एकदम सामने आ गया। बुधुआ की बुढ़िया माँ को बड़ा अजीब लग रहा था। "बुधुआ, हऊ का होत?"

बुधुआ ने फिर डाँट लगायी, "सबुर से चल न माई, काहे तंग करेलू?"

"बाकी, ओने होत का?"

बुधुआ ने बड़े जानकार की तरह कहा, "भीख माँगता।"

फिर भी जैसे बुढ़िया को यकीन नहीं हो पा रहा था। भीख माँगता है? लेकिन दल बनाकर भी कोई भीख माँगता है?

"कवन चीज का भीख बुधुआ?"

बुधुआ ने गम्भीर आवाज में कहा, "काम!"

काम! सब बेकार हैं क्या? शायद यही होगा। सभी को काम चाहिए। जयचण्डीपुर में बुधुआ के हाथ में कभी-कभी काम नहीं रहता। उन दिनों बुधुआ की माँ को बड़ा खराब लगता। बुधुआ का काम रोजाना की मजदूरी का था। एक जगह काम पूरा हो जाता तो दूसरी जगह काम ढूँढ़ता। गाँव के महाजन और मुखिया के घर चक्कर लगाने पड़ते। इन लोगों को भी शायद वही करना पड़ता होगा।

"इनक्लाब!"

"जिन्दाबाद!"

बुधुआ ने अपने दल को होशियार किया, एक किनारे से चलो!

जुलूस के लिए जगह छोड़कर बुधुआ की टोली सीधे दक्षिण की ओर बढ़ रही थी। और अरविन्द का जुलूस उत्तर की ओर बढ़ रहा था!

"कालीमाई की जै!"

सुसी के कानों में आवाज आयी। खिड़की से ट्राम-बसवाली बड़ी सड़क दिखायी नहीं पड़ती थी। फिर भी उसने देखने की कोशिश की।

अचानक टेलीफोन की घण्टी बजी। एक बार तो सोचा, रिसीवर उठाये या नहीं। इसके बाद रिसीवर उठाकर उसने कहा, "हलो-"

"वेणु दी?"

"वेणु दी घर में नहीं है-"

"आप कौन हैं?"

"सुसी की समझ में नहीं आ रहा था कि क्या जवाब दे। कुछ सोचकर उसने पूछा, "वेणु दी से कुछ कहना है?"

"आप कौन बोल रही हैं?"

सुसी ने कहा, "पहले आप बताइये, कौन बोल रहे हैं।"

उस ओर से जवाब आया, "मैं गोस्वामी बोल रहा हूँ। वेणु दी से कह दीजियेगा कि मैंने टेलीफोन किया था! निताई के आदमी ने-"

सुसी ने धीरे से रिसीवर रख दिया। रखकर बेफिक्री की साँस ली। पुलिस का आदमी नहीं है, इतने से ही काफी तसल्ली हो गयी थी। वेणु दी का कोई स्टूडेण्ट क्लायण्ट होगा!

सुरमा अपनी जिन्दगी में कभी इतनी बड़ी गाड़ी पर नहीं बैठी थी। जितनी बड़ी, उतनी ही शानदार। जी चाहे गाड़ी के अन्दर सोया भी जा सकता है। सोये-सोये कलकत्ते की सैर करो।

"लाला, सचमुच तुम बड़े मजे में हो!"

"क्यों भाभी? मजे में कैसे हूँ?"

"रोज मजे से गाड़ी में घूमने को मिलता है, कोई कुछ कहनेवाला नहीं है। अगर मैं इस तरह घूमना शुरू कर दूँ तो तुम्हारे भैया आफत कर देंगे! क्या मजेदार

शहर है, कितने बड़े-बड़े मकान हैं। और मैं सारे दिन कैसे घर में पड़ी-पड़ी सड़ती हूँ, तुम देखते ही हो न? मेरे कमरे से यह सब-कुछ भी दिखायी नहीं पड़ता।...अच्छा, वह क्या है?"

"वो देखो, वह है किला! जरा देर करके रात को निकलो तो और भी मजा आयेगा। गोरे-गोरे साहब और मेम देखने को मिलेंगी। भैया के साथ एक दिन क्यों नहीं निकलतीं?"

सुरमा ने कहा, "तुम्हारे भैया को कभी फुरसत हो तब न? दिन-रात बस किताब और किताब-"

गोस्वामी ने कहा, "भैया बड़े नीरस जीव हैं! अच्छा, उतनी देर रात गये जागकर आखिर क्या पढ़ते हैं?"

"क्या पता लाला, न जाने क्या सब लिखा करते हैं।"

"इतने पढ़ने-लिखने से क्या फायदा! बेकार में सिर का बोझा

बढ़ाना।"

"मैं भी तुम्हारे भैया से यही कहती हूँ। कहती हूँ, क्या दिनभर किताबों में आँखें गड़ाये बैठे रहते हो, गोस्वामी लाला को देखो, कभी किताबों के पास भी नहीं फटके, फिर भी कितनी बड़ी-बड़ी गाड़ियों में घूमते हैं।"

गोस्वामी ने पूछा, "यह सुनकर भैया क्या कहते हैं!"

सुरमा ने कहा, "कहेंगे क्या! सुनकर चुप हो जाते हैं।"

गोस्वामी ने कहा, "आज जो मेरे साथ आयी हो, भैया जानते हैं? उन्हें बतलाया है?"

"नहीं, नहीं, बतलाती तो क्या आने देते! तुम्हारे भैया भी एक ही हैं। उनके आने से पहले ही मुझे घर पहुँचा देना लाला।"

"जरूर भाभी।"

इसके बाद गली के पास आते ही अचानक ड्राइवर से गाड़ी रोकने को कहा।

"इस वक्त यहाँ कहाँ जा रहे हो लाला?"

गोस्वामी ने कहा, "तुम जरा गाड़ी में बैठो भाभी, मुझे यहाँ पर थोड़ा काम है, एक आदमी से मिलकर मैं अभी आता हूँ।"

शाम हो आयी थी। सुरमा को बड़ा अच्छा लग रहा था। इस तरह गाड़ी में बैठकर कलकत्ता घूमना जैसे उसके लिए स्वप्न ही तो था। यह जैसे कल्पना के बाहर था। सुरमा इधर-उधर देखने लगी। सब देखें उसे। आसपास में पैदल चलते सभी देख लें कि सुरमा कितनी बड़ी गाड़ी में बैठकर घूमती है।

"इनक्लाब!"

"जिन्दाबाद!"

कितने लोग लाइन लगाये जुलूस के साथ चल रहे थे। लाल कपड़े के फेस्टुन बना लिये हैं। उन पर न जाने क्या-क्या लिख रखा है। सुरमा की आँखों के आगे जैसे अलिफ-लैला का खेल चल रहा था। कलकत्ता कितना बड़ा शहर है। दुनिया कितनी बड़ी है। उनके हरितकी बगान लेन की तुलना में जैसे यह एक बहुत बड़ी दुनिया थी! सुरमा-जैसे उस दुनिया की परिक्रमा करने निकली थी। देखने निकली थी कि उसकी अपनी गली से और भी कितनी बड़ी-बड़ी गलियाँ इस शहर में हैं, इन गलियों के मकानों में कौन रहते हैं। उनकी समस्याएँ और चिन्ताएँ क्या हैं, उनकी सूरतें कैसी हैं।

जुलूस धीरे-धीरे उत्तर की ओर बढ़ रहा था। सुरमा मन्त्रमुग्ध की तरह उनके नारे सुनने लगी–

मुनाफाखोरों को सजा हो।
अनाज के भाव कम हों।
मुख्यमन्त्री जवाब दो।
नहीं तो गद्दी छोड़ दो।

ऊपर अपने फ्लैट में एस० के० बागची उस वक्त गोस्वामी को देखकर हैरत में पड़ गया था।

"नमस्कार सर!"

"कौन? आपको क्या चाहिए?"

"हुजूर, मैं गोस्वामी हूँ! 'इण्टरनेशनल ग्लास फैक्टरी' देखने गये थे न। हुजूर को याद नहीं आया?"

एस० के० बागची क्या करें, कुछ भी ठीक नहीं कर पा रहा था। उसने कहा, "हाँ-हाँ, याद आया।"

फिर कहा, "मुझसे कोई काम है आपको?"

"हुजूर ने शनिवार को आने का हुक्म दिया था।"

"हाँ, शनिवार को तो 'ग्रीन-ग्रोव' में आने के लिए कहा था, शाम के सात बजे।"

"इधर से गुजर रहा था, सोचा, पूछता चलूँ! साथ में गाड़ी है, आपको अगर कहीं जाना हो तो पहुँचा देता।"

"गाड़ी में जगह होगी?"

"जी हाँ हुजूर, काफी जगह है, आप ही के लिए तो गाड़ी लाया हूँ–गाड़ी में कोई नहीं है–"

एस० के० बागची-जैसे लोग ऐसी सुविधाएँ लेने के अभ्यस्त हैं। उसने कहा, "तैयार होकर मैं अभी आया।"

इतना कहकर वह बगलवाले कमरे में चला गया। गोस्वामी थोड़ी देर बरामदे में खड़ा रहा। शिरीष बाबू ने जो काम उसे सौंपा है, वह कोई आसान काम नहीं है। शिरीष बाबू के इस लाइसेन्स के मिलने–न–मिलने पर ही ऑफिस के सारे स्टाक का भविष्य निर्भर करता है। सिर्फ ऑफिस के सारे लोगों का ही नहीं, शिरीष बाबू का अपना खुद का भविष्य भी।

शिरीष बाबू कहते थे, "गोस्वामी, यह लाइसेन्स मुझे मिलना ही चाहिए, नहीं तो सिर्फ घड़ियाँ और चौदह कैरेट सोना बेचकर अब काम नहीं चलता–फाके करने पड़ेंगे।"

गोस्वामी को मालूम था, शिरीष बाबू की हालत सचमुच फाके करने–जैसी नहीं थी। फिर भी अगर बँधी–बँधायी आमदनी का रास्ता बन्द हो जाय तो फर्क पड़ता ही है। खासकर शिरीष बाबू–जैसे लोगों के लिए। शिरीष बाबू खर्चीले आदमी हैं। मुलाजिम भी कम नहीं हैं। पहली तारीख को दस–बीस आदमी हाथ फैलाये खड़े ही रहते हैं। फिर इधर–उधर का दान–धर्म भी है। ऐसे आदमी का भला हो, यह गोस्वामी भी चाहता है।

शुरू–शुरू में गोस्वामी ने सोचा था।

हरितकी बगान लेन के लोगों की नजरों में गोस्वामी दिनोंदिन जैसे किसी और जगत् का आदमी बनता जा रहा था। इसीलिए गोस्वामी अपने मकान में दाखिल होने लगता, तो सुरमा भाभी अपने जँगले से आवाज देती।

गोस्वामी को लगता, सुरमा भाभी सुखी नहीं है। सुबह से लेकर रात तक आदमी पढ़ने–लिखने में मस्त रहे तो उसकी बीवी के लिए सुखी रहना मुमकिन नहीं है। सुरमा भाभी पिंजड़े में बन्द चिड़िया की तरह फड़फड़ाने लगती। शनिवार की शाम को पार्क स्ट्रीट के होटल में गोस्वामी को एस० के० बागची से मुलाकात करनी है। लेकिन वह क्या खाली हाथ जायगा?

भूधर बाबू ने कहा था, "नहीं, यह कैसे हो सकता है? वह तो कोई देवगुरु बृहस्पति नहीं है, पूरा इन्तजाम रहना चाहिए।"

शिरीष बाबू ने कहा था, "खास बारासात से मिठाई मँगवायी थी, एक टुकड़ा भी नहीं खाया।"

"खाता कैसे? ये लोग क्या मिठाई खानेवाले होते हैं?"

"तब और क्या किया जाय? रिपोर्ट सबमिट करने से पहले कुछ खिलाना-पिलाना जरूरी है। जिसे कहते हैं नमक खिलाना–बिना नमक खाये आदमी नमकहलाली कैसे करे?"

भूधर बाबू ने कहा, "गोस्वामी तो लगा है न?"

"सो तो है ही।"

भूधर बाबू ने कहा, "फिर किस बात की चिन्ता है? अन्दर-ही-अन्दर जिसे जो देना-लेना था, हो ही चुका है। अब रहा, जरा इन्स्पेक्टर की खातिरदारी करना। क्या यह भी आपका आदमी नहीं कर सकता?"

"जरूर कर लेगा, फिक्र सिर्फ इस बात की है कि खातिर करे कैसे?"

"क्यों, खातिरदारी कैसे करनी चाहिए, यह भी क्या सिखलाना पड़ेगा? कलकत्ते में क्या होटल नहीं है? बार नहीं है? किसी होटल में ले जाकर सौ-दो-सौ की शराब पिलवा दीजिये।"

"और औरत?"

भूधर बाबू भी यही कहना चाहते थे। उन्होंने कहा, "औरत के लिए कहा है क्या!"

शिरीष बाबू ने कहा, "नहीं, ऐसा कुछ कहा तो नहीं है, लेकिन मैं सोच रहा था, एकदम से किसी अच्छी-सी हुस्न की परी लेकर जाया जाय तो कैसा हो!"

भूधर बाबू ने कहा, "दिल्ली में तो यह सब खूब चलता है। कलकत्ते में भी शुरू कर देने में क्या हर्ज है! जरा-जरा से छोकरे इन्स्पेक्टर बन गये हैं।"

शिरीष बाबू ने कहा, "तब मेरा प्लान ही ठीक है, क्या कहते हैं!"

भूधर बाबू ने कहा, "कोई चाहता है तो करना ही पड़ेगा!"

शिरीष बाबू ने कहा, "यह कौन ऐसी अनमोल चीज है। अपना वह गोस्वामी ही सब इन्तजाम कर देगा।"

चीज अनमोल न होने पर भी उसके लिए पहले से काफी-कुछ करना पड़ता है। शिरीष बाबू को इसी बात की चिन्ता थी। एस० के० बागची को घर पहुँचाकर गोस्वामी फिर शिरीष बाबू के सामने आ खड़ा हुआ। शिरीष बाबू के आसपास जो खड़े थे, उनसे शिरीष बाबू ने कहा, "तुम लोग बाद में आना, अभी जाओ।"

सबके चले जाने पर गोस्वामी ने कहा, "सब ठीक हो गया है सर, कोई गड़बड़ी नहीं हुई।"

शिरीष बाबू समझ नहीं पाये। उन्होंने कहा, "इसके माने! क्या ठीक हो गया!"

"बागची साहब को सीधे घर तक पहुँचा आया हूँ।"

"रास्ते में कुछ कहा क्या!"

"आदमी बड़े अच्छे हैं, हमारी फैक्टरी देखकर बड़े खुश हुए हैं!"

"कह रहा था क्या!"

"मुझसे यह सब बातें कैसे करते! फिर भी बातचीत से लगा कि आपसे काफी खुश हैं।"

"तुझे कैसे पता चला!"

गोस्वामी ने कहा, "खुश नहीं होते तो शनिवार की शाम को मिलने के लिए कभी कह सकते थे?"

"मिलने को कहा है! कहाँ!"

"जी, पार्क स्ट्रीट के एक होटल में। शाम के सात बजे।"

"सच!"

गोस्वामी ने कहा, "जी हाँ, बागची साहब कह रहे थे, शिरीष बाबू के ऑफिस में जाकर कुछ भी नहीं खाया, पता नहीं, वे क्या सोचेंगे। लेकिन मैं तो कभी मिठाई वगैरह नहीं खाता। अगर खाता भी तो ऐसी चीज खाता हूँ, जो होटल छोड़ और कहीं नहीं मिलती! तब मैंने कहा–आपको होटल में ही खिलाऊँगा सर! कहिये, किस होटल में खायेंगे! इस पर बागची साहब ने कहा–ग्रीन-ग्रोव में–"

शिरीष बाबू ने कहा, "ठीक है, शनिवार को न?"

"जी हाँ, हुजूर।"

"कब? कितने बजे?"

"शाम को सात बजे!"

"कितने रुपये लगेंगे?"

"यही दो सौ रुपये से काम चल जायगा।"

"नही"–शिरीष बाबू ने जरा बिगड़कर कहा, "दो सौ रुपये में कैसे काम चलेगा?"

गोस्वामी ने कहा, "गाड़ी अपनी है ही, ज्यादा-से-ज्यादा होटल में जाकर ड्रिंक करेगा। अकेला ही तो है, कितनी पियेगा? ज्यादा-से-ज्यादा एक बोतल? इससे ज्यादा कोई पी भी नहीं सकता।"

"लेकिन सिर्फ ड्रिंक कराने से ही काम चल जायगा? देवता तो कोई है नहीं, यह भी सोचा है?"

गोस्वामी ने कहा, "यह तो नहीं सोचा हुजूर।"

"नहीं सोचा तो अब से सोचना शुरू कर! एक दिन उसके घर चला जा। मेल-जोल बढ़ा ले, पता लगा ले, औरत का शौक है कि नहीं, फिर उसका भी इन्तजाम कर ले।"

बात गोस्वामी को भी पसन्द आयी। दुनिया में कोई भी काम हासिल करने के लिए उसमें पूरी तरह से जुट जाना पड़ता है, यह उसे मालूम था।

"यह ले, और जा।"

कहकर शिरीष बाबू ने नोटों की एक गड्डी उसकी ओर बढ़ा दी। गोस्वामी ने लेकर जेब में रखी। नोट लेकर शिरीष बाबू के सामने गिनना मना था। इससे शिरीष बाबू का मिजाज गरम हो जाता है।

"जो-जो कहा, सब ठीक से करना।"

इसके बाद गोस्वामी वहाँ नहीं रुका। सारी बात उसके दिमाग में चक्कर काटने लगी। शिरीष बाबू ने इशारा कर ही दिया था। लेकिन मिलेगी कहाँ? ऐसी-वैसी चीज से तो काम चलेगा नहीं। भले घर की होनी चाहिए। बाजारू होने से बागची साहब बिगड़ जायगा। कलकत्ते में ऐसी चीज की कोई कमी नहीं है, यह बात गोस्वामी को मालूम है। एक बार दलाल को खबर देते ही घर पर पहुँचा देगा। लेकिन बागची साहब उससे खुश नहीं होंगे।

एक दिन निताई से मुलाकात हो गयी। वह उस इलाके का बड़ा पुराना दलाल है। सब उसे जानते हैं। उसने सारी बात बड़े ध्यान से सुनी।

फिर बोला, "भैया, यह अपना काम नहीं है।"

"तब किसका काम है!"

"भवानीपुर में एक है।"

"भवानीपुर में!"

"हाँ, भवानीपुर में! एक औरत है, टीके लगाती फिरती है। लेकिन इन सब कामों में एकदम घाघ है, जैसा माल चाहोगे, ठीक वैसा ही मिलेगा। किसी सरकारी काण्ट्रैक्ट का काम है क्या!"

गोस्वामी ने कहा, "हाँ, यही समझ लो।"

"तब तुम वहीं जाओ। तुम्हारा बजट कितना है? कितना खर्च कर पाओगे?"

"जितना माँगेगी। रुपये के लिए काम नहीं रुकेगा।"

निताई ने कहा, "ठीक है, मैं तुम्हें वहीं ले चलता हूँ, चलो।"

गोस्वामी उसी दिन पहली बार वेणु दी के घर गया था।

निताई ने ही परिचय करवा दिया। बजट में मोटी रकम है। काफी बड़ा सरकारी काण्ट्रैक्ट मिलना है! चीज अच्छी होनी चाहिए, एकदम 'प्योर'।

"कब चाहिए?"

गोस्वामी ने कहा, "अगले शनिवार को।"

वेणु दी ने कहा, "मेरे पास कई तरह की चीजें हैं। आपको तो अच्छी चीज चाहिए, अच्छी ही मिलेगी। आप एक बार परसों टेलीफोन कर लें।"

उसी बात के मुताबिक गोस्वामी ने ठीक तीसरे दिन फोन किया था।

उधर से किसी स्त्री की आवाज सुनायी दी थी।

"कौन! किसे चाहते हैं!"

गोस्वामी ने पूछा, "वेणु दी बोल रही हैं!"

"नहीं, आपको क्या काम है? उनसे कुछ कहना है!"

गोस्वामी की समझ में नहीं आ रहा था कि क्या कहे। फिर उसने कहा था, "कहाँ गयी हैं? किस वक्त आयेंगी?"

"आप कौन बोल रहे हैं?"

गोस्वामी ने कहा था, "कह दीजियेगा गोस्वामी ने फोन किया था। निताई के आदमी ने।"

इसके बाद गोस्वामी ने टेलीफोन रख दिया था। अब फिर क्या करे, कैसे काम बने, उसकी समझ में नहीं आ रहा था। नौकरी बरकरार रखने के लिए मन लगाकर काम करने के सिवाय दूसरा चारा नहीं है। बस, मन लगाकर काम करना ही काफी नहीं है, बल्कि जरूरत पड़ने पर विवेक को भी तिलांजलि देना अनिवार्य हो जाता है। यह जो जितना कर पाता है, नौकरी के लिए वह उतना ही फिट है। मालिक के लिए जो लोग इतना कर पाये हैं, दुनियादारी में आज उनका नाम प्रातः स्मरणीय है।

गोस्वामी को पहले थोड़ी हिचक थी।

लेकिन बाद में वह एकदम से जुट पड़ा।

सुरमा ने उस दिन जल्दी से खाना बना लिया था। थोड़ा-सा भात खाकर निरंजन कालेज चला गया था। जाते वक्त कह गया था, "मुझे लौटने में जरा देर होगी।"

सुरमा घर का काम खत्म कर मकान मालिक के यहाँ जाकर बोली, "मौसी, मैं जरा बाहर जा रही हूँ।"

बुढ़िया मौसी को बड़ा अजीब लगा। उसने कहा, "कहाँ जा रही हो बहू!"

"अपने रिश्ते के एक हैं, उन्हीं के यहाँ। उनके आने से पहले ही वापस आ जाऊँगी। जरा देखियेगा मौसी-"

दरवाजे को अन्दर से बन्द कर सुरमा काफी दूर तक पैदल आयी थी, वह बात अभी तक याद है। गोस्वामी वहाँ गाड़ी लिये खड़ा था। गाँव की सीधी-सादी प्राणलक्ष्मी पी० एल० ४८० के लालच में घर छोड़कर सड़क पर आ खड़ी हुई। सन् १९४३ ई० में पड़े अकाल के दिनों इनसान ने घर-घर जाकर थोड़ी-सी भात की माँड़ी और दो मुट्ठी खिचड़ी की भीख माँगी थी। लेकिन इस तरह लज्जा-शर्म को तिलांजलि देकर आत्महनन के पथ पर मोटरगाड़ी पर चढ़ना नहीं चाहा था।

"इनक्लाब!"

"जिन्दाबाद!"

गोस्वामी ने कहा था, "कहो, तुम्हें कहाँ जाना है भाभी!"

सुरमा कैसे कहती कि उसे कहाँ जाना है। इतना बड़ा कलकत्ता, यहाँ की सारी जगहें ही तो उसके लिए रहस्यमय है। चलो लाला, कलकत्ता चलो।

तभी गोस्वामी के दिमाग में एक बात आयी। वह भाभी को कलकत्ता ही दिखायेगा। देखो, कलकत्ता देखो। वह देखो, कितनी बड़ी बिल्डिंग है। उधर देखो, कितनी बड़ी बस्ती है। वह देखो, राजभवन की ओर जुलूस जा रहा है, और उधर सिनेमा के टिकट के लिए कितनी लम्बी लाइन लगी है!

देखते-देखते सुरमा की आँखों के आगे सारा कलकत्ता घूम गया। अचानक ध्यान आया, रात हो गयी। लाल किधर गये!

"लाला, लाला-"

सुरमा-जैसे पागल हो उठी। लाला, लाला!

सुरमा को लग रहा था, उसे गाड़ी के ड्राइवर की हिफाजत में रखकर सब-के-सब पता नहीं कहाँ भाग गये हैं? सड़क पर जुलूसवालों की भीड़ थी। ट्राम-बसों का चलना रुक गया था। गोस्वामी लाला मुझे अकेली गाड़ी में बिठाकर कहाँ चला गया? लाल आखिर गया कहाँ?

"इनक्लाब!"

"जिन्दाबाद!"

सुरमा को अभी तक डर नहीं लग रहा था। गाड़ी पर बैठने की खुशी में जैसे वह सब-कुछ भूल गयी थी। अब वह मन-ही-मन आतंकित हो उठी। उसे लग रहा था, आसपास के लोग जैसे मुझे घूर-घूरकर देख रहे हैं। गाड़ी में उसे छोड़कर लाला आखिर कहाँ चला गया है? कहाँ जाकर छिप गया?

सुरमा इधर-उधर देखने लगी। आखिर लाला रह कहाँ गया? कहाँ चला गया?

“इनक्लाब!”

“जिन्दाबाद!”

सहसा एक आर्त्तनाद से साउथ-ईस्ट एशिया की सारी खाली जगह भर गयी। १९५४ की १० जुलाई के दिन अमेरिका की सीनेट में एक कानून पास हुआ। लिखा गया-Be it enacted by the Senate & House of Representative आदि-आदि। अमेरिका की सीनेट से बोरिया भर-भर गेहूँ, आटा, मैदा, तम्बाकू वगैरह सब आने लगे। मोटी किताबें आने लगीं। यहाँ से मास्टर, विद्यार्थी और वैज्ञानिक भी जायँगे तथा आने-जाने की इस फिहरिस्त में बड़े-बड़े हरफों में लिखा रहेगा-‘भारत की समृद्धि के लिए अमेरिका का दान। पब्लिक लॉ ४८०।’

इसी तरह अमेरिका का यह उदार दान सिर्फ इण्डिया को ही नहीं मिला। इण्डिया के साथ-साथ अफ्रीका, मलाया, ईरान और पाकिस्तान को भी मिला। इसके साथ किसी-किसी को बम-बारूद-पैटन टैंक और सैबर जेट भी मिले। जितनी खैरात मिलती गयी, चीजों की कीमतें भी उतनी ही बढ़ती गयीं, उतने ही लोग बेकार हुए; जितनी एड मिली, उतने ही नारे लगाये गये-इनक्लाब! जिन्दाबाद!

कौन?

संयोगवश शिरीष बाबू उधर ही जा रहे थे। गाड़ी में बैठे-बैठे ही देखा-मेरी ही तो गाड़ी खड़ी है गली के मोड़ पर। कौन? गाड़ी में कौन बैठा है?

रामधन उस गाड़ी को लेकर गोस्वामी को लाने गया था। गोस्वामी कहाँ गया?

शिरीष बाबू ने ड्राइवर से कहा, “यहाँ जरा गाड़ी रोको।”

गाड़ी रुकी। शिरीष बाबू झटपट गाड़ी से उतरा। फिर गाड़ी के पास जाकर देखा, शक्ल-सूरत अच्छी ही है। गोस्वामी इसे कहाँ से पकड़ लाया है?

“आप कौन हैं?”

सुरमा अजनबी शक्ल देखकर घबड़ा गयी। यह आदमी कौन है? गोस्वामी लाला भी अजीब है, पता नहीं कहाँ चला गया है मुझे अकेली छोड़कर।

“आप कौन हैं? गोस्वामी कहाँ चला गया?”

सुरमा ने कहा, “मुझसे गाड़ी में बैठने को कहकर लाला पता नहीं कहाँ चला गया है। अभी तक वापस नहीं आया।”

“आप कौन हैं? कहाँ रहती हैं?”

रामधन शायद आसपास में कहीं गप्प लगा रहा था। अचानक साहब को देखकर दौड़ा हुआ आया। आते ही सलाम मारा।

"कहाँ रहता है तू? गोस्वामी कहाँ गया है?"

रामधन ने कहा, "गोस्वामी बाबू तो सामनेवाले मकान में गये हैं हुजूर।"

शिरीष बाबू ने उस मकान की ओर देखा। फिर सुरमा की ओर देखकर पूछा, "गोस्वामी आपका कौन है?"

सुरमा ने कहा, "होगा कौन? कोई भी नहीं है। अपने ही मुहल्ले का है, इसलिए लाला कहती हूँ।"

"आपके घर कौन हैं?"

"मेरे पति हैं!"

"वे क्या करते हैं?"

"वे गोबरडाँगा कालेज में मास्टर हैं!"

"उन्हें बतलाकर आयी हैं? आप गोस्वामी के साथ जो यहाँ पर आयी हैं, यह बात आपके पति को मालूम है?"

सुरमा ने बड़ी मायूसी से शिरीष बाबू की ओर देखा। फिर कहा, "उन्हें बतलाकर नहीं आयी–"

"क्यों? कहकर क्यों नहीं आयीं?"

"कहने पर आने नहीं देते।"

शिरीष बाबू ने मुँह से कुछ नहीं कहा। लेकिन सब समझ गये। उधर से प्रोसेशन आ रहा है। सब-के-सब इनक्लाब जिन्दाबाद चिल्ला रहे हैं। शिरीष बाबू खुद भी कलकत्ते के एक और जुलूस में शामिल हैं। उस जुलूस में वे सबसे आगे की पंक्ति में खड़े होकर एक और ही दवा करते आ रहे हैं। दूसरों की तरह उन्हें भी रुपये चाहिए; बेशुमार रुपये, सम्पत्ति, असीम नामवरी, गगनचुम्बी सम्मान, अजस्र सुख और अखण्ड भोग-सामग्री। इसी कलकत्ते की गलियों में वे खुद भी एक दिन एक नारी की फिराक में चक्कर लगा चुके थे। अवैध सुख और सम्भोग का उपचार लिये उन्होंने कितने ही दिन महफिल जमायी है और दौलत लुटायी है! सिर्फ क्या हारान नस्कर लेन ही? सिर्फ हरितकी बगान लेन ही? शिरीष बाबू के पाँवों की धूल से कौन-सी गली बची है?

लेकिन इस लड़की को देखकर न जाने क्यों शिरीष बाबू को बड़ी दया आ रही थी।

उन्होंने पूछा, "आपका मकान कहाँ है?"

''हरितकी बगान लेन में।''

''क्या नम्बर है?''

सुरमा ने कहा, ''वह सब नहीं मालूम। गली के अन्दर घुसते ही बायीं ओरवाला आखिरी मकान है। जरा लाला को बुलाइये न। मुझे घर पहुँचा देगा, मेरे पति शायद कालेज से आ गये होंगे।''

''चलिये, मेरी गाड़ी आपको घर पहुँचा देगी।''

सुरमा ने कहा, ''लेकिन लाला?''

''वह बाद में आयेगा, उसे आने में देर लगेगी। आप मेरी इस गाड़ी में आ जाइये।''

सुरमा मन-ही-मन डर रही थी। अब किसकी गाड़ी में बैठ रही हूँ। यह आदमी कौन है, यह भी नहीं मालूम!

उसने पूछा, ''आप कौन हैं? मैं आपकी गाड़ी में क्यों बैठूँ? आप लाल को बुला दीजिये, मैं उसी के साथ घर जाऊँगी।''

सुरमा की शक्ल रोनी हो आयी। निरंजन अगर कालेज से वापस आ गया हो तो?

शिरीष बाबू ने रामधन की ओर देखकर कहा, ''रामधन, इसे समझा तो दे कि मैं कौन हूँ।''

रामधन ने सुरमा को समझा दिया। शिरीष बाबू का नाम सुन सुरमा ने आश्चर्य से घूँघट खींच लिया। इसके बाद सिर झुकाकर कहा, ''लाला से मैंने आपका नाम सुना है।''

शिरीष बाबू ने कहा, ''घबराने की कोई जरूरत नहीं है, मैं खुद आपको घर पहुँचा देता हूँ।''

सुरमा ने कहा, ''लेकिन अपने घर के सामने मैं आपकी गाड़ी से नहीं उतरूँगी, मुझे जरा दूर पर ही उतार दीजियेगा, नहीं तो सब देख लेंगे।''

गाड़ी चलने लगी थी। आगे की सीट पर ड्राइवर के पास शिरीष बाबू बैठे।

सुरमा ने फिर कहा, ''लाला मुझे ढूँढ़ रहे होंगे, बिना कहे चली आयी।''

''ढूँढ़ने दीजिये, आप उसके साथ निकलीं क्यों? किसलिए?''

सुरमा ने कहा, ''मैं घर के अन्दर ही रहती हूँ, कुछ भी देख नहीं पाती, इसी से लाला ने कहा था, मुझे मोटर में बैठाकर सब दिखलायेंगे-मैं कभी मोटर में नहीं बैठी।''

''गोस्वामी को आप कब से जानती हैं?''

''वाह, लाला को क्या आज से जानती हूँ? रोज मुझसे घूमने चलने को कहते हैं, इसीलिए सोचा, आज तो वे कालेज से देर करके वापस आयेंगे, आज ही घूम आऊँ।''

शिरीष बाबू ने कहा, ''और कभी भी किसी के साथ इस तरह कलकत्ता देखने न निकलियेगा, वह आपका लाला हो या और कोई। कलकत्ते में किसी पर यकीन न करिये।''

सुरमा ने कहा, ''लेकिन मैंने आप पर तो यकीन किया, आपका यकीन करके ही तो आपकी गाड़ी में बैठी हूँ।''

शिरीष बाबू ने कहा, ''मुझ पर भी यकीन न करिये।''

''कलकत्ते में किसी पर भी यकीन नहीं करना चाहिए, इसीलिए ऐसा कह रहा हूँ।''

''क्यों! क्या यहाँ कोई भी अच्छा आदमी नहीं है?''

इस बहू का जवाब सुनकर शिरीष बाबू को बड़ी हैरत हुई। भले घर की ऐसी एक बहू को गोस्वामी यहाँ ले आया है। गोस्वामी एक नम्बर हरामी है!

''अच्छे आदमी? अच्छे आदमी डिक्शनरी में मिलें-छपी किताबों में मिलेंगे।''

कहकर थोड़ी देर सामने की ओर देखते रहे शिरीष बाबू! कौन जाने ऐसा क्यों हुआ! इससे पहले तो कभी शिरीष बाबू को ऐसा नहीं हुआ। हमेशा खोजते फिरे हैं भोग का अवसर, सिर्फ भोग ही नहीं, अवैध सम्भोग के उपकरण। अपना व्यवहार देखकर वे खुद ही आश्चर्यचकित रह गये।

सुरमा को पहुँचाने के बाद वापस आकर शिरीष बाबू ने गोस्वामी को बुरी तरह डाँटा।

''तुझे औरत की पहचान नहीं हुई गोस्वामी! तू गाड़ी में किसे ले आया था? वह तेरी कौन है?''

''जी, वह तो मेरे पड़ोस की भाभी है।''

''धत् बेवकूफ कहीं का, तुझमें क्या अकल की कोई चीज ही नहीं रह गयी? काम निकालने के लिए क्या शर्म-हया नाम की कोई चीज नहीं रह गयी है? तुझे और कोई औरत नहीं मिली? बाजार में क्या छोकरियों का अकाल पड़ गया है? इतने दिन हो गये तुझे यह काम करते हुए, तुझे इतनी भी समझ नहीं आयी?''

उस दिन गोस्वामी को बड़ा शर्मिन्दा होना पड़ा था। फिर ये सब बातें किसी से कही भी नहीं जा सकतीं। गोस्वामी के मन का दुःख कोई नहीं समझता। कोई नहीं समझेगा कि उसे कितनी मेहनत करके गृहस्थी चलानी पड़ती है! कितनी मुश्किलों के बाद जाकर शिरीष बाबू के लिए परमिट और लाइसेन्स हासिल कर पाता है।

बागची साहब भी हैरान रह गये थे। कहा था, ''तुम्हें तो काफी मेहनत करनी पड़ती है गोस्वामी, कब के निकले हो!''

इन सब बातों पर कोई ध्यान न देकर गोस्वामी ने रामधन से पूछा, ''क्यों रे रामधन, भाभी कहाँ गयी? भाभी को तो गाड़ी में बैठा छोड़ गया था?''

''हुजूर, उन्हें तो साहब अपनी गाड़ी में ले गये।''

''हैं, साहब यहाँ कहाँ से आ गये? साहब इधर आये थे क्या?''

बड़े गजब की बात है! चली कहाँ गयी! गाड़ी में बैठाकर क्या साहब भाभी को बगीचावाली कोठी में ले गये! अजीब बात है!

एस० के० बागची पीछे की सीट पर बैठा। गोस्वामी ने पीछे मुड़कर कहा, ''हुजूर, हुक्म करें तो एक सिगरेट पी लू।''

जरा देर बाद ही बागची साहब ने कहा, ''रोको-रोको-''

एक होटल था। ठीक होटल के सामने गाड़ी रुकी। बागची साहब के उतरते ही गोस्वामी ने याद दिलायी, ''हुजूर, शनिवार की शाम को ठीक सात बजे-''

बागची साहब इस बात का कोई जवाब दिये बगैर सीधे अन्दर चले गये।

कालीघाट ट्राम-डिपो के सामने ही ये लोग बैठे रहते हैं।

ट्राम और बसों से उतनरेवाले यात्रियों पर ये लोग पैनी नजर रखते हैं। बहुत-से खुद ही बकरा खरीद लाते हैं। बाहर से अच्छा-सा तगड़ा बकरा लाते हैं। लेकिन काली मन्दिर के पास जो बकरे मिलते हैं, वे देखने में भले ही कम उम्र के लगते हों, लेकिन असल में होते बूढ़े हैं। ये लोग बकरों को भूखों रखकर मरियल बना देते हैं। कच्ची उम्र के बकरों की कीमत ज्यादा पड़ती है। इन बूढ़े और मरियल बकरों को ही ये लोग कच्ची उम्र का कहकर बेच लेते हैं।

शुरू होता है ट्राम-डिपो के पास से ही। वहीं से मोलभाव, खींचतान, हाथापाई और मारपीट शुरू हो जाती है।

कोई चुपचाप पेड़ की छाया में सड़क पर ही उकड़ूँ बैठा रहता है। कोई बीड़ी फूँकता रहता है तो कोई सिगरेट पीता रहता है। कोई इसी बीच एक कुल्हड़ चाय लेकर चुस्की लगाता रहता है।

लेकिन सबकी नजर एक ही ओर लगी रहती है। दूर से आते आदमी को देखते ही ये लोग पहचान लेते हैं। मूँछें देखकर ही जैसे चूहा शिकारी बिल्ली को पहचान लेता है। कोई नये कपड़े पहनकर उतरता है, कोई नंगे बदन ही। काली-टेम्पिल रोड के मोड़ से ही उन लोगों को देखा जा सकता है।

वे लोग पूछते हैं, "कहिये माताजी, मन्दिर में पूजा करनी है क्या?"

कोई पूछता है, "माँ के दर्शन करेंगे बाबूजी? मैं माँ का पुराना पण्डा हूँ, गंगाजी में स्नान कीजिये, फिर पूजा चढ़ाइये। मैं सारा इन्तजाम कर दूँगा बाबूजी।"

तभी उधर से कोई चीख उठता–"ए, भाग साले, भाग यहाँ से! मेरे यजमान को फोड़ रहा है! हुकुमचन्द भाटिया मेरा पुश्तैनी यजमान है, उसी खानदान का है, हीरे के बटन देखकर पहचान नहीं पा रहा है?"

जो लोग हीरे के बटन लगाकर आते हैं, वे लोग पैदल नहीं आते। बड़ी-बड़ी गाड़ियों में आते हैं। विदेशी मुद्रा की कमी के इस जमाने में ये गाड़ियाँ कहाँ से आ जाती हैं, यह कोई नहीं कह सकता। भारी-भरकम गाड़ियाँ एकदम पण्डों के पास आकर खड़ी होती हैं, जैसे उसको अपने चपेट में ले लेंगी। इस पर भी ये लोग पीछे नहीं हटते। किसी तरह सम्हलकर फिर से मोटर के पीछे-पीछे दौड़ने लगते हैं। भागम-भाग दौड़ने लगते हैं। दौड़ते-दौड़ते जहाँ आकर रुकते हैं, वह मन्दिर का पिछवाड़ा है। वहीं से पाठ पढ़ाना शुरू हो जाता है, "हुजूर, मैं लछमन पण्डे का पोता हूँ, मैं मन्दिर का हेड-पण्डा हूँ।"

लेकिन जिस दिन हड़ताल होती है स्ट्राइक होती है, बस और ट्रामें बन्द रहती हैं, और सड़कों पर पुलिस गश्त लगाती होती, उस दिन इन लोगों को बड़ी मुश्किल हो जाती। उस दिन कालीघाट के पण्डों और छड़ीदारों की शामत आ जाती है। उस दिन तरकारी-भाजी तक का खर्च नहीं निकल पाता। चार आना, तो चार आना ही सही। दो आना, तो दो आना ही सही। "दुकान में जाकर तुम्हारे नाम से सवा पाँच आने की डाली सजाकर एकदम माँ के मस्तक पर चढ़ा दूँगा। मैं लछमन पण्डे का पोता हूँ, मैं मन्दिर का हेड पण्डा हूँ–"

उस दिन इनक्लाब देखकर पण्डों को भी डर-सा लग गया था। आज लगता है, कोई यात्री नहीं आयेगा। एक के बाद एक कई बीड़ियाँ फूँककर भी कोई रास्ता नहीं सूझ रहा था। सुबह से एक यात्री भी दिखायी नहीं पड़ा।

लछमन पण्डे का पोता शिवकिशन असल में पण्डा नहीं है, वह छड़ीदार है। फिर भी दो पैसे कमाने के लिए यजमान के आगे पण्डा कहकर अपना परिचय देना पड़ता है। शिवकिशन उस दिन बड़े सवेरे उठ गया था। सुबह उठते ही स्नान कर लेना इन लोगों का नियम है। तब तक कालीघाट के मन्दिर में दिन का प्रकाश नहीं पहुँचा था। इतनी सुबह भी टन्-टन् करके घण्टा बजता। यात्री आकर मन्दिर में पूजा चढ़ाते। मन्त्र पढ़ते। इसके बाद जैसे-जैसे दिन निकलता, लोग कठघरे के आसपास जमा होते। किसी ने मनौती मानी थी कि बकरे की बलि चढ़ायेंगे। कोई मुकदमे में जीता है, हाईकोर्ट में फैसला सुनाया गया है। साथ-ही-साथ एक तगड़ा-सा बकरा खरीदकर माँ के नाम पर चढ़ा दिया जाता। उस बकरे को गंगा में नहलाकर पुरोहित से

पूजा करवानी होगी। पुरोहित को दक्षिणा देनी पड़ेगी।इसके बाद ही बलि होगी। लुहार लोग सात पुश्तों से यह काम करते आ रहे हैं। मन्दिर में आये पुण्यार्थियों की वासना, कामना और आकांक्षाओं को बलि दे लेने के बाद मेहनताने के साथ-ही-साथ बकरे का सिर भी उनको मिल जाता है।

लेकिन उस दिन कोई नहीं आया। सारा मन्दिर जैसे भाँय-भाँय कर रहा था। यात्री नहीं हैं, फिर भी हेड-पुजारी ने टन्-टन् घण्टा बजाया। ठीक उसी वक्त ट्राम-रास्ते के मोड़ पर ही बुधुआ की टोली दिखायी पड़ी। कन्धे पर एक तगड़ा-सा बकरा था। अब कोई शक नहीं रहता। देखते ही पहचान जाता।

''जय काली माई की जय!''

शिवकिशन दौड़कर बुधुआ से चिपट गया। और उस ओर से था काली हालदार। वह इतनी देर से एक अद्धा ईंट पर बैठा पी रहा था।

वह बुधुआ पर झपटा। जय काली माई की जय!

''इनक्लाब!''

''जिन्दाबाद!''

मानो साथ-ही-साथ गरज उठा यूनाइटेड स्टेट्स ऑफ अमेरिका। हम लोग एड दे रहे हैं, बदले में तुम लोग सलाम क्यों नहीं करते? नमक-हराम, अनग्रेटफुल, हम तुम लोगों के लिए कितना कुछ कर रहे हैं, तुम लोगों के पास फूड नहीं है, इसलिए तुम लोगों पर कितना तरस खा रहे हैं, दया कर रहे हैं। हम अपने यहाँ बचे गेहूँ, चावल, दूध वगैरह सब-कुछ तुम्हारे लिये भेज रहे हैं, और तुम लोग धन्यवाद तक नहीं देते।

स्ट्रैण्ड होटल के कमरे में बैठा जूडी हॉबसन भी यही बात कह रहा था।

इसी होटल में अमेरिका से एक और टोली आकर ठहरी है। फाउण्डेशन का रुपया मिलने पर डेवेलपिंग कण्ट्री के लोगों के कल्याण के लिए बड़ी मुश्किल से टोली बनाकर यहाँ आये हैं। ये लोग मालूम करने आये हैं कि कलकत्ते की समस्याएँ क्या हैं? इस कलकत्ते के लोग चाहते क्या हैं? जानने आये हैं कि यहाँ पर बसों और ट्रामों में इतनी भीड़ क्यों होती है। जानने आये हैं कि इस भीड़ को किस तरह कम किया जा सकता है। इसके अलावा यह भी जानने आये हैं कि यहाँ के लोगों की आर्थिक दशा कैसी है, यहाँ के आदमी पीछे औसत आमदनी क्या है। इन गरीब आदमियों को किस तरह कम्युनिस्टों के हाथ से बचाया जा सकता है।

जूडी ने कहा, ''डू यू नो मिस्टर पारकिन्सन, क्या तुम्हें मालूम है कि यहाँ के भूखे लोग आज भी अंग्रेजों को चाहते हैं?''

'ह्वाइट लेबल' के ग्लास से घूँट भरने के बाद मिस्टर पारकिन्सन ने कहा, ''हाऊ इज़ दैट?''

"यस, मैंने उन लोगों से बात की है। दे वाण्ट अस, दि ब्रिटिश। दे हैव टोल्ड मी सो–उन लोगों ने मुझे यही बताया है–"

पारकिन्सन को तब तक नशा चढ़ चुका था। उसने कहा, "वैरी इण्टरेस्टिंग फिर?"

फाउण्डेशन के लोग इण्डिया के रुपये से काफी दूर देश से यहाँ आये हैं। एक ही दिन में ह्वाइट लेबल और सिगरेट पीकर काफी रुपया फूँक चुके हैं। काफी तकलीफ उठाकर फाउण्डेशन के मेम्बरों ने इस समस्या पर सिर खपाया है। फिर भी समस्या का कोई समाधान नहीं हुआ है। सेण्टर कहता है, पैसा नहीं है, ह्वाइट–हाउस कहता है, रुपये हम देंगे। लेकिन इण्डिया के फाइनेन्स मिनिस्टर ने कह दिया कि हम कलकत्ते पर इतना रुपया खर्च करने नहीं देंगे।

"क्यों?"

इस क्यों का जवाब मिलने में सालों गुजर गये। फाउण्डेशन की ओर से एक के बाद एक एक्सपर्ट्स की टोलियाँ आयीं और प्लान बनाया। यहाँ सर्कुलर रेल होगी, आदमियों को अब चमगादड़ की तरह लटकते हुए आफिस और कचहरी नहीं जाना पड़ेगा। यहाँ के इनसान खा सकेंगे, पहन पायेंगे, जिन्दा रह सकेंगे, इनसान की तरह सिर उठाकर चल सकेंगे। एक्सपर्ट्स की टोलियाँ तो यही प्लान दे गयीं। लेकिन...

काफी रात गये बात करते–करते एक्सपर्ट लोगों की आँखें नशे की खुमारी से मुंद–मुंद आतीं। दिनभर कलकत्ते के लोगों के बारे में सोचते–सोचते वे लोग परेशान हो उठे हैं। उस १० जुलाई, १९५४ से जिस दिन पी० एल० ४८० का कानून पास हुआ, इन लोगों ने आना–जाना शुरू किया है, और इण्डिया की उन्नति की बात सोचकर परेशान होते रहे हैं।

सिर्फ मिस्टर पारकिन्सन ने कहा, "इण्डिया एक डेवेलपिंग कण्ट्री है। एक दिन यह शहर पाँच लाख लोगों के लिए बना था, लेकिन अब लोगों की तादाद बढ़ गयी है। आज यहाँ साठ लाख की आबादी रह रही है, लेकिन यह शहर बढ़ा नहीं है। शहर में पानी की सप्लाई नहीं बढ़ी, मकानों की कमी पूरी नहीं हुई, और शहर की गन्दगी के साफ किये जाने का इन्तजाम नहीं हुआ है। लेकिन हम लोग इस शहर के लोगों को बचाने के लिए आये हैं। क्योंकि हम समझ गये हैं कि इस शहर को बचाये बिना इण्डिया का बचना नामुमकिन है, और इस कलकत्ते शहर को बचाने के लिए इसके कॉमर्स, इसके कल्चर, इसकी समाज–व्यवस्था, इसकी घर–गृहस्थी और इसके निवासियों को बचाना पड़ेगा। एक दिन युद्ध हुआ था, जिसे सेकेण्ड ग्रेट वर्ल्ड वार कहते हैं। उस युद्ध में कलकत्ते ने बड़ी महत्त्वपूर्ण भूमिका निभायी थी। यह कलकत्ता तब साउथ–ईस्ट एशिया का सप्लाई–बेस था। इस सप्लाई–बेस से ही यहाँ के इनसानों ने दुनिया की शान्ति के लिए दिया, सम्मान दिया, जीवन दिया और दिया

खाद्य। और जो कुछ जुटा पाया, दिया। इसके फलस्वरूप कलकत्ते को ही दुर्भिक्ष का सामना करना पड़ा। मुल्क का बँटवारा हुआ, तो इस शहर में और इसके आसपास रिफ्यूजियों ने आकर शरण ली। इसलिए पोस्ट इण्डिपेण्डेण्ट इण्डिया के हित में इस शहर ने जो भी त्याग किये हैं, उनके लिए इसे कोई कीमत नहीं मिली, कोई स्वीकृति नहीं मिली। इसीलिए इस शहर के इम्प्रूवमेण्ट के लिए मेट्रोपोलिटन प्लानिंग आर्गनाइजेशन की ओर हम एक्सपर्ट लोग आये हैं। आशा है, अब इस शहर की बहुत दिनों पुरानी कठिनाइयाँ दूर होंगी। जल्दी ही जिससे ऐसा हो, उसका इन्तजाम हम कर रहे हैं। बड़ी खुशी के साथ हम एलान कर रहे हैं, हम जो प्लान बना रहे हैं, वह जल्दी ही कार्यरूप में परिणत होगा।

प्रेस कान्फ्रेन्स में जो कुछ भी तय होना था, वह हुआ। कुछ कलम, कुछ कागज और कुछ स्याही खराब हुई, और एक्सपर्ट्स रिपोर्ट देकर दमदम एयरपोर्ट में जाकर प्लेन में बैठे।

लेकिन फिर भी सुसी-जैसी लड़कियाँ घर नहीं लौटीं। अरविन्द वगैरह भी एक किलो गोश्त खरीदकर गोपाओं को खिला नहीं पाये। अरविन्द की माँओं की अन्धी आँखों पर चश्मा नहीं चढ़ा। शिरीष बाबुओं की रबड़ी खाकर वे अफीम के नशे की खुमारी में डूबी रहीं।

और उधर पी० एन० ४८० का कर्ज बढ़ता ही गया।

उस दिन फिर टेलीफोन आया।

"कौन?"

"मैं गोस्वामी हूँ वेणु दी।"

"क्या खबर है?"

"मैंने उस दिन तुम्हें टेलीफोन किया था। तुम नहीं थीं।"

वेणु दी ने कहा, "काम की बात टेलीफोन पर नहीं होती भाई, तुम सामने आओ। यहाँ आकर बात करनी पड़ेगी।"

ठीक है। गोस्वामी ने उस दिन गलती की थी। मन-ही-मन उस दिन बहुत अफसोस किया था।

शिरीष बाबू ने कहा, "तुझमें जरा भी अक्ल नहीं है गोस्वामी! लगता है, तुझे किसी दिन जेल की हवा खानी पड़ेगी-क्या सोचकर अपने मोहल्ले की बहू को गाड़ी में बिठा लाया था, जरा मैं भी तो सुनूँ, तुझे यह बुद्धि किसने दी?"

गोस्वामी ने कहा, "बुद्धि किसी ने नहीं दी सर, भाभी ने खुद ही कहा था। भाभी अरसे से मोटर गाड़ी में बैठकर कलकत्ता देखना चाह रही थी।"

"इसके माने तू भले घर की बहुओं की बलि चढ़ायेगा?"

गोस्वामी ने सिर खुजलाते-खुजलाते कहा, "आजकल तो सर ऐसा अकसर हो रहा है।"

"होने दे। तू एकदम गधा है! तुझमें अक्ल नाम की चीज जरा भी नहीं है! बागची ने क्या भले घर की बहू-बेटी की माँग की है?"

"नहीं, ऐसा तो नहीं है। बागची ने तो लड़की के बारे में कुछ कहा ही नहीं।"

"यह सब क्या कोई अपने मुँह से कहता है?"

गोस्वामी ने कहा, "मैंने सोचा था, बागची साहब को जरा ज्यादा खुश कर दूँगा।"

शिरीष बाबू ने कहा, "खबरदार! हर तरह से सोच-समझकर काम करना।"

फिर वही बात तय हुई। गोस्वामी रुपये जेब में रखकर गाड़ी में जा बैठा। फिर वहाँ से सीधे पार्क स्ट्रीट के ग्रीन-ग्रोव में पहुँचा।

उस वक्त शाम के ठीक सात बजे थे।

एक बड़ा-सा केबिन देखकर उसमें जा घुसा। होटल के बॉय ने आकर सलाम किया।

और साथ-ही-साथ बागची साहब आ पहुँचे।

"आ गये? मैं आपके लिए कब से आस लगाये बैठा हूँ। बैठिये सर!"

एस० के० बागची बैठ गया।

"क्या लेंगे?"

बागची ने कहा, "ब्लैक डॉग।"

ब्लैक डॉग आया। एस० के० बागची का बड़ा ही फेवरिट ड्रिंक।

"आप भी लेते हैं क्या?"

गोस्वामी ने कहा, "बिना आपसे हुक्म मिले, कैसे पी सकता हूँ सर?"

एक घूँट पीकर ही गोस्वामी उठ खड़ा हुआ।

"सर, बुरा न मानियेगा, एक भूल हो गयी है, चाबी भूल आया हूँ।"

"कैसी चाबी?"

"ऑफिस के कैश की चाबी। मैं जाऊँगा और आऊँगा।"

इसके बाद ही अचानक पॉकेट से नोटों की गड्डी निकाली।

फिर कहा, "हुज़ूर, ये रुपये अपने पास रख लीजिये।"

"क्यों? रुपये क्यों रखूँ?"

"अपने पास थोड़ी देर रखिये हुजूर, अगर मेरे वापस आने में देर हो जाय।"

कहकर खड़ा हो गया। फिर जल्दी से बाहर गाड़ी में आ बैठा। बोला, "जल्दी करो रामधन, जरा भवानीपुर जाना है। जल्दी करो।"

"इनक्लाब!"

"जिन्दाबाद!"

"बोलो भाई इनक्लाब! जिन्दाबाद!!"

अरविन्द जरा अनमना हो गया था। कलुआ फटिक ने कहा, "क्या सोच रहे हो अरविन्द बाबू–नारा लगाओ, नारा–"

अरविन्द ने नारा लगाया, "इनक्लाब, जिन्दाबाद।"

कलुआ फटिक ने जेब से न जाने क्या निकालकर मुँह में रख लिया...

"क्या खा रहे हो भाई?"

कलुआ फटिक ने कहा, "मूँगफली–दो आने की खरीदकर जेब में डाल ली थी, भूख लगे तो काम आयेगी। आप भी तो खरीदकर रख सकते थे।"

अरविन्द ने कहा, "मुझे तो मालूम नहीं था, अब थोड़ी-थोड़ी भूख लग रही है।"

कलुआ फटिक ने कहा, "खाने के लिए मैं आटे की रोटी ले आया हूँ, आपको भी दूँगा।"

अरविन्द बोला, "आटे की रोटी? क्या तुम सब लेकर आये हो?"

कलुआ ने कहा, "कई लोग आये हैं, कोई–कोई पराठे और आलूदम को प्लास्टिक के पैकेट में बाँधकर लाये हैं। आपको फिक्र करने की कोई जरूरत नहीं है। जरा देर बाद ही सबको क्वार्टर–पौण्ड पावरोटी मिलेगी–"

"कौन देगा?"

"क्यों, हम लोग जो इतनी मेहनत कर रहे हैं, क्या ऐसे ही? हम लोगों को मेहनत नहीं हो रही है! वापस लौटते वक्त हमें बस का किराया भी मिल जायगा।"

हाँ, तो वही हुआ। जरा देर बाद एक सरगना किस्म का आदमी टोकरी भरकर पावरोटी लेकर आगे–आगे दौड़ने लगा–"लाइन मत तोड़ो, दो–दो की लाइन बनाकर चलो।"

पावरोटी के लालच में जिन्होंने लाइन तोड़नी चाही थी, वे लोग लाइन बनाकर चलने लगे। अब ज्यादा देर नहीं है। अब थोड़ी दूर पैदल चलते ही राजभवन आ जायगा। किसी एक ने कहा, "वहाँ तो लाठी लेकर पुलिस के सिपाही तैनात हैं। आगे बढ़ने नहीं देंगे। न बढ़ने दें, लेकिन हम लोग फिर भी आगे बढ़ेंगे। पुलिस हमें रोकने की हिम्मत कैसे कर सकती है?"

फिर एक बार शोर मचा। "पावरोटी! पावरोटी!"

"सभी को पावरोटी मिलेगी। कोई लाइन न तोड़े। इनक्लाब! जिन्दाबाद!"

"क्या हुआ अरविन्द बाबू? इतने अनमने क्यों हो रहे हैं? सामने से पावरोटी चली गयी, आपने नहीं ली?"

सचमुच अरविन्द को ध्यान ही नहीं था। सुसी के घर से चले जाने के बाद से उसका मन खराब हो गया था। जमानत पर छूटी आसामी थी, दिलीप दा पता नहीं, क्या सोचेंगे। सुसी का अगर पता न लगे, वह अगर वापस न लौटे?

माँ ने उस दिन कहा था, "क्यों रे, तेरा वह दोस्त अब नहीं आता?"

"कौन दोस्त?"

"वही जो काफी बड़ा रईस है, एक किलो रबड़ी दे गया था। बड़ी अच्छी रबड़ी थी। वैसी रबड़ी पहले कभी भी नहीं खायी थी!"

अरविन्द चिढ़ गया था। उसने कहा था, "वह क्यों आयेगा? तुम्हारे लिए रबड़ी क्यों लायेगा? इस घर में आने पर उसकी कोई खातिरदारी होती है? कोई उसके हाथ में चाय का एक कप तक रखता है? उसकी क्या इज्जत नहीं है?"

"क्यों, बहू क्या इतना भी नहीं कर सकती? मेरी तो आँखें ही चली गयीं, अन्धी हो गयी हूँ, नहीं तो खुद ही खातिरदारी कर देती।"

अरविन्द ने कहा, "क्यों, तुम्हें छोड़कर क्या खातिर करनेवाला घर में कोई नहीं है? तुम्हारी बिटिया रानी बस खायेंगी और आवारागर्दी करती फिरेंगी। वह जरा चाय का प्याला भी नहीं बढ़ा सकती हैं?"

"इनक्लाब!"

"जिन्दाबाद!"

"अरे अरविन्द बाबू, ऐसे अनमने से क्यों हो रहे हैं? आवाज लगाइये, इनक्लाब! जिन्दाबाद! बोलो! इनक्लाब! जिन्दाबाद!"

इसी बीच न जाने कौन आकर अरविन्द के हाथ में क्वार्टर पौण्ड पावरोटी थमा गया। अब ज्यादा देर नहीं है। बड़े होटल के नजदीक तो आ ही गये हैं। होटल की दूसरी मंजिल के बरामदे में खड़े गोरे साहब और मेमें झुककर देख रही थीं।

"बोलो भाई, इनक्लाब! जिन्दाबाद!"

मिस्टर पारकिन्सन आये थे, सी० एम० पी० ओ० के काम में एडवाइस देने। फॉरैन एक्सपर्ट ठहरे, मोटी तनख्वाह पाते हैं। सब मिलाकर महीने में सोलह हजार रुपये। लड़ाई के दौरान अमेरिकन आर्मी की मदद की है। पारकिन्सन हिसाब लगा-लगाकर बतला देते थे कि कितने प्वाइण्ट पर तोप दागने पर कितनी दूर जाकर गोले गिरेंगे। कई बार एनिमी टार्जेट पर अचूक निशाना लगता भी था। सब मिस्टर

पारकिन्सन का कृतित्व था। अब उन्हें कलकत्ते की उन्नति करने के लिए इण्डिया भेजा गया है। साहब आकर इसी स्ट्रैण्ड होटल में ठहरे हैं और कलकत्ते के नेताओं के साथ मुलाकात कर रहे हैं।

अचानक सड़क पर शोरगुल होने लगा, तो मिस्टर पारकिन्सन बरामदे में आकर खड़े हो गये।

पूछने लगे, "ह्वाट इज दैट?"

जूडी और क्लारा पास ही खड़े थे। जूडी ने कहा, "दैट इज दैट–"

नीचे से अरविन्द ने ऊपर की ओर ताका। कलुआ फटिक ने देखा, और सबों ने भी देखा।

अरविन्द ने कहा, "ये लोग मजे में हैं, है न कलुआ?"

कलुआ फटिक ने कहा, "अरविन्द बाबू, ये ही लोग तो आजकल इण्डिया की गाड़ी चला रहे हैं।"

"क्यों?"

अरविन्द को बड़ा अजीब लगा। "ये लोग कैसे चला रहे हैं? हम लोग तो अब आजाद हो गये हैं। अंग्रेज तो अब चले गये हैं।"

"अरे नहीं। किसने कहा कि अंग्रेज चले गये हैं?"

अरविन्द ने कहा, "हैं! अंग्रेज अभी तक नहीं गये?"

"नहीं गये। आप हमारी मीटिंग में नहीं आये थे। हमारे लीडर ने उस दिन यही तो कहा था। पी० एल० ४८० का नाम सुना है?"

"नहीं तो! वह क्या है?"

कलुआ फटिक वगैरह पढ़ना-लिखना भले ही न जानें, चाय की दुकान पर बैठे-बैठे रात-दिन बैठकबाजी करते हैं; लेकिन सारी खबरें रखते हैं। सारी दुनिया की अन्दरूनी खबरें इनकी जबान पर रहती हैं। रूस इण्डिया को 'मिग' देगा या नहीं, पी० एल० ४८० माने क्या है, पाकिस्तान अमेरिका के गुट में है या चीन के, इन लोगों को सब मालूम रहता है। इस तरह बातें करते रहते हैं कि जॉनसन या कोसिगिन या विलसन इनके कन्धे पर हाथ रखकर गप्प लड़ाते हैं, कहते हैं, "अंग्रेजों के चले जाने से क्या होता है, अब उनकी जगह अमेरिका आ गया है।"

"किस तरह? कहाँ आये हैं? दिखायी तो नहीं पड़ते?"

कलुआ फटिक ने कहा, "यही तो हिकमत है भाई, पी० एल० ४८० तो यही हिकमत है। पता है, हम अमेरिका के ५९४ करोड़ रुपये के कर्जदार हैं। आपके और हमारे सिर पर इस कर्ज का बोझ लदा है।"

"तुझसे किसने कहा?"

कलुआ फटिक ने कहा, "वह जो पावरोटी दे रहा है न, उसी ने बतलाया है– आज अगर जॉनसन रुपया माँग बैठे तो इण्डिया की हालत खराब हो जायगी– इसीलिए तो डिवैल्यूएशन हुआ है!

ये सब अरविन्द के लिए जाननेवाली बातें नहीं हैं। फिर भी कलुआ फटिक की बातें सुनकर अरविन्द को बड़ा अजीब लगा। उसने कहा, "इसके माने अब अमेरिका ही हम लोगों का मालिक है?"

"इसके अलावा और क्या है?"

अचानक उधर से आवाज आयी, बोलो भाई, इनक्लाब! जिन्दाबाद–"

औरों के साथ अरविन्द भी चिल्ला उठा, "इनक्लाब! जिन्दाबाद–"

मिस्टर पारकिन्सन की ओर देखकर जूडी हॉबसन ने कहा, "लुक-लुक-लुक एट द फन–"

मिस्टर पारकिन्सन अमेरिकन आर्मी के एक्सपर्ट हैं। सब-कुछ संजीदगी से देखने लगे, इसके बाद एक अमेरिकन सिगरेट सुलगाते हुए बोले, "यस, दे आर ऑल कम्युनिस्ट्स–"

बुधुआ को लेकर खींचतान मच गयी थी। कालीघाट ट्राम डिपो के सामने ही काली हालदार ने बुधुआ के बकरे की गर्दन पकड़ ली। उसने कहा, "इधर आओ, हम सब ठीक करा देगा–"

शिवकिशन छड़ीदार भी कम नहीं था। उसने कहा, "तू भाग यहाँ से, यह हमारे मुल्क का है, हमारा जजमान है–"

लेकिन सिर्फ वे ही तो नहीं थे। कालीघाट में और भी पण्डे हैं। वे सब भूखे खटमलों की तरह रोजाना चुपचाप ओट में छिपे रहते हैं और यात्री दिखायी पड़ते ही उनकी गर्दन पकड़कर खून चूसना शुरू कर देते हैं। वे सब भी न जाने कहाँ से आ धमके। वे लोग भी खींचातानी करने लगे।

बुधुआ ने कहा, "ये क्या है भैया। काहे दिक कर रहे हो?"

बुधुआ की बुढ़िया माँ तो डर गयी, "ओ बुधुआ, इ लोग का कहत हउवे?"

बुधुआ की लड़की और बहू भी घबड़ा गयी थीं। खींचतान में उनके कपड़ों में बँधी गाँठ खुल सकती थी। बुधुआ की बहू ने अपनी लड़की का हाथ पकड़कर उसे अपनी ओर कर लिया। कहीं भीड़ में खो न जाय।

और उधर भवानीपुर में एक सिनेमा हाउस के सामने आकर गोस्वामी ने कहा, "रामधन, जरा रोक के–रुकना जरा यहाँ पर।"

गाड़ी से उतरकर गोस्वामी सामनेवाले मकान की सीढ़ियाँ जल्दी-जल्दी चढ़कर ऊपर एक फ्लैट का दरवाजा खटखटाने लगा।

छेद में से अच्छी तरह देख लेने के बाद वेणु दी ने दरवाजा खोल दिया।

''क्या हाल है गोस्वामी? मैं कहती, क्या तुम्हें इतने दिनों बाद वेणु दी की याद आयी?''

गोस्वामी ने कहा, ''वाह रे वाह! खूब कहा। मैंने तुम्हें बार-बार टेलीफोन किया, लेकिन तुम मिलती ही नहीं।''

''अरे! तुमने मुझे टेलीफोन किया? क्या?''

''पूछ लो, तुम्हारे यहाँ कोई थी, उसी ने फोन रिसीव किया था। पूछो उससे।''

''मेरे यहाँ और कौन होगा? एक सुसी है।''

''सुसी कौन?''

''अरे! तुम सुसी को नहीं जानते? मेरी लड़की है, बड़ी अच्छी लड़की है। जहाँ जायगी, घर रोशन कर देगी।''

गोस्वामी ने कहा, ''नहीं नहीं, मुझे घर रोशन नहीं करवाना, दो घण्टे का मामला है, एक इम्पोर्ट लाइसेन्स के सिलसिले में।''

''इम्पोर्ट लाइसेन्स? तब तो भैया, रेट जरा बढ़ाना पड़ेगा।''

गोस्वामी ने कहा, ''रेट की परवाह मत करो। तुम जितना माँगोगी, मिल जायगा।''

वेणु दी ने कहा, ''एक बात और, तुम्हारी पार्टी कोई बदतमीजी तो नहीं करेगा?''

''बदतमीजी माने?''

''यही जैसे किस-विस लेना बिलकुल नहीं चलेगा। बदन में भी हाथ नहीं लगा पायेगा।''

गोस्वामी ने हैरान होकर कहा, ''यह क्या कह रही हो? बिना किस लिये कैसे काम चलेगा? और सिर्फ किस ही क्यों, मेरी पार्टी अगर उसके साथ सोना चाहे, तो मैं क्या कहकर रोकूँगा?''

वेणु दी जैसे साँप देखकर दस कदम पीछे हट आयी।

उसने कहा, ''नहीं भैया, यह नहीं हो सकता। मेरी सुसी कोई बाजारू लड़की है क्या? मेरे पास तुम्हें वह सब नहीं मिलेगा। लाख रुपये खर्च करके भी नहीं। मेरे सारे ग्राहक स्टूडेण्ट्स हैं। तुम्हें उस तरह की चीज चाहिए तो सोनागाछी जाओ। मेरी लड़की सुसी जमीन खरीदेगी, मकान बनवायेगी, इसलिए कुछ किराये पर चलने का धन्धा कर रही है। बाद में रुपये हो जाने पर एक दिन ब्याह-शादी करेगी, घर बसायेगी। मेरी सुसी भले घर की लड़की है, मुझसे ये सब बातें मत करो भाई।''

"ठीक है, वही सही।"

"एडवान्स कितना देना पड़ेगा?"

"पहले यह बतलाओ, कितने घण्टे रुकना पड़ेगा?"

"यही समझ लो, कोई तीन घण्टे इससे ज्यादा नहीं। पी-पाकर पार्टी जब बेहोश हो जायगा, मैं खुद तुम्हारी लड़की को घर पहुँचा दूँगा।"

"ठीक है। यही सही।"

कहकर वेणु दी अन्दरवाले कमरे में जाकर बोली, "सुसी बेटी, वह आदमी आ गया है, चलो।"

सुसी ने कहा, "रेट वगैरह की बात तुमने कर ली है न?"

वेणु दी ने कहा, "हाँ बेटी, एकदम पक्का इन्तजाम कर दिया है, डरने की कोई बात नहीं है, यह भी स्टूडेण्ट है। तुम तो जानती ही हो, मेरे यहाँ ब्लैक मार्केटवालों के लिए कोई ठौर नहीं है-मेरे सारे ग्राहक स्टूडेण्ट हैं।"

सुसी सज-सँवरकर तैयार ही थी। फिर भी एक बार शीशे में अपना चेहरा ठीक से देखने के बाद दरवाजा खोलकर बाहर आयी।

राजभवन के सामने तब तक पुलिस ने जबर्दस्त घेरा डाल दिया था। एक मक्खी के भी अन्दर जाने की गुंजाइश नहीं थी। पुलिस कमिश्नर का स्ट्रिक्ट ऑर्डर था। राइफल, बन्दूक और टियर-गैस, सब-कुछ तैयार था। जरा-सा भी आगे बढ़े कि तुम्हारी छाती में बुलेट बिंध जायगा। काफी दिनों बाद किन्नरकण्ठी एम० एस० शुभलक्ष्मी मद्रास से गाना सुनाने के लिए कलकत्ते आयी है। शुभलक्ष्मी का गाना सुनकर राजभवन के राजपुरुष जरा देर के लिए परेशानी भूलना चाहते हैं। इसीलिए इस बार कलकत्ते के राजभवन के अन्तःपुर में गायिका को बुलाया गया है। देश में खाद्य संकट है, लेकिन गाना सुनना कोई गैर-कानूनी थोड़े ही है। एक के बाद दूसरा गीत गाती जाओ शुभलक्ष्मी ! तुम्हारे गाने से कलकत्ते में प्राणलक्ष्मी का आविर्भाव हो। राजभवन में राजपुरुष का सिंहासन शुभ हो। ऐसा स्वस्तिवाचन करो जिससे मेरा राजसिंहासन अटल बना रहे।

शुभलक्ष्मी एक के बाद दूसरा गीत गाती गयी। ख्याल-ठुमरी-भजन।

राजपुरुष ने कहा, "अब एक बँगला गाना हो जाय। सुना है, आप बँगला गीत भी गा लेती हैं।"

शुभलक्ष्मी ने बँगला गीत शुरू किया–गुरुदेव रवीन्द्रनाथ का गीत–

हे नूतन, देखा दिक आबार
जन्मेर प्रथम शुभक्षण!

अचानक लगा, जैसे बाहर कोई चिल्ला रहे हैं। जैसे बहुत-सारे लोग नारा लगा रहे हैं। बड़ी कर्कश आवाज थी। नूतन के आविर्भाव के साथ वह कर्कश चीत्कार जैसे बड़ा ही बेढंगा लगा। इसीलिए पुलिस के सिपाही चौकन्ना हो उठे–होशियार–

एक ह्विसिल की आवाज से जैसे सारा एसप्लैनेड मानो टूट-बिखर गया।

"बोलो, इन...क्लाब!"

"जिन्दाबाद!"

अरविन्द ने अचानक देखा, पता नहीं, कब किसी को मालूम हुए बगैर वह लाइन में सबसे आगे आ खड़ा हुआ है। कलुआ फटिक कहाँ गया? आसपास में कितने ही अजनबी लोग थे। वह किसी को भी पहचान न पाया। पता नहीं, न जाने कहाँ से किसी ने आकर उसे हिम्मत बँधायी। जैसे कोई कह रहा था–आगे बढ़ो अरविन्द, आगे बढ़ो। चिल्लाओ– इनक्लाब! जिन्दाबाद! यह हिचक कैसी? संकोच कैसा? देश तो अमेरिका के हाथ में है। पाँच सौ चौरानबे करोड़ रुपये का कर्ज चढ़ा है, याने हरेक के ऊपर आठ हजार रुपये का लोन। तुम भी कर्जदार हो! तुम्हारा कौन है, जो इतना डर रहे हो? तुम्हारी सुसी तो भाग गयी है, तुम्हारी माँ अन्धी है और तुम्हारी गोपा बीमार है। दुनिया में तुम्हारा कोई भी अपना नहीं है। तुम किसके लिए फिक्र कर रहे हो?

"इनक्लाब!"

"जिन्दाबाद!"

"जय, काली माई की जाय!"

बुधुआ की टोली जैसे पानी के रेले में तिनके की तरह बहते हुए मन्दिर की ओर बढ़ रही थी। बुधुआ को पाकर जैसे सबको एक खुराक मिल गयी है। बुधुआ-जैसे लोग ही तो माँ काली की खुराक हैं। माँ काली की खुराक, माँ के पण्डों की खुराक, रूस और अमेरिका की खुराक। साथ ही पी० एल० ४८० की भी खुराक। एक ओर काली हालदार था और दूसरी ओर शिवकिशन। बुधुआ-जैसे लोग दोनों के ही यजमान हैं। बुधुआ-जैसों की बदौलत ही तो इन लोगों की रोजी चलती है। एक ने

इण्डिया का गला दबा रखा है, और दूसरे ने दोनों पाँव। एक ओर है अमेरिका और दूसरी ओर रूस।

मिस्टर पारकिन्सन ह्विस्की की बोतल सामने रखकर आहिस्ते-आहिस्ते गिलास से चुस्की लगा रहे हैं और जूडी हॉबसन के साथ बात कर रहे हैं। "कैलकटा को इम्प्रूव करना ही पड़ेगा। वी मस्ट!"

जूडी हॉबसन ने कहा, "नो मिस्टर पारकिन्सन, यू वोण्ट। आप इसे इम्प्रूव नहीं कर पायेंगे–"

"क्यों? ह्वाई?"

जूडी हॉबसन ने कहा, "मैंने यहाँ सभी से बात की है। इण्डिया के फाइनेन्स मिनिस्टर कलकत्ते की तरक्की नहीं करने देंगे। ये लोग बंगालियों को हेट करते हैं। बंगालियों का भला हो, यह कोई भी नहीं चाहता।"

"इज इट?"

जूडी ने कहा, "यस!"

"लेकिन क्यों?"

"बंगाली सुभाष बोस की जात के जो हैं। नेताजी के जात के। नेताजी को हम लोग एक दिन हेट करते थे। आज दिल्ली की रूलिंग पार्टी भी बंगालियों को हेट करती है–आयी पिटी देम! लेकिन आयी टेल यू मिस्टर पारकिन्सन, हम लोग नेताजी को हेट जरूर करते थे, साथ ही प्रेज भी करते थे। ही वाज अवर विलियम द कांकरर! लेकिन आज उस नेताजी के वंशजों पर ही मुझे दया आती है! यस, रहम आता है। दुनिया भर के लोग हम लोगों को बनिया कहते हैं। हम लोगों को बनिये की जात कहकर घृणा की नजरों से देखते हैं। लेकिन मिस्टर पारकिन्सन, इस पी० एल० ४८० से आज आपने हमें भी हरा दिया।"

राजभवन में उस वक्त राजपुरुषों की आँखों के सामने नये स्वप्न का नशा छा रहा था।

हे नूतन देखा दिक आबार
जन्मेर प्रथम शुभक्षण!

और पार्क स्ट्रीट में ग्रीन ग्रोव के अन्दर एक केबिन के अन्धकार में बैठा एस० के० बागची उस वक्त 'किपलेक्स ग्लास' के इम्पोर्ट लाइसेन्स का पक्का इन्तजाम कर रहा था। 'ब्लैक डॉग' ह्विस्की बड़ी कड़ी शराब होती है, उससे भी कड़े मिजाजवाली छोकरी है यह सुसी। सुसी जमीन खरीदेगी, मकान बनवायेगी और फिर शादी करके घर बसायेगी। सुसी की जिन्दगी का इम्पोर्ट लाइसेन्स दिलायेगा एस० के० बागची। एस० के० बागची की गोद में बैठी सुसी उस वक्त यही बात कह रही थी।

अचानक गोस्वामी बोल उठा, "सर, सुसी का किस-विस न लीजिये, वेणु दी ने मना किया है।"

"यू ब्लडी बास्टर्ड, सन ऑफ ए बीच-"

'ब्लैक डॉग' का मिजाज उस वक्त एस० के० बागची के सिर पर चढ़कर बोल रहा था। वह अपने होश-हवास में नहीं था। "गेट आउट गेट आउट फ्रॉम हियर, विल यू?"

"नहीं सर, मैंने वेणु दी से वादा किया है, किस नहीं ले सकते; बदन में हाथ लगाना भी मना है और उसके साथ सोना भी।"

एस० के० बागची चीख उठा, "मैं किपलेक्स ग्लास के इम्पोर्ट लाइसेन्स का मालिक हूँ, आयी ऐम द मॉनर्क, यू गो टु हेल-"

"इनक्लाब!"

"जिन्दाबाद!"

अरविन्द ने जेब में हाथ डालकर देखा। क्वार्टर पौण्ड पवरोटी बायीं ओरवाली जेब में थी। दूसरी ओरवाली जेब में थी सब्जी लाने की थैली। दिलीप दा से रुपया माँगकर आधा किलो गोश्त खरीदने वह निकला था। वह सुबह की बात है। उसके बाद कितने ही सूर्य कितने ही पथों की परिक्रमा कर कितनी ही दूर जाकर अस्ताचल को पहुँचे। राजपुरुषों के राजभवन के अन्तःपुर में रात्रि उतर आयी थी। शुभलक्ष्मी बड़ी तकलीफ उठाकर मद्रास से आज की महफिल में गाना सुनाने के लिए आयी थी। नूतन रूप लेकर नूतन फिर दिखायी पड़े। जन्म का प्रथम शुभलक्षण फिर आये। तब फिर तुमसे मुलाकात होगी। उस दिन यहाँ बैठे-बैठे सिर्फ तुम्हारा गाना सुनेंगे शुभलक्ष्मी! तुम गाओगी और मैं सुनूँगा। तब पी० एल० ४८० की पाई-पाई अदा हो जायगी। उस दिन सी० एम० पी० ओ० कलकत्ते को फिर नये सिरे से सँवारेगी। उस दिन सबको सस्ते दाम में दो किलो चावल हफ्ते में मिला करेगा, चीनी मिलेगी और गेहूँ मिलेगा। उस दिन भात की जगह आलू खाने के लिए नहीं कहूँगा, कच्चे केले खाने के लिए भी नहीं कहूँगा। उस दिन तुम लोगों को रसगुल्ले खिलाऊँगा, सन्देश खिलाऊँगा, राजभोग खिलाऊँगा और रबड़ी खिलाऊँगा। उस दिन गोश्त खिलाकर तुम्हारी गोपा को मोटा कर दूँगा, तुम्हारी माँ की आँखों की जाँच कराकर चश्मा दिलवा दूँगा। उस दिन सुरमा को गाड़ी में बिठाकर कलकत्ता दिखाऊँगा, निरंजन को डॉक्टरेट दिलवाऊँगा। उस दिन सर्कुलर रेलगाड़ी चलना शुरू हो जायगी, घर-घर

पानी पहुँचेगा, सबको मकान मिलेगा, रहने की जगह मिलेगी, बस और ट्रामों में बैठने का बन्दोबस्त कर दूँगा।

ये बातें सुनकर राजपुरुष के अन्त:पुर के सामने कानी तोप अचानक जैसे कटाक्ष कर उठी।

यह तोप आज की नहीं है। बहुत दिन पहले बंगाल के गवर्नर-जनरल एडवर्ड लॉर्ड एलेनबरा यह तोप तुम लोगों के लिए छोड़ गये हैं। १८४३ में चीनियों को हराकर इस जगह यह चीनी तोप रख दी थी। १९४७ में हम लोग इण्डिया छोड़कर चले गये। लेकिन इसे तुम लोगों के लिए यहीं छोड़ गये। हमें मालूम था, एक दिन तुम लोग इस राजभवन के सामने खड़े होकर इनक्लाब-जिन्दाबाद करोगे-और तुम्हारी ओर निशाना लगाकर मेरी प्रेतात्मा गोली बरसायेगी।

"इनक्लाब!"

"जिन्दाबाद!"

अरविन्द और भी जोर से चिल्लाया। उधर बुधुआ का बकरा भी और जोर से मिमिया उठा।

"जय, काली माई की जय!"

सुसी ने कहा, "मुझे तुम जमीन खरीद दोगे? मकान बनवा दोगे मिस्टर बागची?"

गोस्वामी ने कहा, "यह क्या कर रहे हैं सर? चुम्मा क्यों ले रहे हैं? वेणु दी ने बदन में हाथ लगाने को मना किया था। बदन में हाथ क्यों लगा रहे हैं? बाद में कुछ हो गया तो मैं जिम्मा नहीं लूँगा सर!"

अचानक भीड़ की टेलाठेली में अरविन्द की जेब से क्वार्टर पौण्ड पावरोटी गिर गयी थी। कोई उसे उठाने लगा। मुड़कर अरविन्द ने देखा, एक पुलिस कान्स्टेबल रोटी उठा रहा है! अरविन्द से नहीं रहा गया। वह पुलिसवाले की ओर झपटा और साथ-ही-साथ कानी तोप फिर कटाक्ष कर उठी।

हे नूतन देखा दिक आबार
जन्मेर प्रथम शुभक्षण!

अचानक राजपुरुष चंचल हो उठे। क्या बात है? तान क्यों कटी?

ताल क्यों कटा? बाहर कौन लोग डिस्टर्ब कर रहे हैं?

कानी तोप अचानक एक बार फिर सौ साल बाद बड़े जोर से गरज उठी और साथ ही अरविन्द के हाथ से क्वार्टर पौण्ड रोटी छिटककर दूर जा गिरी। उसे उठाने लायक ताकत अब उसमें नहीं रह गयी थी। एक मायूस और मूक दृष्टि से अरविन्द उस पावरोटी की ओर देखता रहा।

और लुहार के खड्ग के वार से काली मन्दिर के आँगन के बलिकाठ में बुधुआ के बकरे का सिर धड़ से अलग होकर दस हाथ दूर जा गिरा। एकदम धड़ के पास से कटा था। सिर्फ एक क्षण। बकरे के सिर की दोनों आँखों की दोनों पुतलियाँ जरा नाच उठीं। उसके बाद सब स्थिर हो गया। और उधर राजभवन के सामने अरविन्द की निश्चल दोनों आँखें भी उस चीनी तोप की ओर मूक नजरों से ताकती रह गयीं। वह कुछ भी कह नहीं पाया।

राजभवन के राज-अन्त:पुर में तब शुभलक्ष्मी के गीत की पहली दो पंक्तियाँ बार-बार गूँजने लगीं :

हे नूतन देखा दिक आबार...

जन्मेर प्रथम शुभक्षण!

सुसी भी तब पूरी तरह बेहोश हो गयी थी। ब्लैक डॉग ने जैसे ह्वाइट डॉग को भी हरा दिया। किपलेक्स ग्लास के इम्पोर्ट लाइसेन्स के नाक पर शिरीष बाबुओं ने एक और जीती-जागती जान को ग्रीन ग्रोव के बलिकाठ में बलि चढ़ा दी।

अरविन्द, सुसी और बुधुआ का बकरा-उस दिन तीनों ही एक साथ निश्चल और निर्जीव होकर मूक दृष्टि से कलकत्ते की ओर ताकते रह गये।

"इनक्लाब!"

"जिन्दाबाद!"

एअरपोर्ट में उस समय प्लेन स्टार्ट होने से पहले मिस्टर पारकिन्सन ने प्रेस कान्फ्रेन्स बुलायी थी। सारे न्यूजपेपर के स्टाफ रिपोर्टर वहाँ हाजिर हो गये।-"आज आप लोगों को एक बड़ी भारी खुशखबरी देनी है। हम लोग पी० एल० ४८० के रुपये से कलकत्ते को इम्प्रूव करेंगे। हमारा प्लान कम्प्लीट हो गया है। विदइन टेन ईयर्स आप कलकत्ते में जरूरत के मुताबिक पानी पायेंगे, हवा पायेंगे, सर्कुलर रेल पायेंगे। इनसान की तरह जीने के लिए जो कुछ भी जरूरी है, वह सब मिलेगा। हमें यह कहते बड़ी खुशी हो रही है कि हमारा प्लान पूरी तरह सक्सेसफुल हुआ है।"

थोड़ी देर बाद ही अमेरिकन एक्सपर्ट को लेकर जेट प्लेन आसमान में पहुँचा।

और आसमान के नीचे मिट्टी की धरती पर उस समय राजभवन के सामने मिट्टी के पुतले इनसानों का एक झुण्ड आकर फिर से चिल्लाने लगा-

"इ...नक्लाब!"

"जिन्दाबाद!"

एक ओर सुसी एक ओर एस० के० बागची की गोद में सिर रखकर कहने लगी–तुम मुझे ज़मीन खरीद दोगे मिस्टर बागची? तुम मेरे लिये एक मकान बनवा दोगे? और एक ओर बुधुआ ने काली मन्दिर में एक ओर बकरा लाकर उसे फिर से एक बार बलिकाठ पर चढ़ा दिया। फिर एक बार सुनायी पड़ा, "काली माई की जय!"

और राजभवन के अन्दर से राजपुरुष के कानों में एक और शुभलक्ष्मी का फिर एक बार गीत टकराकर गूँज उठा–

हे नूतन देखा दिक आबार।
जन्मेर प्रथम शुभक्षण!

●